聖獣と一緒！
～ダンジョン内に
転生したから
お店開くことに
しました～

ダンジョン内でも
3食ご飯とおやつは
大事です！
ルイ
5歳の幼女として
ダンジョン「内」に転生。
料理と裁縫が
得意。
聖樹さん
神様がくれた「箱庭」の
癒やし的存在。
言葉は通じないが
ルイとテクトを
見守っている。

冒険者パーティ
108階層を踏破中にルイと出会う。国内最強のパーティだが、ルイのかわいさにメロメロ……!?
テクト
聖獣。リスっぽい。ルイの相棒。結界・隠蔽魔法も使えるチート。
ダァヴ姉さん
聖獣。ハトっぽい。ルイとテクトのお姉さん的存在。
ごま

Contents

	プロローグ	003
Step1	現状を理解しましょう	005
Step2	保護者と仲良くなりましょう	028
Step3	住居の確認をしましょう	046
Step4	助っ人から習いましょう	062
Step5	宝物を集めましょう	099
Step6	より良い生活を目指しましょう	149
番外編	終着点にて	189
Step7	冒険者を待ちましょう	195
Step8	楽あれば苦もあります	219
番外編	踏破組の帰還	303
書き下ろし	聖獣にも苦手なものがある	324
	あとがき	327

Seiju to issho!

Dungeon nai ni tensei shitakara omise hirakukoto ni shimashita

聖獣と一緒！

～ダンジョン内に
転生したから
お店開くことに
しました～

Tokigata
時潟
ill.わたあめ

口絵・本文イラスト
わたあめ

装丁
AFTERGLOW

プロローグ

大学からの帰りだった。揺れるバス車内で、一人ぼんやりしていた。
忙《せわ》しなく歩いてる人達を眺めながら、今日は昨晩作って寝かせたカレーがきっと美味《おい》しくなってるだろうとか、課題やんなきゃだとか、楽しげに話してる高校生達が眩《まぶ》しいなぁとか、昨日のゲームの続きがしたいとか、とりとめのない事を考えてたらストンと寝入ってしまった。足元にもしっかり利いた暖房に眠気は増長する一方。逆らえないよなぁ、うん。
その後突然、黒板を引《ひ》っ掻《か》くような不快音に意識を引き戻され、目を開けたらすぐ窓を挟んだそこに車のタイヤが見えて。

死んだ。と思った。

ガラスが割れる音と表現できない衝撃を感じた直後、ふっと視界が真っ暗になったと思ったら、何故《なぜ》か聞き慣れない声がした。

「あ、こいつ勇者じゃないじゃん。もー、だから生贄《いけにえ》系の召喚は嫌なんだよなぁ。余計な手間増やしやがって」

ん？　なんか、場違いな声が。若い男の人の声だっていうか、内容が厨二《ちゅうに》……え、勇者？　いけにえって、何の事？

何故か目が重たくて開けられない。変な事言ってる奴の顔を拝んでやろうと思ったのに。

「もう体は死んじまってるし、このままじゃあなぁ……しゃーねぇ。こっちに入れてやるかぁ。輪《りん》廻《ね》に流しゃなんとかなるだろ」

突然ぐいっと引っ張られる感覚がして、声が急速に遠ざかっていく。

絶対睨《にら》んでやろうと思ったのに！　変な奴から離れていくのが感覚でわかる。くそう、悔しい。いやでも今ならまだ間に合う？　顔をはっきり覚えて、次会った時には言ってやるんだ、厨二病乙って!!　よーし!!

だから、私の目、開けぇぇええぇ!!

「は？　あ、バカ！」

目元にぐぐっと力を入れた途端、流されてた場所から放り出された感覚がした。

え、なに？　何が起こってんの？　私どうなるのバンジーでもしてるのかってくらいの速度で落ちてるよね体感そんな感じだね!?　あ、私今度こそ死ぬだってこれ紐《ひも》なしだよね!?　てか死んでる!?　二度死ぬの!?　待って無理怖いでも口が開かないから悲鳴も出ない!!

「(やぁああだぁああ!!)」

そして私の意識は真っ黒に呑《の》まれた。

Step1　現状を理解しましょう

〈おーい、起きなよー〉

　ぺちぺち、柔らかい何かに叩《たた》かれて意識が浮上した。うーん、なんか変な夢見たー。お願いだから、あと5分寝かせて目覚まし時計。

〈僕、めざましどけい、っていう奴じゃないんだけどなあ……〉

「んー……」

〈そもそもこんな場所でよく無防備に寝られるよね。ある意味大物？〉

「わたしは、どこでも、ねれる、もーん……ん？」

　私今誰と話してるの？

　意識が急激に覚醒《かくせい》した。目を開ける。視界が黒からクリーム色になった。んん？

　クリーム色が動いて、綺麗《きれい》な緑色が私を覗《のぞ》き込む。ぼやけた焦点が合ってくると、それがなんなのかわかった。うさぎ……リス？　みたいな生き物が私をじっと見ている。額に光る赤い石が眩《まぶ》しい。

〈やっと起きた。おはよう、ルイ〉

「あ、うんおはよう……って、え？　だれ？」

床から体を起こす。何かそこかしこが痛い……やだ、私石畳に直《じか》で寝てたの？　そりゃあ体が痛くなるわけだよ。

私が寝ていたのは、小さ目のホールくらいの部屋だった。壁は全部石レンガ、等間隔に飾られてる松明《たいまつ》がゆらゆらと灯《とも》ってる。雰囲気のある部屋だなぁ。じめじめしてるし。あ、あっちに廊下がある。反対側にも。廊下のど真ん中にこんな小ホール部屋作ったの？　窓がないから地下っぽいけど、不便そう。

きょろきょろ見回すけど、よくわからない生き物以外、誰もいない。

〈もう、失礼だなぁ。僕だよ。僕がずっと君に話しかけてるの〉

頭に直接響いてくるように聞こえる少年の声と同じタイミングで、小さい手を胸に当ててるクリーム色の生き物。

「きみが、しゃべってるの？」

〈そう、僕だよ〉

「……くち、うごいてないけど」

〈僕のスキル、テレパスっていうんだ。頭の中で会話できるんだよ〉

「わぁおファンタジー……」

試しに何か好きな言葉を頭に思い浮かべてごらんよ、と言うので「アップルパイ」と考えた。さくさくのパイ生地にしっとりたっぷり甘ぁいリンゴ煮。バニラ香るカスタード。たまらないよねぇ。

〈あっぷるぱい、っていうのが何かわからないけど……余程好きな食べ物なんだね。君の心に、幸せな気持ちがいっぱい溢《あふ》れてきたよ〉

「うん。アップルパイは、ほんとにさいこうで……って、」

え？

〈テレパスの事、理解できた？〉

「あ、はい」

食べてる瞬間まで想像したのも幸せな気分に浸ってたのもバレバレじゃないですかやだぁ！　食い意地張ってるのもバレて疑いようがない‼　テレパスってすごい‼　私の思考はバレてるのにそっちの気持ちは私に伝わらないのは何でかな⁉　半端ないなスキル‼

クリーム色の生き物は腰に手を当てて、私を見上げた。小さいなぁ。小型犬よりちょっと小さめ？　リスよりは大きいよね。可愛《かわい》い。

〈さてルイ、目が覚めたなら状況を把握した方がいいね。まず転生の流れから外れた話だけど……ルイ？〉

「てんせい……って」

転生って死んだ人が生き返るやつだよね、じゃなくて！

やっぱり私死んだのかー、でもなくて！

死んでも私の意識残ってるってどういう事、とは思うんだけど！

転生先ファンタジーだなぁ、ってなるけどその前に！

「ぱっとみて、てんせいしてるって、わかるの⁉」

〈小さい体に収まりきれない大きな魂。不釣り合いだもの。わかるよ。前世の記憶を持ったまま転生する人は、時々いるんだよ。世界を越えるのはなかなかないけどね〉

「たましい⁉　そんなのみえるの⁉」

〈これでも聖獣カーバンクルだからね。聖獣は本質を見通す目を持ってるんだよ〉

「せいじゅう、すごい！」

さらにファンタジーきたぁ！　カーバンクルってゲームの召喚で有名な可愛い子だ。なるほど、愛らしい姿は共通してるね！

しかし、本質を見通すとか……悪い人が色々取り繕って騙《だま》そうとしても、「お前らの悪事は全部お見通しよ！」って出来るね！　うん、ごめんなんか変な表現しかできない！

〈ふふ。まあ、そんな認識でいいよ。それより、落ち着いてきた？〉

「ん？」

〈状況を把握した方がいいよ、って僕は言ったね〉

「うん」

〈まず、自分の手を見てごらん〉

手？　何で？　とりあえず言われた通りに、手を目の前に上げてみた。あれぇ、なんか小さい
……もみじのはっぱ、くらい？

〈足を見てごらん〉

……なんだか、短いような……やけに靴も小さい……ね？

〈何でもいいから喋《しゃべ》ってごらん〉

「なんでもいいって、そんなむちゃぶり、とつぜん、すぎる、よ……」

……あれ？　よくよく聞いてみたら、妙に、舌ったらず、ですね？

〈鏡あるよ〉

さっとカーバンクルが出したのは手鏡だった。顔ぐらいしか映らないサイズのそれでも、よくわかった。

小さなカーバンクルとの距離が妙に近く感じたのも、いつもなら流暢《りゅうちょう》に喋れる言葉がうまく出ないのも、体が軽いのも、そうだ。だって体は縮んだし、舌はうまく動かないし、体重だってすごく減った。

ちょこっと出た鼻。丸っとした目。生まれつき柔らかい、ふわっとした髪。ほんのり赤いふっくらほっぺへ手を伸ばすと、鏡の中の女の子の頬がぷにぷにと歪《ゆが》む。あ、気持ちいい……ってそうじゃない！


「わたし、こどもー⁉」


鏡には、小さい頃の私が映っていた！　アルバムで見た姿だよこれ⁉

〈だいたい5歳くらいらしいよ？　君が輪廻の輪から飛び出なければ、こんな事にはならなかったんだけどね〉

異世界転生って普通、大人のまんまなるんじゃないの⁉

わー⁉　と頭を抱える私に、冷静に突っ込むカーバンクル。そういえばさっき小さい体に大きな魂って言ってたもんね‼　私のまんま転生したわけじゃないんだ‼　もう！　もうもう！　輪廻って何⁉　夢にも出てきたぞそのワード‼

〈輪廻って言うのは、死した魂が生前の記憶をすべて浄化《落と》して、新たな生命に転生する事。新たな生命が人生をまっとうし、死ぬ事。それらを繰り返す事象を輪廻の輪って言うんだ。ちなみに君は魂が浄化されないでそのまま転生の流れに乗せられたみたいだから、本来なら赤ん坊から安全な場所で転生できたんだよ。前世の記憶持ちで〉

「なんてこったい！」

って事はさっきのは夢じゃなかったの⁉　うわー……あんな紐なしバンジー落下もどき体験、本当にあったんだね。

でも私、その流れ？　って言うものから出ようなんて思ってなかったよ。目を開けようとは思ったけど。

と伝えると、カーバンクルは頭を抱えた。

〈転生の流れに入ってる時に意識があるのが、もう問題だよね〉

「えー、そんなのどうしたらいいの。わたし、めはとじてたけど、ずっとおきてたもん。おちるかんじがするまで」

〈じゃあやっぱり神様の不手際じゃないか。ちゃんと寝てるかどうか確認してない！〉

「かみさまって、だれ？」

〈会った事ない？　輪廻に入れる前に選別したって聞いたけど。軽薄な声の人だよ〉

軽薄な声で、輪廻に入れるって、それ間違いない！　厨二病の奴だ‼

「ああ‼　そいつ‼　わたしが、じこにあったのに、へんなこと、いってたひと‼」

〈まあ変な人ってのは否定しないけど。でも納得した。ルイが全面的に悪い訳じゃないよ。本来な

ら、死んでから転生の流れに乗って自我が目覚めるまで、等しく命は意識がない状態でなければならないんだ〉

　そりゃ、自分は死んだのかーって思いながら転生してく私みたいな奴がたくさんいたら怖いわ。

〈それに記憶も綺麗さっぱりなくなるからね。意識を保ちようがないんだよ。で、意識があるまま転生の流れに乗ると、弾《はじ》かれちゃうんだよね。この命はきちんと転生できないよって〉

「何で意識があるとダメなの？」

〈転生した後すぐ自我が芽生えちゃうんだよ。世間では、物心つくって言うんだっけ？　例えばだけど……鳥に転生したら、卵の中の最初の小さな細胞から自意識があるって事になるかな〉

「それ、いしきあったら、だめなやつ」

　もしその状態で親から見放されたりしたら……絶望感にうちひしがれながら卵自体が死ぬのを待つだけになるんだろう。うわ、無理、怖い。

　なるほどねぇ。それは転生の流れも私を弾くわ。

〈で、どうして君がこんな地下迷宮にいるかっていうと。転生の流れから弾かれた君が、突然この安全地帯に生まれてしまったからだよ。流れた分だけの時間が巻き戻った体でね〉

「……ん？」

　また新しいパワーワードが飛び出してきたぞぉ。

「ちかめいきゅう……って」

〈俗にダンジョンって呼ばれてる施設だね。モンスターがいたり罠があったり、財宝があるよ。人がよく潜ってるね〉

「……あんぜんちたい？」

〈ダンジョン内にあるんだよ。モンスターがどうやっても入れない絶対領域っていうのが。それがこの部屋〉

「……モンスター、いるの？」

〈いるよ。一番近いのはこの部屋の壁を挟んだ隣、グランミノタウルスかな〉

「……いせかい、てんせいの、おやくそくで、チート……えっと、ムテキな、のうりょくとかは……？」

〈幼《おさな》い体に無茶言うね〉

カーバンクルに首を横に振られた。あ、ないんですね。わかりました。うん、うん……あはは……そうかぁ……。


「これって、しんだも、どーぜんだぁああ‼　てんせーして、すぐしぬとか、やだぁああ‼」


せめて！　せめて10代だったら逃げ足くらいマシだったのに‼　あんな体感ちょーっと流れただけで5歳まで若返るとか‼　転生の流れ半端ないわ、さすが神の領分ってやつっすか‼　っていうか異世界転生なんだからチート能力の一つや二つ付けてくれればいいのに‼　ゲームみたいに‼　ラノベみたいに‼　こんな誰もいないところでたった一人寂しく死ぬなんて‼　やーだー‼

わんわんと打ちひしがれる私を前に、カーバンクルは落ち着いてた。

〈大丈夫だよ。僕がいれば、少なくともモンスターやダンジョンの罠《わな》に殺される心配はないから〉

「へ？」

何で確信を持ったセリフ？　何かすごい能力あるの？　カーバンクルだもんねありそう。っていうか憐《あわ》れな人間に状況を話すため神様に言われて来たんじゃないの？

〈わざわざこんな説明するためだけに僕がここにいると思ったの？〉

「うん」

何の理解もできないまま異世界で死ぬとか憐れな人間だな、って思われたのかなって。冥土《めいど》の土産《みやげ》に教えてやるよー、的な。

〈まあこの世界の説明役でもあるけど。一応、神様の世界の人間が勇者召喚をして君を巻き込んだからね。多少なりとも、便宜を図ろうとしたみたいだよ？　僕を遣わせたんだからね〉

「べんぎ……？」

すみませんぬか喜びはしたくないから、もうちょっと直接的に教えてくれませんかね。

〈君が君の人生をきちんとまっとうするまで、僕がずっと付き合ってあげるって事〉

「……カーバンクルが？」

〈僕は守護の獣だ。君が傷つかないよう加護を与え、結界を張る事なんて、まったく手間じゃないんだよ〉

「……ずっと、いっしょにいてくれるの？」

〈うん〉

ぽんっと胸に手を当てるカーバンクル。任せてよ、と言いたげな可愛《かわい》い小動物。

あ、やばい。これは泣く。そう思った時にはもう、涙がぼたぼた落ちてきた。私を見ていたカーバンクルが体全体を跳ねさせる。

「わああああん！」

〈わ、わ、なんで泣くの！　もしかして攻撃特化の聖獣の方がよかった⁉　今からでも替えられるよ‼〉

「やだあああ‼」

〈え⁉　やだ⁉　困ったなぁ、僕の能力じゃ駄目だったんだね。神様に言ってくるよ〉

「やあぁだぁああ‼」

〈ええ⁉　おかしいなぁ、何が嫌なの？〉

焦ってるのか、わたわた手を振ってるカーバンクルの手を取る。テレパスあるのに、人の心も見通すのに、何で私の気持ちわかんないの。

「カーバンクルがいいもん！　ひとりがいやだったから、いっしょにいてくれるって、いってもらえて、うれしかっただけだもん‼　かってに、なみだが、でるんだよぉおお‼」

〈あ、え、う、うん⁉　僕でいいの？　いいんだね⁉〉

「ほかはやだぁあああ‼」

やだよ、どっか行かないでよ。私は、混乱する私に根気強く、ずっと穏やかに話しかけてくれた君がいいんだ。

優しい君に、傍《そば》にいてほしいんだよ。

〈ああ、わかった、わかったよ！　伝わったから！　もう十分、君の気持ちを理解できたから！　泣き止《や》んでくれないかな‼〉

「ないたの、ひさしぶり、だからぁあ！　とめかたわすれたぁああ‼」

〈子どもはよく泣くって言うし、体に心が引っ張られてるのかな……？　しょうがないなぁ。思う存分、泣きなよ〉

「うわあああああん‼」

自分の手を抱き込んでうずくまる私の背を、カーバンクルはぽんぽんと軽く叩《たた》いてくれた。涙が止まらなくて、ぐちゃぐちゃになった顔をさらに流れてく。

死んじゃったって！　私死んだって！　まだやりたいことあったのに‼　全部できない‼　知らない土地で、今までの常識が通用しないところで、子どもで、生きてくなんて‼　何で‼　何で‼　理不尽だよ‼　事故なんて、私遭いたくて遭ったわけじゃないのに‼　ひどい‼

色んな感情が頭の中をぐるぐる回って、荒ぶる心のまま私は泣き続けた。


「ごめんねぇ……きゅうになきだして」

やっと止まったと思ったら、カーバンクルが何も言わずに手拭《てぬぐ》いを渡してくれたので、ありがたく使わせてもらう。私の今の顔は人に見せれるもんじゃない。ありがとうカーバンクル。

〈いいんだよ。今の君は5歳の子どもなんだから。泣いたっておかしくないよ〉

「そうかな……でも、うん。いっぱいないたらスッキリした！」

くよくよしても仕方ない！　私にはカーバンクルがいるし、寂しくない！　心機一転、楽しく生きてやるって決めた！

泣き終わったら決意できた。やっぱり吐き出すって大事なんだねぇ。

〈あれだけ泣けばね……また泣いてもいいんだよ？〉

「もうとーぶんなかない‼」

これ以上恥ずかしい姿をカーバンクルに見せるわけには……！　こんな小さくて可愛い子に、わがまま言う子どもを慰めるみたいに背中ぽんぽんされたとか！　うわぁん！　って、あれ？

「そういえば、このてぬぐい、どこからだしたの？」

カーバンクル、さっきまで何も持ってなかったよね？

〈ああ。そこにあったアイテム袋から拝借したんだよ。中身は綺麗《きれい》だったから、安心して〉

と、ベージュの指が差したのは、部屋の隅に置いてあったボロボロの麻袋。血の染みっぽいのもありますけど、マジか……あんな袋から、こんな新品同様の手拭いが出てきたの？

〈アイテム袋は中に入れた物の時間を止めるからね。何年前の冒険者の遺品かわからないけど、結構いいものがあったよ〉

「え、そんなすごいふくろなの？」

〈僕が覚えているアイテム袋と言えば、一般の冒険者じゃ簡単に手が届かないくらい高価な魔導具だよ。ここで力尽きた冒険者はベテランだったみたいだね。結構な容量の袋だったよ〉

魔導具っていうのは、この世界に流通してる、魔導構成が刻まれた道具の事らしい。魔法が使えなくても魔力があれば使える便利道具なんだけど、その価値は基本高め設定なんだとか。まあ普通に考えて、手間がかかってるアイテムなんだから他のより高価なのは当たり前だよね。細工できる人も専門職だからそこら中にいるわけじゃないし。

その中でもアイテム袋っていうのは、生き物以外は何でも入るし、どれだけ入れても重さは袋分しかない素敵グッズらしい。入る容量によって値段が変わるけど、元々が高価な品だ。これを持ってるって事が、冒険者にとって箔《はく》になるんだとか。

ダンジョンに長期間潜るには食材やポーション類がたくさん必要になる。アイテム袋ならかさ張らないし、何日分の食材も持ち歩ける。そしてダンジョンは深く潜れば潜るほど、財宝もいっぱいある。見つけたのをすべて持ち帰ろうと思ったって、担いでなんて危険極まりない。モンスターに襲ってくれって言ってるようなものだ。そういう意味でも、アイテム袋は有用だ。

アイテム袋がすごいのはわかったけど。力尽きた死体がないのはなんでかな……モンスターは安全地帯に入ってこられないんだよね？

〈生き物がダンジョンの中で死んでしばらくすると、アイテム以外はダンジョンに吸収されてしまうんだよ。そういう不思議な現象が起こるのも、ダンジョンの特徴だね〉

「ほえー……すごいねぇ」

お陰さまで死体あるいは人骨と相対する事がなかったわけだし、助かるなぁ。冒険者の人が死んでよかったわけじゃないけど、死体はなるべく見たくない。

冒険者とモンスターがいる世界で、それは難しいとはわかってる。でも、死が身近じゃない世界で生きてきた私が見たら、ちょっと、いやかなり、心に深手を負う事になりそう。

〈ちなみに、ダンジョンで拾った、持ち主がわからないものは、拾った者が手に入れていい事になってるんだよ〉

ちらり。カーバンクルが私を見る。え？　いいの？　私、貰《もら》えるものは遠慮なく貰っちゃう主義だよ？

〈僕が持っていてもねぇ。魔導具は人のために作られたもの。人が使うべきだよ〉

「じゃ、じゃあもらうよ？」

〈うん〉

ベテラン冒険者が使っていたアイテム袋を、冒険のぼの字も知らないど素人《しろうと》な幼女が手に入れていいのか、分不相応な気もするけど。今生きるために必要なものがほしいので！　も、貰います！

アイテム袋の前に立つ。ぱっと見、ただの麻袋なんだよなぁ。炭とかが入ってる感じの。赤黒い染みは見ない事にしよう……あ、待って。

「わたし、おそろしいことに、きづいたんだけど」

〈どうしたの？〉

「ベテランとよばれるような、すごいぼうけんしゃがしぬって、なかなかないことだよね？」

〈うん〉

〈まあ、たくさんの経験を積んで、数々の死地を潜《くぐ》り抜けた者じゃなければ、ベテランなんて呼ばれないだろうしね〉

「ていうことは……そんな、なかなかないことが、おこりうるくらい、わたしがいるダンジョンは、きけんなんだね？」

〈ああ。この世界で一番深くて広いダンジョンなんだよ。浅いところは初心者向けだけど、深いところは強いモンスターがごろごろといるからね。罠も無数に仕掛けられてるし。最下層まで未到達なのは、この世に数多《あまた》あるダンジョンの中でも、ここくらいじゃないかな？〉

「……もうおどろかないぞ！　っておもってたんだけどなー」

あははー。そっかそっか。数々のベテラン冒険者達を返り討ちにしてきたダンジョンの下層部分に、私はピンポイントで転生しちゃったのかー。もう笑うしかないな。

〈まあ、ルイは僕の結界があるから死ぬ事はないんだけどね〉

「カーバンクルがすごすぎて、わたしから、かんしゃのことばしか、でない……ありがとう、ほんとに、ありがとう」

〈どういたしまして〉

猫目がぐーっと細くなった。笑ったっぽい。うう、可愛いな。


アイテム袋の中は、覗《のぞ》き込んでみたけど真っ暗だった。どうやって中の物を出すんだろうと逆さにしてたら、カーバンクルが教えてくれた。

袋に手を突っ込みながら、欲しいものを思い浮かべる。たったそれだけで手元にそのアイテムが来て掴《つか》ませてくれるんだって。それを引っ張ると、スルッと出てくる。幼女でも出来たから、引き出すのに力はいらないんだね。そして戻すのもまた然《しか》り。アイテム袋を片手で持って、もう片手で片付けたいアイテムに触るとシュッと消えて戻っていく。手品か、いやファンタジーだ。魔導具ってすごい。

試しに手を突っ込んで、大きな敷く布‼　と思い浮かべたら、手に何かがシュッと収まった。ひえっ、突然来るからちょっとビックリする。

それを引き出して広げてみたら、どうやら休憩用の敷布だった。床に直接敷いて、地面の冷気を通さないようにする感じの。だから裏面は汚れてもほとんど弾くような素材で、多少土がついてた。使い込んでたんだなぁ、これ。表は直した部分が何ヵ所かある。冒険者さん、ありがとう。お陰で寒い思いはしなくてよさそう。

とりあえず敷布を床に、丁寧に伸ばした。畳二畳分くらいかな？　ここにどれだけのアイテムが並ぶんだろう。

〈何するの？〉

「ふくろのなかみを、ぜんぶだして、いますぐつかえそうなアイテムを、さがすの」

〈へー〉

気の抜ける声とは裏腹に、カーバンクルは興味深げにこっちを見てる。私も気になるから、さっさと出してこ！

「とりあえず、せーかつよーひん、だね」

出てきたのはカセットコンロっぽい道具と鍋《なべ》二つ、調理用具一式と水や野菜や果物。大きなお碗《わん》と、フォークとスプーン。冒険者なら干し肉とかありそうなのにまったくないなと思ったら〈現地調達するんじゃない？〉と聖獣のお言葉。そういえば隣にいるのは通常のミノタウロスより大きくて凶暴な、グランミノタウロスだっけ……ぎゅ、牛肉に、なるのかな……うわぁ。

次に出たのがテント、寝袋、数着の着替えと手拭い。下着は男物だったけど、着替えがピンクだったから、正直生前の冒険者さんがどっちの性別なのかは判断しかねる。寝袋の匂い？　魔法でもかけてるのか、まっさら新品の匂いがするからこれでも判別できない。使い込んだ感じはあるのに不思議な感じ。

さて、ここまでで私は疑問に思った事がある。

「これ、ひとりぶんしか、ないけど……あぶないダンジョンに、ひとりではいる、ぼうけんしゃっているの?」

〈いない、とは言い切れないね。戦闘スタイルによっては一人の方が強い、っていう冒険者もいるみたいだし。でも、基本的にダンジョンってパーティで攻略するものだよ。最低でも三人だね〉

「かなーり、つよかったのかな? このふくろの、まえのもちぬし」

〈かもしれないね〉

仲間がいたのなら、アイテム袋は持ってくだろうし。かさ張らない・重たくない・高価な三点魔導具だ。持ち帰らないわけがない。

どんな人だったんだろう。少し考えてから、首を振った。これから道具を使うたびに感傷に浸ってたら大変だ。これからあなたの遺《のこ》したものをたくさん使わせてもらいます。ありがとうございます!……うん!

よし! 切り替えるぞー‼

結局、敷布じゃ足りなくてテントの中にも広げる事になった。あの後下級ポーションや解毒薬とか医療道具、頑丈そうなロープ、簡易作業台、触ったらスッパリ切れそうな剣や投げナイフとか武器防具諸々、ざらざらした紙と羽根ペンインクセット、金銀銅の硬貨、などなど。私が背負ってリユックにできるくらいの袋から、信じられないほどたくさん出てきた。魔導具って半端ない。

その中で一番驚いたのは、日本語表記のハードカバー本が出てきた事だ。カーバンクルに見せたら首を傾《かし》げて〈難解な暗号かい？〉って言ってたから、日本語がこの世界にない言葉だって事はわかった。

「ねえ、わたしと、おなじせかいのひとが、むかし、きたことある？」

〈僕は詳しく知らないけど、勇者召喚は創生時代から今までの間に何度もあったからね。その中の誰かが、君と同じ世界から来ていたっておかしくないよ〉

「なるほどねー……って、ゆーしゃしょうかん？」

また聞いた事のないワードが……って顔をしたら、カーバンクルが半眼でこっちを見てきた。

〈僕、さっき言ったけどなぁ。勇者召喚に巻き込まれた君が輪廻《りんね》の輪から外れて可哀相《かわいそう》な事になってるから、僕が来たって〉

まあ神様の不手際だったんだけどね。

と、肩を落とすカーバンクル。いやいや、さっきって、あれかな。パニック状態だった時？　そんなのわかんないよ、頭の中ぐるぐる回ってたもん‼　てか情報量多すぎてパンクしてたって‼

〈じゃあどうせだから詳しく、もう一度、丁寧に、説明しておこうか。この世界を取り巻いてる現状を含めてね〉

「う、うっす！」

丁寧に説明してくれるんだね。さすがカーバンクル！　優しい‼

敷布の上に正座した私を、調子がいいなぁと言いたげな目でちらっと見て、閉じた。

そして教えられたのは、勇者召喚の光と影だった。

勇者召喚っていうのはそもそも、〝本当に心の底から〟困っている人達が出来る、奇跡の魔法なんだそうだ。例えば、大国から攻め込まれて蹂躙《じゅうりん》されてる弱小国とか。モンスターに滅ぼされそうになっている人類とか。天災レベル規模の脅威から逃れるために、追い詰められた人達が最後の希望として助けを求め、喚《よ》び出すのが勇者。そういう勇者は私達の世界で言う神隠しに遭う形で召喚され、様々なスキルや強化を神様から賜って、救世主になるらしい。

本来は、勇者のみを召喚して混沌《こんとん》とした世界を救世する。これが正攻法の勇者召喚。対して、邪法は大量の生贄《いけにえ》を伴う。助けを望む心を無理矢理引き出すそうだ。うえええ……その生贄にされた者達の絶望と怨嗟《えんさ》が勇者の周りを巻き込み、そして勇者にとり憑《つ》いて強大な力をもたらしつつも、すべてを破滅へ導く。救世とは遠い結果になるが、一応、戦乱は終わるらしい……勇者が赴《おもむ》いた土地は焦土と化すそうだけど。

邪法だと巻き添えが出るのは、生贄にされた人達の怨念《おんねん》なんだね。私自身は恨まれてないのか、チートスキルないけど……これって、なくてよかったんだ。

「かみさま、いけにえがどうとか、いってたなぁ……」

〈巻き添えになる人達が多くて、神様自ら選別して、転生の輪に入れなきゃいけなくなるからね。この世界の神とそっちの神との協議の結果、安全を保障する最低限の加護を付与する約束だから〉

「……バス、ゆうがただったから、たくさんひと、のってたとおもう」

私は衝撃があった事以外覚えてないからわからないけど、他にも巻き込まれた人がいたんだ……

〈元の世界の人達がどれだけ無事かは僕には知る術《すべ》がないけど、今回巻き込まれて異常があったのは君だけだ。だから、他の人達はちゃんと転生できるよ〉

「それだけがすくいだね……」

戦争が終わった後に転生するように気を遣ってもらったようだし、私には見分けがつかないので、巻き込まれた人が本当に幸せになれるかどうかはわからないけど。転生の流れにきちんと従っているなら安全な場所に生まれるらしい。次の人生が幸福である事を願うばかりだ。

ただし、戦争がいつ終わるかはわからないけど。

〈この世界は今、大きな規模で戦争の真っ最中でね〉

最初はモンスターと大国の争いだった。モンスターが大挙して押し寄せてきた大国は、辛くもモンスターを退けた。けど、立て直す間もなく前々から争っていた隣国が攻めてきて、劣勢になった大国の同盟国が手を貸せば、隣国の同盟国が邪魔をしてくる。で、二大勢力で争う形になったんだそうだ。それとは関係ない立場、中立を保とうとする国もあるけれど、国境あたりは小競り合いに巻き込まれてるみたい。

それで勇者を喚んだのは二大勢力のどっちかな、って思ったらまさかの中立国だった。

「なんで⁉　むしろたいこくのほうが、せいこうほうで、ゆうしゃよびそうなのに⁉」

〈そうだよねー。何で喚ばなかったんだろうね？　喚べなかったって可能性もあるけど、僕は聞いてない〉

「みたわけじゃないから、わからないね……」

邪法で勇者召喚をしたのは宗教国家フォルフローゲン。この国の人には関わっちゃ駄目！　って何度も言われた。どうも、私が会った正式な創造神様とは違う神様を奉っている上に、それがあまりよろしくない神らしい。邪神って奴だね。その国の人達にとってはとても清廉で博愛に溢《あふ》れた神なんだそうだけど、どんな些細《ささい》な罪でも犯した時点で死刑宣告するような神のどこが博愛に溢れてるんですかねぇ。まだ鬱憤《うっぷん》が吐ききれない感じのカーバンクルを止めて、先を促す。この宗教国家が怖いのは十分わかった！　カーバンクルがなんやかやであの神様を好きなのも十分すぎるくらいわかった！

フォルフローゲンも小競り合いに巻き込まれてる。それを利用して、他の国をすべて攻め落として、あるいは懐柔して、自国の宗教を全世界に広めようと画策してるのが上層部なんだとか。漁夫の利狙いって……うわあ、ドン引き。

私が巻き添え食った勇者召喚は思いっきり邪法。生贄使ってる事は機密事項だろうし、端から見れば勇者召喚に成功した、大国同士の争いに巻き込まれた〝憐《あわ》れな〟国だ。勇者が召喚できたって事は、自分の国が他の国と戦うのは正当性がありますよー、っていう証明にもなるから民衆に受け入れられやすいと思ったのかな。

つまり、今この世界にはそういう戦争したがりな輩《やから》がお上にたくさんいるというわけで。そして破滅の勇者の影響で死者が溢れかえるだろうと予測できるらしい。

「やだなにそれ、にんげんこわい」

〈まあ、幸いこのダンジョンがあるナヘルザークは中立国の中でも大きな国だ。冒険者の支持も高いし、敵対すれば軍だけじゃなく冒険者の相手もしなくちゃならない。そうなったら手痛いしっぺ

返しを食らうだろうし、どの国も戦争を吹っ掛けには来ないんじゃないかな。ダンジョン内に戦争の余波が来るとは思えないね〉

「わー……そっかぁ……」

外は危ないんだ……そっか……うん、よし、決めた！

「わたし、ダンジョンにすむよ」

〈……え？〉

「そとは、いくつ、いのちがあっても、たりなそうだから、ダンジョンにすみます‼」

そう言って仁王立ちした私を、カーバンクルはぽかんと眺めていた。

Step2　保護者と仲良くなりましょう

人間怖いダンジョンに住む宣言をしたのはいいけど、じゃあどうやってここで暮らしていくのかって話だ。カーバンクルの傷つかない結界があるから安全は保障されたけど、お腹《なか》は膨れない。生活面の保障が必要だ。

ここで出てくるのが、さっき見つけたハードカバー本である。いやほんと、すごいもの見つけちゃったよ。私の想像通りの機能を持っているなら、これはきっと使える！　生活の救世主になる！

カーバンクルは心を読んで私の気が変わらないとわかったのか、素直に首を傾げた。

〈魔導書みたいだけど……僕にはどういうものかわからないな〉

「ほんしつを、みとおせるのに？　わからないの？」

〈そうだね。僕の目なら魔導具の隅から隅まで、どういう魔導構成を彫られているのか、どのような効果が得られるのか、それらすべて読み取る事が出来るけれど、この魔導書に限っては無理みたいだ。使われてる文字がこの世界のものじゃないから理解が出来ないんだよ。細部に至るまで簡単なような複雑なような、そんな文字達で彫られてるから、本当に訳がわからない。これってルイの世界の言葉なの？〉

「せかいっていうか、くになんだけどね」

ツタが絡むようなファンタジック調装飾の表紙に指を滑らせる。表紙にあるのは「カタログブック」の文字。

この本が本当に魔導具で、アイテム袋みたいに不思議な力が働くなら。これは私の生活を助けてくれるお助けアイテムになる。

ドキドキしながら、本を開く。カーバンクルは隣で覗《のぞ》き見ていた。


——買い物をしますか？　残高確認をしますか？


と、落ち着いた女性の声が頭の中に流れた。ふおお‼　やっぱり、これはやっぱりっ、私の想像通りのシロモノ⁉

カタログと言えばギフトが付くよね、結婚式の引き出物とかに入ってるやつ！　カタログの意味は売り品目を整理して書き並べたもの……つまりこれは、販売に関係する魔道具のはず。買い物するか聞かれちゃったし、ますます期待しちゃうよー！

感動に震える私の隣で、カーバンクルの耳がぴくぴくと跳ねる。

〈ごめん、もう一回、閉じて開いてくれる？〉

「う、うん！」

慌てて言われた通りにすると、同じように声が脳内に流れる。カーバンクルに話しかけられてるみたい。そのご本人は首を傾げてるんだけど。

〈不思議。僕の頭の中で聞いた時は全然意味がわからなかったのに、ルイの心を読んだら何て言っ

たか聞こえたよ。ルイがこの世界と、そっちの国、両方の言葉がわかるからかな？〉

「え、わたし、にほんご、しゃべってたんだけど……ちがってたの？」

〈転生した時、体はこちら仕様になるはずなんだ。そうじゃなきゃ魔導具も使えないだろうし……体がこの世界の言葉を、魂が元の世界の言葉を覚えてるから、両方の言葉が使えるんだと思う。勇者だって、召喚早々言葉が通じなかったら意味がないからね。召喚魔法の一部だと思うよ〉

自動翻訳って事？　便利にできてるんだなぁ、召喚魔法。今回の召喚が邪法でも。不幸中の幸い、と言っていいのかな。

開いたカタログブックのページには「あなたが望むものを、迅速に揃《そろ》えます」とだけ、書かれていた。形が本なのに目次とかはない。検索を書き込む所もないし、あれかな、話しかけると対応してくれる感じ？　見た目は本で中身はスマホみたいな……質問したら返事くれるかな、これ。

するっとカタログブックの紙面部分を撫《な》でてみる。感触は上質な紙なのに、墨やインクの匂いはしない。視線を本から上げると、目の前に電子画面が浮かんでるように見える。ちょっと近未来的。

画面に手を伸ばすと、ちゃんと触れた。

私には馴染《なじ》み深い、スマホのようなディスプレイ。大きさ的にはタブレットかな。カーバンクルは〈透明な板が何で浮いてるんだろ？〉と首を傾げてるけど。

〈これは……勇者の遺産だねぇ〉

「うん」

アイテム袋の元の持ち主……冒険者さんが勇者だった、ってわけじゃないだろう。それだったら、容量に制限があるアイテム袋に大量の野菜を入れて持ち歩くより、カタログブックとお金だけにした方が管理しやすい。偽装のためだとしても雑貨の量が多すぎる。

きっと冒険者さんも何の魔導書だかわからなくて、拾ったのはいいけど持て余してたんじゃないかな。どうしようか考えあぐねて、アイテム袋に入れっぱなしにしてたとかそんな所だと推察する。

この世界の言葉じゃない本なんて売れないだろうしね。

とりあえず、使ってみよう。残高確認って事は、キャッシュやクレジットじゃなくてチャージ制って事だよね。残高どんだけあるんだろう。

「ざんだか、かくにんを」

――6570ダルあります。

「おお！　けっこー、はいってた！　ゆうしゃが、つかってたのかな？　ダルって、おかねのたんい？」

〈うん。アイテム袋の中に、銅と銀と金の硬貨があったでしょ？〉

「まるいのと、はんぶんの？」

〈それがお金だね〉

半分の硬貨は丸い硬貨より一桁下《ひとけた》がった価格で数えて、
半銅貨…10ダル
銅貨……100ダル
半銀貨…1000ダル
銀貨……10000ダル

半金貨……１００００００ダル
金貨……１００００００００ダル

ってい う価値なんだって。

丸い金貨すごいな。１枚で１００万……そんなのテレビでしか見たことないよ。

さっき出して敷布に置きっぱだった硬貨を見る。丸い金貨は１枚だけ。他は銀貨と銅貨がたくさんあった。すごいなぁ、冒険者さん。お金持ちだったんだ。ありがたーく使わせてもらいます！

この魔導書で使えたらいいんだけど。

「ざんだかはどうやったらふやせるの？」

――硬貨か、売却するアイテムを本体へ載せてください。

「お、おお！　チャージできる！」

お金をチャージできるって事は、買い物ができるって事だよね⁉　私でも大丈夫だよね⁉　よぉおおし！

〈チャージって、何で魔導書に溜《た》め技？〉

力を溜めて特攻タイプのスキルあるのね。でもこれは違うんだなぁ。

「おかねを、このまどうしょに、ためとくことだよ。いれたぶんだけ、かいものができるんだ」

〈ふーん？〉

よくわかってない様子なので、現代人ならではの感覚なんだなぁと再確認した。って事は、この魔導書を作ったのは、地球の現代を生きた勇者だったたって事だ。どれくらい昔の勇者かわからない

けど、時間背景どうなってるんだろう。

〈ルイと同じ時代の人が遥《はる》か昔の勇者だっていう可能性は、あるんじゃない？　世界と世界の狭間に、時間なんてないからね。どの時代の人々の願いがそっちの世界のどの時代に届くか、狭間を越える瞬間何がしかが起こってるんじゃないかな。神ではない僕にはわからないよ〉

「そっかぁ、ファンタジーだなぁ」

すごく宇宙的な話っぽくて、ついファンタジーで済ませてしまった。素敵な言葉だよね、ファンタジー！　そんな事を考えつつ、銅貨を一つ、開いた魔導書の上に載せてみる。直後、音もなく銅貨が消えた。

そしてチャージ残高は、

――6，670ダルあります。

「おお！　100ダルふえた‼」

〈銅貨1枚分チャージできたってこと？〉

「うん！　つぎ、つぎはかいもの、してみよう！」

無事買えたとして、どこに届くんだろう。そしてどれだけの時間がかかるんだろう。迅速にってあったけど、そこらへんも気になるよね。ふうぅ……ドキドキするぅ！

〈買い物ができるの？　これで？〉

「やってみなくちゃ、わかんないよ！　とりあえず、ひらべったいさらと、ちいさいフォーク！」

言った途端にページがパラッとめくれる。すると浮いてる電子画面が変わって、色んな柄や素材の皿とフォークが画像付きで出てきた。え、何その細部に拘《こだわ》った感じの動き、好き。

画面の見た目は、まんまネット販売サイトのそれ。操作はスマホ式でスライドして次のページに行ったり戻ったり。気になる商品をタップして詳細を出してもらったり。購入する数は＋と－で選べるみたい。見やすさ操作しやすさ重視って感じでとても助かります。

お、百均の紙素材もある！　ってことは、日本製品を取り寄せてるって事だ！　なんて素敵な品揃え！　過去の勇者は神か！

カーバンクルにも画像は見えるようで、気になる皿を選んでもらう。私が選んだ赤色と、緑色で縁が塗られた皿を1枚ずつカートに入れる。ペアですよ、ペア。にひひ。

〈妙に嬉《うれ》しそうだね、ルイ〉

「おんなのこの、さがってやつなのかな。なかのいいこと、おそろいのどうぐを、かうのって、うれしいんだよ」

〈僕らは今日会ったばかりだけど……〉

「これからよろしくっていみだよ！」

困惑した様子のカーバンクルの手をぎゅっと握る。これからずっと一緒にいてくれるのに、仲良くしないわけがない！　私は積極的に親しくしていくつもりだからね！

よーし、次は食べ物！　それはもちろん！

「アップルパイ！」

満面の笑みで言った後、ひとりでにページがめくれる。画面に映ったアップルパイ達に目移りしちゃう！　うああん、どれもいいなぁ!!　あ、これは私が好きなパン屋のアップルパイ！　バターが香るサクサクパイ生地に、しっとり甘いカスタード、大きめにカットしたリンゴがしゃくしゃく食感でたまらないんだよねぇ！　これにしよう！

二つカートに入れて、ふと思った。

「そうりょうは？」

――使用者の魔力に依存します。購入した荷物の総量が重いほど、魔力が消費されます。

「どこにとどくの？」

――購入した商品は使用者の足元に転送されます。

「そうりょうむりょうの、たくはいびんとか、ほんと、げんだいしようだね……！」

ええい！　今は幼女な私でも、おやつセット分の送料くらいの魔力はあるはず！　いくぞー！

購入ボタンをぽちっとな‼

――980ダル引き落とされました。商品を転送します。

ナビゲーションの声に思わずガッツポーズする。

買えた！　よし！　後はどれだけの時間で届くか！　迅速っていうからには数分？　数時間？

ドキドキしてたら、突然目の前にぽんっと気の抜ける音がした。ちょっと視線を下げると、茶色い四角の箱。現代人ならよく見るそれ、段ボール箱が鎮座してた……って待って‼

「はやくない⁉　びょうそくだよ⁉」

〈次元飛んでいきなり出てきたねぇ……〉

カーバンクルも驚いてるみたい。聖獣も驚く魔導具作るとか、勇者すごいな。むしろハイテクな地球への執念がすごいのかな？

恐る恐る近づいて、開けてみる。テレポートするみたいに届いたからか、ガムテープがついてない。簡単に開けられた。

中には、私が頼んだお皿とフォークが包装紙に包まれていて、さらにケーキを入れる真っ白いお馴染みの箱。おおお‼

「かえてる！　ちゃんと、かったものが、とどいたよ‼　すごいよカーバンクル！」

マジでネット通販だよ！　いや名前の通りならカタログ通販だ‼

〈うん。びっくりしたよ……勇者って結構、規格外なんだね〉

「それせいじゅうが、いっちゃう？　とりあえず、たべてみようよ！」

簡易作業台を組み立てる。ちょっと手間取ったけど、ちゃんとまっ平らにできた。対面にお皿とフォークを添えて、真ん中に白い箱を置く。開けるとふんわりバターの香ばしくあまい香りが漂ってきた。幸せな気分になるなぁ。お皿に一つずつ取り分けて、赤い皿の前に座る。ちょっと背丈足りないから、作業工具鞄《かばん》を下に敷いた。

さあさあカーバンクル！　反対側に来て！　あ、椅子あるよ！　寝袋だけど高さちょうどよさそうだね！

〈……食べられるの？　これ〉

「それを、これからしらべるんだよ。ちゃんとおいしかったら、わたしのダンジョンせいかつは、まもられたもどーぜん！」

〈ふうん。まあ、どこで生活しようが、ルイがいいなら僕に異論はないけどね〉

これがアップルパイか……としみじみ呟《つぶや》くのまで聞こえて、にやにやする。そうだよ、これが私の大好きなアップルパイだよ！　ちゃんとカタログブックが、食べ物を送ってくれたならね！

フォークを刺すと、サクッと音がした。この時点で期待値振り切った！　食べられるかどうか観察しようと思ってたけど、無理！　我慢できずに一口、ぱくりと頬張る。

「んん〜〜〜‼」

大きなリンゴのシャクシャク食感も甘さも、それを邪魔しないほんのり甘いなめらかカスタードも、しっかり焼けたパイ生地も、全部が最高‼　口の中で幸せが溢《あふ》れてるぅう‼

ふと前を見ると、フォークを握りしめたカーバンクルが、アップルパイを突き刺してかぶりついていた。おおう、見た目と穏やかな声とは裏腹にワイルドなお食事風景。

カーバンクルのふわふわ尻尾《しっぽ》がピンッと真っ直《す》ぐに立って、その後左右に振られる。お、この感触はよさそうですぞ！

〈美味《おい》しい！　これは美味しいねぇ！〉

「でしょ！」

〈ルイが幸せな気分になるのもわかるよ。今まで食べたどのお菓子より美味しい！〉

「ほんと？　やった！」

美味しいものを一緒に、美味しいって言いながら食べられる。それって一緒に暮らしていく上で、大切な事だと思う。だから本当によかった。

あ、カーバンクルが照れた。自分の心が読まれてるってわかっていても嫌な感じがしないのは、この子が表情を出してくれるからなのかなぁ。

二口目のアップルパイを頬張る。

「んー‼　しあわせぇ‼」

勇者が持てる知識と思い出を総動員して作っただろうカタログブックは、今の私にぴったりの魔導具だ。ありがたく、使わせてもらおう。

幸せな時間をたっぷり堪能した後、アイテム袋に出したものを片付けていく。一個一個、しっかり確認しながら。何の道具が入っているかわかってれば、また取り出す時に楽だからね。

カーバンクルはその傍で、私が洗った食器を手に取ってまじまじ見ていた。尻尾をふりふりして、上機嫌っぽい。

水がアイテム袋に入っていたから汚れは洗い流せたし、新しい手拭《てぬぐ》いで拭《ふ》けば十分綺麗《きれい》になるからそうしたけど。現代に生きてた私としては、洗剤とスポンジが欲しい所だ。アップルパイを取り寄せてくれたカタログブックにはありそうだけど、このダンジョンに水の洗浄機能があるとは思えない。廃水をどうすればいいやらだ。死体を吸収しちゃうダンジョンで何をとは思うけど、気にしちゃうなぁ。この世界の人はどうやって洗いものしてるんだろう。天然素材の石鹸《せっけん》？　それとも魔法？

「カーバンクル、ずっとさらを、みてるけど……きにいった？」

全部片付け終わっても、カーバンクルはまだ皿を見ていた。小さいデザート皿だ。２００円にも満たないお手軽なお皿。レンチン出来るから、いつも愛用してたのと同じシリーズ。カーバンクルがこれを選んでくれた時は、顔がにやけたなぁ。

彼は皿から顔を上げて、私を見る。緑の目がきらきらしてた。

〈僕ってさぁ、聖獣でしょ？〉

「せいなるけもの、ってかいて、せいじゅうだね」

読み方はさっきカーバンクルに教えてもらった。何故《なぜ》か日本語に見えたけど、この世界の文字で書いたらしい。召喚特典の翻訳機能すごいな。会話だけじゃなくて文字も翻訳してくれるんだ。

聖獣は不老不死。一匹一匹神様が手ずから創った生命で、同じ姿のものはいない。よく見慣れた動物もいれば、伝奇に残るような生き物も含まれてるらしい。私的に言わせてもらうと、カーバンクルは伝説系だね。動物の聖獣は見た目が特異じゃないから、主な仕事は街中に潜入して情報集めするんだって。皆それぞれ役割があるんだね。

伝説系はパッと見て聖獣ってわかるから、見つかるとすごく騒がれるらしい。どう話を聞いても天使しか想像できない子もいるみたいだから、そりゃ見ただけでわかるわ、と納得した。

〈この世界では遥か昔から神の遣いとして、姿を現せば国を挙げて歓待される立場にあったんだよ〉

「え、そんなすごいこ、さらっとよこしてきたの、かみさま」

〈うん。神様にとってはただの小間使いだからね僕ら〉

「わあ……かみさまとにんげんの、きじゅんが、けたはずれぇ……」

こんな有能で可愛《かわい》い子を雑用扱いとか、ほんと神様って思考がぶっ飛んでるな。

〈まあ、聖獣が現れるって事は、その国は神に祝福されているって認識をされてるからね〉

「にんしきって……」

〈聖獣からしたら、神様に頼まれたものを届けたり伝えたりしてるだけなのに大袈裟《おおげさ》って感じだったよ。でも彼らはそうとは受けとらない。必然的に、国賓扱いになるんだよ。僕もかなり昔は、何度かそういう待遇を受けたことがある〉

「すごい！」

国賓ってあれでしょ。海外の大統領が来た時にする扱いでしょ？　国にとってとても大切なお客様だから、賓客。必ずその扱いになるって、聖獣だけで国規模の扱い、って事だよね。そりゃ神の遣いだし、国賓以外ないかもしれないけど……豪華絢爛《けんらん》な宴《うたげ》でも開かれるのかな？

首を傾《かし》げていたら、噴き出して笑われた。なんでだ。

〈ふふ。うん、そうだね。毎回、滞在している間は騒がしかったよ。そして、いらないって言っても色んなものを押し付けられた〉

「おしつけられたって……」

カーバンクルは寂しそうな顔で皿を撫《な》でた。

〈僕が遣わされるのは、ただのお告げって事が多かった。たったそれだけだからすぐ帰ろうとしたのに、どの国の人も神とお近づきになりたいみたいで、歓迎の宴だとか、神への献上品ですって、ね。神嫁にいかがですか、なんて若い女の子を渡された時はさすがに逃げたよ〉

「う、うわぁ……」

どの世界でも変わらないんだなぁそういうの。

でも、そっか……苦労してきたんだなぁ、カーバンクル。

「さら、めいわくだった？」

〈ううん。僕と仲良くなりたいっていう、ルイの素直な気持ちが伝わってきて、とても嬉しかったよ。物を貰ってこんな気分になったのは初めてだ〉

緑の目をぐーっと細めたと思ったら、キラキラさせて……カーバンクルの気持ちが伝わるみたい。そっかぁ。嬉しかったかぁ。にへへ。

〈この皿は、僕とルイの友好の証なんだ〉

「うん」

〈大事にしたいな〉

「うん！」

私も！　そう思うよ！

カーバンクルから受け取った皿をぎゅうっと抱きしめて、丁寧にアイテム袋に入れた。

「でも、カーバンクルが、せいじゅうだってバレたら、たいへんだね」

〈国全体が大騒ぎになるね。それに聖獣である僕が付き添ってるって知られた時点で、ルイは有無を言わさず勇者扱いだよ〉

「なにそれ、ぜったいバレちゃだめなやつ」

神様の遣いが傍《そば》にいるから？　問答無用すぎない？

〈戦乱真っ只中《まただなか》のこの世で勇者扱いされたら、即時戦争に投入されるだろうね〉

「カーバンクル、いっしょに、いんきょしようね、すえながく」

間髪を容《い》れずに言った私に、カーバンクルは肩を落とした。呆《あき》れられてもしょうがないけど、私は死にたくないいんです。

〈聖獣が世間に顔を出していたのは数百年も昔の話だし、僕もしばらく表立ってないから……名前は伝わってるかもしれないけど、姿までは伝わってないと思うんだよね。1ヵ月前に外を歩いて人に見られたけど、騒がれなかったし……まあ僕は獣系統の中でも目立たない容姿だからね〉

「どっちかっていうと、あいらしさがきわだつっていうか、ねえ……」

数百年。とんでもない数字が出てきたなぁ。さすが不老不死。

聖獣ってバレなかったってことは、パッと見で聖獣以外の何かだと思われてたってことだよ。ずばり、妖精《ようせい》とか！

「ようせいってことで、ごまかせそうだね」

この世界に妖精がいるっていうのはカーバンクルに確認済み。正しくは妖精族のうちの、草花や樹木、動物が長年を経て魔力を高めた結果、妖精化した生命体が世間一般で妖精って呼ばれてるらしいけど。カーバンクルの動物的な可愛さなら誤魔化せるんじゃないかな。

〈ダンジョンだから、冒険者に絶対会わないってわけじゃないものね。騒がれないためにも、妖精案はいいんじゃないかな〉

「でしょー！　じゃあ、あとはなまえだね！　カーバンクルのままじゃ、ぜったいバレちゃう！」

〈名前、か……〉

何か考えるように、カーバンクルが俯《うつむ》いた。あ、もしかして聖獣的に不都合があったりする？

〈不都合はないよ。呼び名付けたくらいで機嫌を損ねるほど、神様は狭量じゃないからね〉

ようするに懐が深いって事？　私が転生する時の声は、すごく厨二《ちゅうに》の短気そうなお兄さんっぽかったけど。

〈口悪いし、うっかりミスも出すけど、そうそう怒りはしないよ。神様は〉

そういえばカーバンクルや私が不手際とか、神様が悪いとか厨二とか散々言ってるのに、天罰的なのは何もないな。じゃあ、きっとそういう事なんだろう。神様見逃してくれてありがとー‼

「カーバンクルのなまえ、どんなのがいいのかなぁ。なにか、みょうあんはない？」

〈ふふ……ルイの好きに決めていいよ〉

「いいの⁉」

これから呼ばれる名前だよ⁉　私が決めちゃっていいの？

〈いいんだよ。ルイに決めてほしい〉

えええー。私センスないよ？　大丈夫？

〈相当変だったら指摘するから、何個か候補を出してみて〉

「んんー…………ラビーとか？」

まんまうさぎ……

〈うん却下〉

「ですよねー」

〈真面目《まじめ》に考えてね？〉

考えてるよ！　でもさ、一生連れ添う子に名付けるんだよ？　あーでもないこーでもないと考えてたら、どれも変な感じに聞こえてさ。頭ぐるぐるして、結局出てきたのがうさぎ。見た目に寄ったわ……ごめん。

〈見た目とか性質から取るのはいい案だと思うけど、うさぎはやだよ。食材だもの〉

「あ、たべるんだ……」

そっか。うさぎを飼うっていうのは、平和で食が満たされてる所の発想だよね。うーん。なら、性質の方から取るかな。カーバンクルは守護の聖獣だから、そういう感じの。

「……ぼうえい……まもり……がーでぃあん？　ごついな……ぷろてくしょん……ぷろてくと……

テクト！」

プロテクトから取って、テクト！　歩いてる時テクテクっていうから、名前の由来を尋ねられた時に誤魔化しやすい！　どうかな、テクト！

カーバンクルを見ると、顎《あご》に手を当てて、うんと頷《うなず》いた。仕草が人間っぽい。

〈いいんじゃないかな。本当の意味を他人に悟らせない感じや、今のルイの見た目っぽくてぴったりな所も、いいと思う。語感も嫌いじゃない〉

「あ、そうか。わたしいま、ようじょだった」

〈いつ冒険者と会うかわからないからね。異世界人と気付かれないように、ちゃんと子どもらしくしなよ？〉

「はーい！」

ぶんっと右手を振り上げる。こんな感じ？　子どもと暫《しばら》く接してなかったから忘れたよ。

〈うん、元気があってよろしい。それでいいと思うよ〉

「よーし！　じゃあ、テクト！　これからよろしくね‼」

〈こちらこそ、よろしくね。ルイ〉

こうして私達のダンジョン生活は始まったのである。

Step3　住居の確認をしましょう

カタログブックのお陰で一定基準の生活は保たれる事になった。

ご飯はとっても大事だよね。もちろん服も。毎日なんて贅沢《ぜいたく》言わないけど、なるべく綺麗な服を着て、清潔さを保ちたい。現代日本人の性《さが》だなぁ。

問題は買い物するのにお金が必要って事。お金じゃなくてアイテム売却でもいいけど、安全地帯に引きこもってるだけではお金もアイテムも手に入らない。それじゃいつか冒険者さんの遺産が尽きてしまうわけで。

幸いここはダンジョンなので、安全地帯の外をちょっと歩けば色んなアイテムや、もしかしたら宝箱も手に入るかも！　っていう期待がある。宝箱の中身は強い武器防具や、お金の時もあるはず。そういうアイテムは高く売れるだろうし、お金は言わずもがな。幼女には難しいけど、モンスターを倒せばその体も素材として売れるみたい。ダンジョンのモンスターは無限に湧くから、その素材や肉を目当てに毎日潜る冒険者もいるんだね。私には無理だけど！

モンスターの素材は諦《あきら》めるとして、宝の方は拾うだけだからまだ可能性がある。換金できるアイテムが手に入れば私達の生活は安泰だ。けども、幼女が無事ダンジョン内をてくてく歩けるかどうかは、重めに見積もっても無理なんだよなぁ……それでも一応、どれだけの危険度なのか調べる必要がある。

いや私、さっきから「無理」ばっか言ってるな。けど小さい手を見下ろしてため息を吐《つ》く。うん、これは無理。

というわけで、安全地帯の外がどうなっているのか、テクトの力頼みで探索してみた。グランミノタウロスってどんな奴なんだろ？　高さはどんくらい？　マッチョ？　巨大ハンマー持ってる？　散歩気分ではまったくなかったけど、モンスターには興味があった。だから油断してたわけじゃないんだけど、私はどうやらゲーム感覚が抜けきれてなくて、無意識に楽観視していたらしい。

ツズドォオオオン‼

「い、ひっ、ぎゃぁああ‼　いやっ、ひゃぁあああ‼」

結局、グランミノタウロスは見れたけど、数十秒も経たないうちに安全地帯に戻るハメになった。轟音《ごうおん》と共に駆け出して、口から引きつった声が漏れる。あれは無理！

幼女の体で全力疾走はきつい！　すぐ息が上がるし転びそうになるし真っ直ぐ進めない！　てか普通に追いつかれる！　私を見つけるたびに害意のこもった手を伸ばしてくるモンスター達を、ピシッペシッと結界が弾《はじ》いてたけど！　テクトの結界ってすごい！

安全地帯へ滑り込んで、ごろりと寝転ぶ。息が出来ない！　待って追ってきたモンスターは⁉　慌てて廊下の方を見ると、安全地帯には近寄れないのかモンスターは揃《そろ》いも揃って廊下の先からこっちを恨めしそうに見ていた。安全地帯ありがとう！　安心安全のフリースペースって本当に素敵‼

当初の目的である、グランミノタウロスは見れた！　思いっきり牛の頭だったし鼻輪もつけてた！　想像通りの顔だった！　でも部屋を覗《のぞ》き込んだ瞬間に私に気付いて、すぐさま腕をこっちに伸ばしてきたから、図体の割に素早くてやばい！　私を楽々握れるくらい大きな手をしてたけど、囲い込んで潰《つぶ》そうとした手のひら全体を、結界が弾いてくれたから無事でいられた！　接触だけじゃなくて捕まえようとするのも対処してくれるとか効果範囲広いっすわ！　ありがとうテクト本当にありがとう！

　テクトを派遣してくれた神様に感謝しかないわ‼　私弱すぎ‼

〈やっぱり防ぐだけじゃ、探索もまともにできないね〉

「いや、なにをいってるの。そもそも、ふせぐことさえ、できなかったら、わたし、しんでるからね？」

　私を捕まえられない苛立《いらだ》ちをぶつけるように、自分の胴体ほどある超巨大ハンマーを力強く振り下ろしたグランミノタウロスの攻撃は、ダンジョンの床を尽《ことごと》く隆起させた。破片が飛んできて弾かれたのも背後から感じたので、本当に結界がなかったら死んでる。即死。

　その騒ぎのせいで集まったモンスター達に私は狙われ、グランミノタウロスの興味はそっちのモンスター達に移ったわけで。不幸中の幸いだ。名も姿も知らないモンスターの断末魔の叫びは聞かなかった事にしたい。

　行きは何もいなくて静かで、これなら何とか探索できそうとか思った数分前の私のバカ！

「はー……こわかったぁ……」

　グランミノタウロスは、たぶん、身長が2階の建物くらいあった。その筋骨隆々な巨躯《きょく》で巨大ハンマーを振りかぶっても天井には届かなかったんだから、このダンジョンの一層分の高さは3階以上になる。とんでもなく深いって聞いてるけど、こんな高さが延々と続くの？　やばくない？　地層深すぎて崩れたりしない？　何があってもダンジョンだから、で済まされそうな気もするけどさ。

不思議な何かが関わってるんだろうな。死体は吸収されるらしいし。

モンスターの足元を素早く駆け抜けていたテクトは全然平気そうだったけど、モンスターが怖くないの？

〈モンスター如《ごと》きが僕を害する事はできないからね。恐怖を感じる意味がない。大体考えてる事は「腹減った」とか「あいつ美味《うま》そう」とかだよ？　知能が足らないよ。後れを取る要素はないね〉

「さすが、せいじゅう……かっこよすぎる」

〈僕は平気だけど、ルイは駄目みたいだね〉

「もとのせかいでは、モンスターなんて、くうそうじょうの、いきものだったからね……おもらし、しなかっただけ、ほめて」

偉いねお疲れ様、と踞《うずくま》る私の頭を撫《な》でてくれるテクト。うう……優しさが身に染みるぅ。

ゲームで慣れてると思ったけど、モンスターを実際目《ま》の当たりにしたら恐怖でしかなかったわ……低身長だからか、元々大きいサイズなのにもっと大きく見えるし。てか幼女じゃどうしようもない。倒す手段皆無だわ。危険度マックス。

〈どうにかして出歩ける方法が必要か……ちょっと待ってて〉

「え、テクトどこいくの？」

〈ちょっと神様の所にね。不手際を隠してた追及だってあるし……ほんの数分だけ行って来るよ〉

「あ、はい」

〈いい子で待ってるんだよ〉

と微笑《ほほえ》んだ瞬間、スイッチ一つで消えるようにいなくなったテクト。テレポートかな？　神様の所にパパッとひとっ飛びとか、チートだなぁ。

ていうか追及とか言ってたけど、神様を問い詰めるの？　私の事に関して？　神様からしたらたかが人間一人の話だよ？　いいのかなぁ……聖獣と神様の関係って本当によくわかんない。確かな好意と主従感はあるのに、ずけずけ物言ってるし。気安い雰囲気に戸惑いを禁じ得ないよ？　それとも異世界だとそういう風に接しちゃうのが普通なの？

いやそんなわけないよね、昔の人は神様に好かれようと様々な貢物をテクトに押し付けていたんだし。聖獣だけだよね、あの友達対応。

「グルルァアアア‼」

「………」

廊下の先にいるモンスターが甲高く唸《うな》る。安全地帯に入ってこられないからイライラしてるんだろうなぁ……モンスターだけに発動する見えない壁をガリガリ掻《か》いてる音が聞こえた。

冒険者なら、ああいうのは一掃してから安全地帯に入るんだろう。普段の安全地帯なら、モンスターは近寄りもしないそうだ。私は見つかったままここに逃げ込んだから、彼らは私がこの場所にいると認識している。だから離れがたいんだろう。ううう……安全ってわかってても怖い。何か気を紛らわせるもの……そうだ！　カタログブックを見てよう！　集中すればきっと唸り声も気にならないはず！

カタログブックの知られざる機能があるかもしれないし、じっくり見て待ってるかな！

そして色々調べた結果。カタログブックはこの世界の商品も取り扱ってる事がわかった。

ポーションって言ったら下級から上級、解毒薬とか状態異常回復薬、魔法使いに必須《ひっす》の魔力ポーション、さらには最上級なんて部類の超高額商品まで画面にずらっと並んで、思わず悲鳴が出たよ。

特に最上級ポーションの値段にね。

下級は冒険者さんの袋にも入ってたし、値段は銀貨1枚でちょっとお高め。多少の怪我《けが》や体力の回復なら下級ポーション頼りみたいだ。冒険者の必須アイテムだね。即時効果があるから高いのかもしれないけど、回復役が欲しい所だね。

やばいのは最上級。これは0がたくさんあった。目が回るくらい。冒険者さんの遺産じゃ払えない金額だったよ……欠損さえ治します！　瀕死《ひんし》の人も一発で復活！　とか売り文句出てたからそら高いでしょうけど。欠損ってあれでしょ。腕とか足がなくなったとかでしょ？　その状態を治しちゃうって事は、生やしちゃうんでしょ？　ぼーんっと。そら規格外な値段付けられるわ。こんなの普通に売ってるの？　この世界半端ない。現代医療も真っ青だよ。

あと、届いた商品を入れてる段ボールとか、ケーキの空箱とか、いらないものをカタログブックが回収してくれる事もわかった。段ボールに全部まとめて、その上にカタログブックを掲げて「ゴミすて、おねがい！」って言ったらやってくれた。マジで出来てしまった。

これでダンジョン内にゴミをまとめて置いたり、アイテム袋に入れておかなくて済むね。カタログブックに聞いたら丁寧に答えてくれたので、ナビゲーションは優秀だなぁと思わず呟《つぶや》いた。

――恐縮です。

「わ、へんじした！　すごい！」

ますますＡＩっぽい……！　これを作った勇者は機械的なものも求めてたのかな？　この世界、なさそうだもんね。

しっかしテクト、遅いなぁ。もう30分くらいしたよ？　体感だけど。うーん、次に集中できるのは……そうだなぁ、裁縫でもしよっか。

カタログブックで使い勝手の良さそうな裁縫セットを買う。小学生の頃家庭科で買ったような、手提げタイプのカバンに必要なものが全部詰め込まれたやつだ。誰かに見せるつもりもないからポリエステル仕様で汚れに強い、カバンはピンクの花柄、裁ち鋏《たちばさみ》入り。私が求める条件のいいとこどりしたら、小学生向け裁縫セットが最適だったんだよなぁ。

柄に関しては特に好みというわけじゃなくて、自分は幼女である事を見るたび自覚させるため、これにした。私はどうも、今自分が幼女だっていう認識がまだない。いつも通りのつもりで出掛けてあんな目に遭ったし。これを見て常に子どもっぽさを確認しておかないと、大人の時の癖が出そうだ。もし冒険者が来た時に、素のまま話しかけて怪しまれたら元も子もないしね。少しは慣れておかないと。

裁ち鋏に関してはサイズの問題だ。子ども用の裁ち鋏なら、まだなんとか私の手に合うと思う。そして一番大切な、値段の問題。裁縫道具はこれから末長く使うつもりだけど、私の現状だとお金は有限。なるべく安く済ませたかった。まあ小学生向けって言っても、そのまま長い間使えるくらい性能はいい。さすが日本製っていう所かな。

さて、道具は揃った！　これで冒険者さんの着替えを、私サイズにカスタマイズするんだ‼　節約できる所はするよ私は！

あとアイテム袋を背負いやすく、リュックに加工したい‼　モンスターから逃げる時、引きずりながら走ったから足元に絡まって危ない時あったし。私が転びそうだとわかったテクトが、結局ほとんど背負ってくれたけどね。これからも探索する予定だから、背負って両手が空くスタイルにした方が絶対良い！

裁縫道具と一緒に買ったリュックを広げる。さすがにキャラものは冒険者と出会った時に困るから、幼女らしいけど止《や》めた。安くて誤魔化しやすい合皮のリュックだ。今の私が背負ったら小さめのランドセルくらいの大きさかな。大人なら小さいリュックサイズなんだけどね。

内側の薄い布の、背中側だけ縫い目をほどく。できた隙間にアイテム袋をねじ込んで、仮留めしてから外側と内側をよく観察する。おかしいところがないか確認。

カモフラージュしたいんだよね。外装と内袋の間にアイテム袋を差し込んで、ボタンで留めて隠す。中身をぱっと見されても、内袋の中しか見えないようにしたいんだけど……妙に膨らむからなぁ。まあ、ダンジョンで生活する子どもだし、一つや二つの秘密くらいあります！　って言い張ろう。それがアイテム袋だってバレない事が第一だからね。

問題無さそうなのでリュックにアイテム袋を縫い付けた。水洗いしても多少加工しても大丈夫って言ってたから、一応洗ってタオル拭《ぶ》きして除菌芳香剤吹き掛けといたけど……アイテム袋の汚れ、ちょっと残ってるんだよね。なるべく小まめに洗おう、リュック。

ちくちく、小さい手で地道に縫い続け。時々疲れた腕を振ったり、首を回したり。通らない針に全力を込めたり。アイテム袋のスペースを閉じる釦《ぼたん》をしっかり付けて、完成！

試しに背負ってみるけど、全然違和感ない！　いやぁ、これはいい仕事しましたね‼　集中した‼　１時間くらいしたかな‼　テクトまだ帰ってこないけど‼

廊下のモンスターがまだこっち見てるよ怖い‼　諦め悪いなモンスター達め‼　さっさとどっか行けばいいのに‼

私泣くよ⁉　幼女泣くよ⁉　幼女泣かせて楽しいか変態めぇぇえ‼


結局テクトは、ピンクのシャツを私用のワンピースに二着加工するまで帰ってこなかった。時間はわからないけど、集中しすぎて腰が痛くなるくらいは放置された。

実に長い間一人にされた私はというと。帰ってきたテクトを前に、しびれた両足でなんとか仁王立ちするくらいには、不機嫌になっていた。

「テクトさんや。わたしはとても、とーっても、さみしかったんです」

〈あ、うん〉

「あんぜんちたいに、モンスターは、ぜったいはいってこない、テクトさんのけっかいで、ぜったいだいじょうぶって、わかっていても、ろうかのさきに、モンスターがいすわってるのは、とてもこわかったんです」

〈……はい〉

「そのじょうたいで、わたしは、きをまぎらわせようと、アイテムぶくろを、かこうしてみました。

どうでしょう」

〈お、おお……すごいね、見ただけじゃアイテム袋だとは思わないよ。しかも運びやすい〉

「そうでしょう、そうでしょう。それでもまだ、かえってこなかったので、ぼうけんしゃさんのきがえを、ワンピースにしてみたんです。おしゃれでしょう。ただのふくが、かわいらしいワンピースですよ。ふふ、さいほうは、とくいなんです。なれないぬので、ちからも、うまくでないし、ぬいづらかったけど、とてもじょうずに、できました。あまったぬので、はなのアップリケ、つくってみたりして、わたしはとても、ようじょうらしいでしょう」

〈……そうだね〉

「わたし、いいこで、まってましたよテクトさん。ほめてください」

〈うん、ルイはすっごくいい子だ‼　ごめんね随分待たせて‼　本当にごめんね‼　だから敬語やめてすごく悲しくなってきた‼〉

慌てた様子で私に抱き付いてくるテクトを見ると、ふつふつしてた怒りはすぐに萎《しぼ》んで、肩から力が抜けた。仕方ない。テクトは私の為に神様に物申しに行ったんだもんね。私が怒るのはお門違いだ。でもさー。

「すうふんって、いってたのが、こんなにながくなると、とてもつらかったり、するんだよ。なにか、きけんなめに、あってるんじゃないかって、しんぱいする」

私のいた世界は、遅くなったらすぐ連絡を取れる手段があったから……特にそう感じるんだろうな。でもここじゃ携帯電話なんてないし、遅くなった理由もこうして無事帰ってきてくれないと聞けないわけで。

待ってる間、怖かった。

〈そっか……僕は待たされる側の気持ちがわかってなかったね。今度話が長くなる時は、必ず一言伝えに帰ってくるよ。神様の所に行き来するくらいは、テレポートが得意な聖獣じゃなくても気軽に出来るからね〉

「そうしてくれると、たすかるな。わたしも、きをつける」

簡単に神様の所へ行ったり帰ったりできるとか、神の遣いだからかな。安全に神様の所に行けるんなら、私の心配は過剰だったわけだけど。まあ何にせよ、無事でよかったよ。

それでテクトは神様と何を話してたのかな？　もしお茶を飲みながら世間話とかだったら私怒るよ？　今度は本気で。

〈違うよ。あまりに神様が融通利かないから、ちょっと白熱しちゃって……〉

「ゆうずう？　はくねつ？」

あんな喧嘩《けんか》したの久しぶりだよ、２０００年ぶり？　と妙に照れた様子のテクト。ほっぺをかりかりしてる。

え？　神様と喧嘩したの？　あの厨二《ちゅうに》……って違うか。この世界のシステムと人間相手に愚痴ってたのを私が勘違いしただけだった。あの口悪い神様に喧嘩売ったの？　ただの追及じゃなかったの？　っていうかまたトンデモ数字出てきたぞぉ……もう突っ込まない！

〈勇者じゃないと強力なスキルは授けられないって言うんだ。自分が見逃したからルイはこうして苦労してるっていうのに。自分の非さえ認めなかったね。濁してた。ダンジョンの中に転生したのだって、神様のうっかりで転生の流れから弾かれたせいなのに、まったくひどいよね。まあ勇者じゃないと強大な力に体が耐えられないっていうのもわかるよ。でも僕を遣わした時点でルイは勇者じゃないのに勇者と認識されるような状態になってしまったんだ。この時点で選択肢奪ってるよね。ダンジョンに住むと決めたのはルイだけど、それは外がここより危険度が高いからだ。政治的な思惑が相手じゃ、僕の結界は意味を成さないんだよわかってるだろ！　根本の原因作った神様が無責任っておかしいよね！〉

「う、うん。おちつこうか」

さっきとは真逆の勢いに押されて、今度は私が引き気味ですわ。

テクトって穏やかな子だなと思ってたけど、こんなに熱血できるんだなぁ……それが私の事に関してなんだ。嬉《うれ》しいな、うへへ。

〈せめて攻撃魔法だけでも教えてあげてよって言ったのに、それも無理だって！　性質上無理だとか、神様なんだからそれくらい何とかしてくれればいいのに！〉

「わあ、テクトがむちゃぶり、いいだした」

〈じゃあルイは何が出来るのかって聞いたら、攻撃以外だって‼　戦闘に関する魔法やスキルは一切覚えないって‼　どういう事⁉　せめてダンジョン内を安全に出歩けるようにしてよって言ってるのにルイに特殊なスキルは覚えさせられないって話に戻る‼　何度も戻る‼　干渉できないのはわかるけどひどいよね‼〉

「うん……ひどいねぇ」

チートスキルは巻き込まれた私には無理だってわかってたけど。まさか私の体がそんなにもダンジョンに向かないタイプとは思わなかったよ。なに、私ってば攻撃系統全然覚えないの？　こんな

タイミングで知るとは思わなかったよ、まさかの暴露だよ‼

〈で、仕方ないから僕に新しい魔法を授けてくれたんだけどね〉

「とつぜんのテクト」

〈聖獣は簡単に魔法を覚えられるよ。ただ、僕は守護の獣だからどうしても攻撃魔法は使えなくて。性質上仕方ないいんだよね〉

常に私を守る結界を遠隔でも張ってられるとか十分素敵なチートだと思うんだけど……と考えた時点でテクトが照れた。可愛《かわい》いな。

あと性質って何だろうね、さっきから出てくるけど。魔法やスキルに関係してるのかな。

〈うん。この世界のすべての命や無機物には、元々魔力が備わっているっていうのは話したね〉

「うん」

だから元の世界では魔力とかなかった私でも、この世界の体になったから魔力がある。実際どんなものなのかは、まったく感じられないけど。魔導具使えるからあるってわかるね。

〈魔力自体に属性はないんだけど、体には属性に関係する魔導器官ってものがあってね〉

魔法やスキルは火、水、地、風、木、金、光、闇と、基本は8属性ある。テクトの結界魔法とか、テレパスとか、特殊なものはそれらとは違う無属性扱いなんだって。魔力そのものの力を活用するそうだけど、理論はわかんない。そういえば、モンスターの攻撃を受けた時に属性を感じる演出っぽいのはなかったな。ただただ攻撃を弾《はじ》いてく感じだった。ああいうのが無属性なんだね。水の膜とかの結界だったら水属性だ！　ってすぐわかりそう。あるかわからないけど。

体の基礎的な構造の中に、魔力を動かす器官——魔導器官が生物にはあって、それがどの属性寄りなのかによって、使える魔法やスキルに関わってくる。炎の魔法が使える人は、攻撃力アップのスキルを覚えやすいとかね。戦士が多いんだって、そういう人。じゃあ闇や風属性は暗殺者とか盗賊とか？　ちょっと安直だったかな。

自分が攻撃や防御、あるいは工業や生活に向いているのか、そういうのも魔導器官に依存するんだって。それを性質って世間では言うんだね。聖獣と勇者は魔導器官が特に強く出来てて、だから特殊で強力なチート魔法やスキルの負荷に体が耐えられるんだね。人の指向性や強さまで生まれつき臓器が決めてるの？　この世界すごい。

つまり私の魔導器官は基本の８属性が備わっているけど、攻撃や防御には一切向いてない、っていうように出来てるって事らしい。そういう性質なんだ。もう生まれてしまったからには、神様でも手を加えられないんだとか。努力でどうにかなる問題じゃないね。

「おたがい、たたかいには、むかないねぇ」

〈ふふ。そうだね。それで授けられたのが隠蔽《いんぺい》魔法っていうんだけど〉

「いんぺい？」

〈隠したいと思ったものをほんの少し次元をずらして隠してくれる魔法。隠された方は自由に歩けるし動かせるけど、魔法をかけた者とかけられたもの以外には認識されなくなるんだ〉

「わー……」

〈次元ごとずらしちゃうから、気配や魔力察知に長《た》けたモンスターも、五感に敏感なモンスターも騙《だま》せるってさ〉

五感さえ騙すってすごいな……匂いさえ誤魔化しちゃうって事でしょ？　これでモンスターを気

にせず、むしろ隣を歩いて通れるんだね！　すごいなぁ。

「じゅーぶん、たすかるよ？　なにが、ふまんなの？」

〈いちいち僕にかけてって言わなきゃいけないんだよ？　ルイに直接授けてくれればそういう手間ないのに〉

なるほど。テクトが私にスキルを授けてほしいってこだわってたのは、タイムラグをなくして便利にしてあげたいって思ってたからなんだね。優しいなぁ。

「まあ、そこはいいよ。かくれたいなって、おもったじてんで、テクトなら、かけてくれるだろうって、きたいしてるし。まいかい、おねがいすることに、なるけどね」

〈そこは任せて。ルイには生活の事すべて任せてしまうんだし。お互い、出来る事で助け合っていこうね〉

テクトはカタログブックが使えないもんなぁ。買い物はお任せあれ！

〈それと、ここに戻る前に情報担当から色々聞いてきたんだけど〉

「うん？」

情報収集が得意な聖獣の事かな？

〈僕の知識は古かったみたい。ここ数百年、目立つ姿の聖獣は世間に出てないから、聖獣自体眉唾物《まゆつばもの》の存在になってるんだって。僕らが実在すると知っている者は長命な種族くらいかな〉

「つまり……あんまり、みがまえなくて、いいってこと？」

〈そうだね。少し気は楽になった？〉

うん。テクトを見られた＝バレるに直結しないなら、たまたま出会う冒険者に気を張って話さなくていいもんね。

そっかそっか。テクトが聖獣だってバレないって事は、イコール私が勇者だって勘違いされないって事だ。これで安心して、ダンジョンに二人で隠居できるね。

安心したら眠くなってきた……ふぁう。

〈早速アイテムを探しに行く?……ルイ?〉

「あふ……ん、あいてむ、さがす……」

ごしごし目を擦《こす》ってみたけど、眠気がどっか行ってくれない。体に力が入らなくて、床にぺたんと座り込む。

んんー。でも、何か探さないと……色々、買い物、しちゃったし……でも、そこ、モンスター、いるし……こま、ったなぁ……

〈ルイ?……あ、そっか。ルイは5歳だった……もう体力の限界か〉

僕と同じに考えちゃ駄目なんだなぁ……そんなテクトの声を聞きながら、私は眠りに落ちた。

Step4　助っ人から習いましょう

私が目を覚ましたら、テクトがハトに怒られていた。

まったくもってわけがわからない。何事、である。何だろうこの可愛い生き物達は……あ、異世界に転生したんだった私。なんて、ボケッとしてる場合じゃないよ。

テクトが入れてくれたのかな？　ほこほこ寝袋から抜け出た私は2匹……二人？　をまじまじと見る。私に向けられてテレパスを使ってないからか、二人が何を話しているのかはわからない。鳴き声の無いテクトがどう見ても「反省してます」って感じで落ち込んでるのに対し、怒りのオーラっぽいのを背負ったハトが「クルッポ！　クルルゥウウ！」と荒ぶる鳴き声を向ける。不思議きわまりない光景だけど、モンスターの怖さに比べたら平和な日常に見える。私はどうも、この世界に1日で順応し始めてるみたいだ。我ながら驚きである。

寝ぼけた頭を働かせて考えたのは、聖獣であるテクトが殊勝な態度を見せるって事は、あの真っ白くて小さなハトは、ただのハトじゃないんだな。たぶん動物系の聖獣なんだろうな、っていう事だ。絵面は可愛くて和やかな図なんだけどね。とりあえず、挨拶《あいさつ》しようか。

「おはよう、テクト」

〈っ！　ルイ！　おはよう‼〉

「クルル‼　クルポォ‼」

ハトに向けてた落ち込み顔をぱっと明るくさせて、テクトがこっちを見上げる。「助かったー‼」って顔に書いてありますよテクトさん。ハトの表情がもう一段階怒りを上げた感じになったよテクトさん。

〈カーバンクル！　あなたこれで話が終わったと思わないでくださいまし‼　まだまだ言いたい事がありますのよ‼〉

お、ハトの声かな？「クルッポー！」と高い鳴き声と一緒に、若い女の人の声が頭に直接聞こえてきた。お上品な感じだなぁ。これはハトさんと呼ぶべき。ハトさんにもテレパススキルあるんだねぇ。お嬢様のような口調で、今は怒ってるから刺々《とげとげ》しいけど、頭にキンキンしないから本来は優しい声なんだろうな。

テクトは嫌そうに私の背後に隠れた。え、何？　可愛いな。

〈まったく……ルイ、でしたわね。あなたには苦労をかけます。神様の不注意、カーバンクルの鈍感さには私から謝罪いたしますわ〉

「あ、いえいえ」

おお。やっぱり柔らかい声だった。昨日一日は怒涛《どとう》の流れ過ぎて、テクトの鈍感さはまったくわからないけど、神様の不注意に関しては全面同意します！

ハトさんがハトらしからぬ動きで頭を下げる。

〈私はダァヴ。神に仕える聖なる獣の一柱《ひとはしら》ですわ〉

「ごていねいにどうも。わたしはルイです」

〈ふふ、愛らしい方ですのね。カーバンクルが懐くのもわかりますわ〉

あ、愛らしいって……なんか照れるなぁ。おっと、テクトに足をぎゅうっとされたので気を取り直して。

やっぱりハトさんは聖獣だった。ダァヴって確か、白いハトって意味だよね。公園にいるハトじゃなくて、平和の象徴の方の。

動物の聖獣って事は、情報収集が得意なんだ。テクトが情報担当って言ってたのはダァヴさんの事かな？　思った瞬間にダァヴさんが頷《うなず》いた。

あなたも人の心読めちゃう系チートテレパスなんですね。さすが聖獣、基本がチート。

〈ごめんなさいね。心を覗《のぞ》かれて、いい気分にはならないでしょう？〉

「テクトでなれたんで、だいじょうぶです」

今度から聖獣＝読心される、って思っておけば驚かなくて済むし。

〈あら、寛容ですのね。しかし、そう何度もカーバンクルの鈍さを許してはなりませんわ。この子は多数の人と接する機会が少なく、また痛みにも鈍いためかなり鈍感ですの。優しい子ではあるのですけれど、通用するかは別問題。人の子であるあなたには苦労をかけているのではないかと心配して見に来たのですが……〉

ダァヴさんが私の後ろを覗き込む。睨《にら》んでらっしゃるけど、テクトは見ない振り……出来てない気がするけど。本人は必死に隠れてる。

「テクトには、いろいろ、おしえてもらってましたけど……」

魔力の事とか、魔法の事とか、魔導具とか、聖獣の事とか……わたしの現状とか？　気を付けないといけない国とか、ダンジョンの事とか……後は、結界で守ってもらったり。これ一番大事。

〈魔法とスキルの覚え方は？〉

「へ？」

〈時間は？　時計の有無は？　ダンジョンの名前は？　階層は？　聖獣の目の詳細は？　食べてはいけないものの有無は？　生涯を共にするにあたって授ける加護については？　また、あなたが幼児である事による最低限の休息時間や食事の必要性は伝えましして？〉

「えーっと……」

な、なかったかなぁ……

〈また、魔物を放置して一人にされると大変心細く寝て待ってなどいられないと、はっきり言いましたの？〉

「いってない、です……」

昨日は眠くなっちゃったから、性質の話をして、聖獣の存在が眉唾《まゆつば》扱いされてる話しかしてなかったな。たぶん……寝落ちたから記憶が曖昧《あいまい》。

っていうか、すごいな。その場にいたわけじゃないのに私の気持ちバレとる。ダァヴさんやばい。

〈やはり……カーバンクル。神様に対して怒るのも彼女を慮《おもんばか》るのも、あなたの優しい心故の行動で私はとても嬉《うれ》しく思いますが、少々配慮に欠けましてよ〉

〈……う、うん〉

「あ、いや、テクトを、あんまりせめないで、ください。わたしのために、いろいろ、がんばってくれたんですし」

慌ててそう言うと、ダァヴさんは今度は私を睨みつけた。な、何で‼

〈モンスターを傍《そば》に放られたままで怖かったでしょう？　まだこの世界に慣れてないあなたに、その状態で長時間待ってろとは配慮に欠ける行為ではありませんの？〉

「は、はい！」

〈石畳へ直《じか》に寝かせておく事も大問題でしてよ。私が言わなくては寝袋はアイテム袋の中に仕舞い込まれたままでしたわ！〉

「はい、ねぶくろありがたかったです！」

ぐっすり寝られました！　寝起きも快適でした‼

〈あなた、昨日は何を食べましたの？〉

「あ、アップルパイ……」

〈ホールで？〉

「……ひときれ、です」

〈まあ‼　成長期にそれだけではまったく足りませんわ‼　カーバンクル、子どもはきちんと三食食べてぐっすり寝る事が一番大切だと、私言いましたわね‼　あなたも頷きましたね、体力なくなったら寝るんだねって‼　まさかルイが勝手に寝入るまで放っていましたの⁉〉

〈ごめんなさい‼〉

〈謝るだけなら誰でもできましてよ‼　もう一度言いますわ！　人の子は主食にお野菜と肉や魚などバランスの良い食事を一日三食、早寝早起き昼寝付きが原則ですわよ‼　我々聖獣とは比べるまでもなく、毎日、毎日ですわよ！　食事を必要とし、少ない体力を駆使して動き、徹夜などもって

の外‼　か弱い命なのですよ‼〉

〈ごめんなさいぃいい‼〉

「ご、ごはんをかうためにも、たんさくしようって、わたしが、いいだしたんですダァヴさぁああん……！」

いつの間にか背後から出てきて隣に座るテクトと私が揃《そろ》って正座して、ダァヴさんに叱られる。ふぉおおごめんよテクトぉおお。私が考えなしだったせいでぇええ……。

ダァヴさんは並ぶ私達を見て、肩を落とした。沸騰したテンションが落ち着いたらしい。優しい声で語りかけてくる。

〈あなたはカーバンクルに遠慮しすぎですわ。自分のために、とか、自分のせいで、と思う気持ちはわからなくもありませんが、この子を預かるのはあなたの正当な権利です。気に病む必要はありませんわ。それに、一生共に過ごすというのに遠慮は無用ですわよ。どこか行くならばそこのモンスターを何とかしてから行け、くらい言っても亀裂になどなりませんわ。モンスターを遠くへ押し出すくらい、カーバンクルには造作もないことなのですから〉

「はい！……はい？」

〈あなたを寝袋に入れさせてから、即刻させましたわ〉

と言われて気づいた。廊下にモンスターがいない！　ハトの鳴き声しか聞こえないなと思ったら‼　結界を広げてどんどん押してったのか、結界で囲んで押し込んだって事？　形変えられるんだね、結界。

〈その通り。カーバンクルが結界の性能を教えなかったせいでこのような弊害が起きますわ。わからない事や困った事などははっきり仰《おつしや》ってくださいませ。カーバンクルは聞かれないと、己の知識の中の、何を求められているのかわからないのです。まともな人と接して来なかった弊害ですわね。子どもと接する事など今回が初めてですし。しかし私からある程度聞いたとしても、あなたにすべては伝えていないので難しいだろうとは思ってましたが……ここまでとは。まだまだ勉強が足りませんわね〉

後半の鋭い声に、テクトがびくっと震えた。ダァヴさんが相当怖いらしい。私も背筋がぴんっとなる。ハト姉さん強い。

〈私から最低限、必要な事を話しますわ。いいですか？　ちゃんと聞いて、覚えるのですよ〉

「はい！」

〈はい！〉

そして教えられたのは、魔法とスキルの覚え方、聖獣の体の事、ダンジョンの事、時間の事だった。テクトは人の子が如何《いか》に脆《もろ》いのか懇々と教え込まれてる。その間に温かい紅茶を飲みながら復習しておこう。

魔法やスキルは性質にもよるんだけど、基本的には見るだけで覚えるきっかけになるそうだ。誰かベテランの人が岩をどーん！　と地面から生やすような魔法を使っているのを見た場合、土属性と攻撃の性質があれば地面から石ころを生やす事が出来るようになるらしい。覚えたては威力が弱いけど、何度も使い込めば使い込むほど強力になっていく。レベルアップしていくんだね。

また、魔導器官の性質が前衛か後衛かによって、習得率もレベル上げのしやすさも大分違ってくるらしい。攻撃向きの人にもさらに分岐があるんだ……まあ私は戦闘向きじゃないから関係ない話だけどね。

そしてなんと、ダァヴさんは洗浄魔法を使えた。この魔法、綺麗《きれい》にしたいものなら何にでも使えるらしい。一般人だけでなく冒険者にも人気の魔法で、食器洗いも一瞬、お風呂《ふろ》に入れなくても体は清潔に保てる、などなど。水や洗剤がなくても清潔を保てる、汎用《はんよう》性ありまくりの魔法である。

それを、ダァヴさんは私に見せてくれたのだ。贅沢《ぜいたく》にも、安全地帯の汚れをすべて落とすという大規模な方法で。私はそれをまじまじと見た。ダァヴさんが羽を広げて泡を出す所も、綺麗になっていくのも。じっくり観察させてもらった。後は、わかるね？

私が着てた土埃《つちぼこり》の付いたワンピースと体は、覚えたての洗浄魔法で少しだけ綺麗になった。〈綺麗にしたい箇所を思いながら、水で洗い清める感覚で〉と言われて、服を着たままお風呂に入る感じ？　と想像した。そうしたらなんと、出来てしまったのである！　水の泡が周りに出てきて、私に触れて弾《はじ》けた途端、べたっと脂っぽかった所がすべすべに！　私も魔法使えたよ、今日から魔法少女ならぬ幼女‼

上機嫌にテクトへ見せびらかしてた私を、ダァヴさんは目を瞬かせて愛しそうに細めてくれた。〈生活魔法に適している性質とはいえ、初めてにしては上出来でしてよ〉とお褒めの言葉も貰《もら》っちゃった！

清潔にした後は一服した。お腹が空いたでしょう、と渡されたクッキーと紅茶をもぐもぐごっくん。すきっ腹に染み込みますなぁ。

聖獣の事も教えてもらった。聖獣は基本、飲食睡眠をまったく必要としない生き物らしい。漂ってる魔力を取り込んで生命力にしてるからなんだとか。特殊な魔導器官を持ってるから可能らしい。どんなものも魔力に分解できるから、普通に食べる事も出来るし、私と同じ食事で大丈夫なんだって。それならこれからも一緒に美味《お》しいもの食べようねって言ったら、〈またアップルパイ食べたい！〉と元気なお返事がきた。相当お気に召したらしい。まあ、私が大好きなお店のアップルパイだから、当然だね‼

そういえば、〈聖獣の目はすべてを見通しますから、鑑定と同等以上の事が出来ますわよ〉とも教えられて、目から鱗《うろこ》だったなぁ。鑑定は特に冒険者や商人が持ってるスキルなんだとか。目利きってやつだね。アイテム拾ったら見てもらおう。あ、未知の食べ物と出会ってしまったら、食べられるものかどうかも確認してもらおう。

聖獣の事で、あとは……加護だ。神様がテクトを遣わせた時点で、私にはテクトの加護がついてるらしい。常時結界とか、テクトが持ってるスキルの影響があったりとか。そういうのも加護に含まれてる。ずっと結界をかけ続けてるのかと思ったけど、加護の効果で24時間365日状態なんだね。道理で洗浄魔法の時はキラキラのエフェクトがあったのに、結界は突然私とモンスターの間に透明な壁が発生した感じだなって思ったよ。

加護は一定日数離れているとなくなってしまうから、加護持ち＝聖獣が傍にいる＝勇者って法則が出来てるらしい。これもバレちゃいけない禁則事項だね。〈もはや伝説ですから、本当に加護があると信じる人はいないでしょうけど念のため〉だって。

私に授けられた加護の結界は大きさをいじる事はできないけど、テクトの結界魔法は形もサイズも自由自在。テクトの意思で簡単に変えられるらしい。モンスターを押してったのも、廊下にぴっちりサイズを合わせて、奥へ奥へと広げてったんだって。見えない壁にどんどん押されて、モンスター達は訳がわからなかっただろうな。うん。

〈そういえばカーバンクルの事をテクトと呼んでいるのですね〉

「あ、だめでした？　かみさま、おこります？」

〈いいえまったく。悪い事など何もありませんもの〉

絆《きずな》が強固になればなるほど加護の効果が強まるそうで、〈積極的に仲良くなってくださいまし〉とむしろ勧められた。

〈加護の重複は出来ませんが、私にもつけてもよろしくてよ？〉

「ねえさんって、よびたいです」

秒で返したよね。鈴の鳴るような声で〈構いませんわ。これからよろしくお願いしますわね、可愛い妹さん〉って返された時は、思わずガッツポーズしちゃったよ。

それから、このダンジョンはナヘルザークの都市郊外にあるんだって。きちんと統治されてるから治安はいいんだけど、フォルフローゲン筆頭に怪しい奴らが潜入してるそうなので、ダンジョンからはあまり出ない方がいいみたい。〈街中ですと不特定多数に存在を認知されますし、誰が侵入者かわかりませんわ。隠蔽《いんぺい》魔法を使うにしても、買い物は隠れたまま出来ませんでしょう？〉って言われれば、なるほどなー、だよね。やっぱりダンジョン内が安住の地なんだなぁ。

このダンジョンの名前はヘルラース。巨大な地下迷宮で、階層は１３６ある。ふっかいな……ちなみに私がいる階層は１０８。煩悩の数でしょうか。人間とは切っても切れない数だ、仕方ないね。私欲深いからね。

結構深い場所だとは聞いてたけど、もう少しで最下層とは思わなかったよ……そういえばベテランの冒険者パーティは最下層を目指してるんだっけ。最下層には何があるんだろうか。〈そこまで教えてしまっては、面白くないでしょう?〉って内緒にされたけど。行く事はないだろうし、ちょっとくらい教えてくれても……まあいいか。大変な栄誉を得る、って曖昧なのは聞いたし。

最後は時間。地球と同じ24時間だけど、午前午後がないから12時の次は13時って数えるんだよね。24時間表記だ。

時計も貰った。アイテム袋以上に高価だから、絶対に人に見られないように！　って注意と一緒に渡されたのは、お洒落《しやれ》な懐中時計！　長いチェーン付きで、蓋《ふた》がないオープンフェイスタイプ。白銀のカバーの真ん中に短針、長針、秒針がついてる文字盤部分。時間を示す数字も大きめで見やすいし、なんと、午後になったら文字盤の1から12が13から24に変わるんだって！　すごくファンタジーだ！　魔導具だから、空気中の魔力を吸いとって原動力にして正しい時刻をずっと刻んでくれるらしいし、ダンジョンにいても朝か夜かわかるんだね。すっごい高性能‼

しかも懐中時計とチェーンの間にくっついてる白い宝石が綺麗なんだよねぇ。親指の爪くらいの大きさで、涙の形してるんだけど、揺らしてると黄色い炎が煌《きら》めくんだ。

ちょうどテクトに話し終わったダァヴ姉さんに、お礼を言う。

「すてきなとけい、ありがとう！」

〈喜ぶのはまだ早いですわよ〉

ダァヴ姉さんは、にっこりと目を細めた。

何か企んでるかのような微笑《ほほえ》みを浮かべるハト……ダァヴ姉さん。テクトもそうだけど、見た目動物なのに表情筋が器用だな。

もう色々教えてもらってすごくお腹いっぱいなんですけど。頭の中でゆっくり噛《か》み砕《くだ》いて消化してる所なんですが……まだ何かあったりする？　そろそろパンクするよ？

〈当たり前ですわ。あなたはまだ子どもですのよ。成長するにあたって、少なからず日光が必要でしょう？〉

「はあ……え、そとにでるつもりは、ないですけど？」

ここに住むと決めた時に、太陽の光はもう見ないって覚悟したけど。

〈あなたがこの時代のこの場所に転生してしまった時点で、神様もダンジョンで暮らす事は承知しております。テクトがいるならば多少不便でも平和に暮らせるだろうと。勇者の遺産もありましたし〉

あ、カタログブックの事だね。神様って私の様子見てるの？　あ、見てるのね。どうやってか知らないけど、しっかり頷《うなず》かれた。

確かに買い物には一切困らないなぁ。電気を使うタイプは取り扱ってなかったけど、衣食は絶対足りてる。お金稼げればだけど。

〈えー。自分が意識ありのルイを見過ごしたのは認めなかったのに？〉

〈それはそれ、これはこれ、ですわ。きちんとあなたという保護を施したでしょうに、テクトも根に持ちますわね……それで、健やかに成長できるようにと鍵《かぎ》をいただきましたの〉

「かぎって……どこかにへやをつくった、とか……？」

〈いいえ。部屋ではなく……まあ、見た方が早いですわね。先ほど渡した懐中時計のチェーンに鍵が下げてありますわ〉

懐中時計を持ってチェーンを垂らすと、滑る金属音の後にアンティーク調な鍵がチェーンの先にぶら下がった。さっきは懐中時計と宝石に夢中で気付かなかったなぁ。どこの鍵だろ。アンティーク調だから、きっと扉も同じ感じで……

〈この鍵をどこでもいいので、壁に差して捻《ひね》ってくださいまし〉

「……ホワイ？」

どこでもいいって……え、壁に？　鍵穴《かぎあな》は？

〈対の鍵穴はありませんわ。私の言った通り、やってみてくださいな〉

〈僕にはくれなかったのに……何でダァヴから？〉

〈あなたが喧嘩腰《けんかごし》で掴《つか》みかかっていったのが悪いのでしょう。お可哀相《かわいそう》に、反抗期なくて可愛《かわい》かったカーバンクルにめっちゃ怒られた……と落ち込んでましたの。私が様子を見に行くと言ったら、これを渡してくれって仰ってましたわ〉

〈ぐ、僕も悪いとは思ってるよ……ルイ。神様がくれたものなら大丈夫。信じてやってごらん〉

なにそのエピソード。神様案外可愛いところあるじゃん。ダァヴ姉さんが神様の真似したからすごく上品化されてるけど、いやダァヴ姉さんの砕けた口調も可愛いな。っていうのは置いといて。

やってみるよ？　パントマイム素人《しろうと》な人じゃないからね？　何も起こらなくても笑わないでね？　やるよ？

鍵を持って、石レンガの壁に向かった。ごくん。なんか緊張で唾《つば》飲み込んじゃったよ……よ、よし。ゆっくり、うっかり鍵が折れないように、あまり力を入れずに差し込んでみた。

すぽんと、壁が水になったみたいに入り込んでいく。ある程度入ったら、鍵穴にはまったように止まった。えええ⁉

「は、はいった⁉　ええっ、なんで⁉　かべだよね⁉」

鍵を持ってない方の手で壁に触ってみる。冷たい石の感覚が直にきた。つめたい‼

やっぱりなんの変哲もないただの壁だこれ‼

〈神様仕様って奴でしょ。さあ捻った捻った〉

「テクトかるくない⁉」

私すっごく驚いてるのに‼　なんなの拗《す》ねてるの⁉　自分が貰えなかったから⁉　可愛いなもう！　やるよ、捻ればいいんでしょ‼

家の鍵と同じような感覚で、少しだけ力を込める。そうしたら、くるっと半回転して、錠が外れる音がした。え、どこから？

〈さあ、そのまま壁を押してくださいまし〉

「お、おすの⁉　かべを⁉」

今さっき、ただの壁だって確認したばかりなのに‼　鍵を捻ったらここらへん全部水っぽくなるとか？　それとも沼？　ええいわからん、押してみる！　壁に埋まったりしませんように‼

鍵を差したまま、壁に両手をつけた。幼女の腕力で押せるのなんか、たかが知れてる、もしかして潜っちゃう？　と思いきや壁はあっさりと奥へと押し出せた。はいぃ？

一度止めて、元々の壁と今私がずらした壁とを見比べた。鍵を中心に、扉の形で押し込めたみたい。すごい、私の腕分ずれてる……

　このまま押すと、どうなるんだろう。さっきまで得体の知れない感じがちょっと怖かったのに、今はわくわくしてる。鼓動の激しい胸に手を添えて、呼吸を整えた……よし！　押そう。

　扉の壁は、そんなに力を入れなくても簡単に動く。壁と壁の隙間から、目映《まばゆ》い光が溢《あふ》れてきた。

　すると突然、壁が消える。

「ううぇ⁉」

　突然の事でたたらを踏んだ私の足元に、鍵と懐中時計がチェーンごと落ちる。あれ、さっきまで壁に差してたよね？　何で落ちたの？

　チェーンを引っ張って気づいた。床が石畳じゃなくて、土になってる。っていうか、なんか明るい。松明《たいまつ》のゆらゆらしたオレンジの火じゃなくて、照らす光っぽい感じ。空気がじめじめしたものから、さらっとしたものに変わってる。んん？

　顔を上げると、目が眩《くら》んだ。あまりの眩《まぶ》しさに目を開けてらんなくなった！　薄暗いのに慣れてたから、ここ明るすぎる！　明るいし暖かいから、もう汗がにじんできた！

〈ほら、わかったでしょう。テクト、人の子は薄暗い場所から明るい場所へ移動するのにも一苦労するのですよ〉

〈わかった！　わかったから、もう、止《や》めてよダァヴ〉

〈仕方ないですわね……ルイ、無理をして見ようとはしないで、ゆっくり慣らすのです。目が傷つきますわ〉

「はーい」

〈そのままでお聞きなさい。その鍵を差し捻る事で、小さな異空間へと繫《つな》げますわ。どこの壁でも構いません。押せるものであれば問題ありませんわ。世界と同じ時を刻むこの空間を、神様が作り、箱庭と名付けました。あなたの好きに使いなさいな〉

ダァヴ姉さんが言ったことを反芻《はんすう》する。

この鍵で異空間に行ける。押せる壁ならどこでもおっけー。外と同じ時間と空をしてる。神様が作った箱庭……え？

「はこにわ!?」

慌てて目を開けたその先に、満開の花畑が広がっていた。

黄、赤、ピンク、青、紫、オレンジ、白、緑……日差しを浴びて風に揺れる、カラフルな色が突然視界を埋め尽くす。わ、わ、すっごい。いい匂いする！　爽《さわ》やかな風に前髪が巻き上げられた。

その花畑を囲うように芝生が広がってて、その傍《そば》に高く広く枝を伸ばす大樹があった。そして、それらの背景には白い雲が漂う青空があって、遠くには大きな山。真上にはさんさんと辺りを照らす太陽が見える。

慌てて背後を振り返ると、ダンジョンの壁が扉の形で、剝《む》き出《だ》しの土の上にあった。背景の青空とミスマッチすぎる。ここが出入り口って事かな、わかりやすいです。

どこぞの映画のような景色だ。神様が作りました、と言われて納得する。ダンジョンから不思議な鍵を使って、こんな綺麗《きれい》で空気の美味しい場所に行けるなんて。聖獣のテクトだってテレポートは神様の所にしか出来ないのに、チートスキルを持てない一般人の私が、アイテム一つでこんな簡単に移動できちゃったのだ。神様半端ない。

〈広さはそれほどありませんわ。花畑とこの空間を清く維持するための聖樹。その周囲の芝生くらいが実際の空間ですの。遠くに見えるのは閉塞感《へいそくかん》を感じさせないための虚像ですわね。チートスキルは無理だが安心して寝れる場所くらい提供するわ、と仰ってました。もちろん、この空間にあなたを害するものは一切入り込めませんわ。神様仕様ですから〉

「こんなすてきなところ、もらっていいんですか？」

一度確認しておこう。やっぱりあげない、とか言われても……いやだなぁ。欲しい、ここ。

日光なくても何とかなる、と思ってたけど、実際こうして浴びてるとやっぱり必要なんだなって思うよ。何だか体が軽く感じる。

人間って欲深いからさ、一度無理だと思ったものが目の前にあるとどうしても欲しくなるんだよ……だから本当に貰《もら》っていいのか確認！　確認って大事だよ。

恐る恐る聞いてみると、ダァヴ姉さんはしっかり頷いた。

〈ええ。あなたのための箱庭ですわ。好きになさって〉

「わ、わあ……」

す、好きにって……そこらへんに寝そべって昼寝とか、していいかな。風も緩やかに吹いてるから気持ち良さそうだよ。

〈注意事項ですけれど、聖樹が折れたり枯れると箱庭は崩壊しますから。大事にしてあげてくださいまし〉

「もちろん！」

毎日水をあげたり、養分あげればいいのかな？　木の世話はしたことないからなぁ。

〈この空間には十分に魔力がありますから、それで事足りますわ。ルイが手をかける必要はありません。瘴気《しょうき》をまとったものはそもそも入れませんし、枯れる事はそうそうないでしょう。不敬な事をしなければいいのですわ。聖樹も一つの命ですから、誠意を持って接してくださいな〉

「せいい……これから、おせわになりますって、あいさつするとか？」

〈あら、とても良いと思います。聖樹も喜ぶでしょう。私達の様にテレパスを持っているわけではありませんが、きっと応えてくれますわ〉

じゃあ早速挨拶《あいさつ》しよう！

花畑を突っ切るのは気が引けるので、楕円《だえん》状に植わってるのに沿って歩く。山を真正面に見せたかったからか、聖樹はちょっと右側寄りの奥にあった。遠くにいてもすごくでかいなぁって感じてたのに、真下に来たら尚更大きい！　ビル５、６階分くらい？　すごいなぁ。

でも聖樹って何だろう。普通の木とは何が違うの？　見た目は立派な木なんだけど……

〈聖樹っていうのは、場を清浄に保つスキルを持った木の事だよ。長命だから意思もあるね。聖樹の周りでは争い事が起きないとまで言われるくらい、空気を浄化するんだ。争う気をなくさせるんだよ〉

〈モンスターも入ってこられない、一種の結界になってますわ。聖樹の周りに村を興したりしますのよ〉

「そんなすっごいきを、こじんが、しょゆうしていいの？」

〈神様のお詫《わ》びと思って受け取ってくださいまし……これ以上は、神様も手を出せませんの〉

神様は輪廻《りんね》の輪を操る事は出来るけど、生まれたものに干渉する事は出来ない。神様だって万能じゃないんだよね。大きな流れをいじれる力を持ってる代わりに、細々した事が出来ないんだ。私の魔導器官をいじって！　とテクトに無茶ぶりされても頑として首を縦に振らなかったのも、それが理由だ。だから色々と細かい事をさせるための聖獣を生み出したんだね。そしてテクトの反抗期にショックを受けると……閑話休題。

それに、あまり神様に頼ってると悪い人達に目を付けられる可能性も上がるらしい。珍しいものを持ってると危ないもんね。

私もテクトがいるお陰で安全は確保されてたわけだし、カタログブックで衣食は足りてた。ここに安心の住が貰えたんだよ。これ以上をねだったらダメ人間になっちゃう。

ありがたく、住まわせてもらおう。

「せいじゅさん、これからよろしくおねがいします！」

お辞儀をしたら、太い枝がわさわさ揺れる。

ちょうど風は吹いてなかった。

箱庭の規模をまずは確認しましょうか、という事で空間の端っこをぐるりと歩いてみた。ちなみにテクトは私の肩の上だ。可愛いのう。

広さは学校のグラウンドくらい？　テクトと暮らすならかなり大きい空間だ。花畑と聖樹さんが半分を占めてるけど、芝生側で十分足りるし。幼女の足で約20分。結構な大きさでしょう。

それにしてもダンジョン内は鍾乳洞《しょうにゅうどう》の中みたいに涼しかったから、それに慣れてると箱庭のぽ

かぽか陽気で汗が止まらなくなったよ。今着てるのが長袖《ながそで》のワンピースだから調節がきかなくて……ランニングシャツみたいな肌着着てるからいいかと思ってまくり上げたら、ダァヴ姉さんに〈はしたない！〉って怒られてしまった。聖獣の前でもパンツ晒《さら》しちゃダメらしい。カボチャパンツに恥も何もないと思うけど……激怒ダァヴ姉さんは怖いので言う事を聞こう。

仕方なく腕捲《うでまく》りで我慢したけど、こっちで過ごすなら半袖《はんそで》、ダンジョンに行く時は上着を着る、とか区別しないと汗で冷えちゃいそう。カスタマイズしたワンピースの袖《そで》を落として、上着を買って……ここまで気を遣ってもらったのに風邪《かぜ》引いたとか笑えないから、そこらへんの自己管理はしっかりしよ。

花畑に興味津々な目を向けたら、この花達は常に生えてるのですよ、って説明された。花の種類は変わるけど、土地の魔力が豊富だから枯れる事がないんだって。土から抜いたり手折《たお》れば自然に枯れていくらしいけど、そのままにしておけばまさしく楽園のような光景が毎日見られるわけだ。なんて贅沢《ぜいたく》だろう。

ダァヴ姉さんは箱庭の中の不思議を次々に教えてくれた。

世界と同じ時間を刻むこの空間では、太陽は沈むし夜は星空が見えるんだって。明かりがないから満天の星が見えそう。昼だけじゃなくて夜も楽しみだね。

外と同じ朝と夜があるって事は天気も連動してるわけで、外で雨が降ればこっちも雨が降る。嵐は危険なので直接連動はせず、雨だけに抑えられるんだって。花や聖樹さんの成長促進のため、あと私が寒さで震える事が無いようにって、恒久的に温暖な気候を保つから雪は降らないらしい。風が緩く吹いてるのは、空気を循環させるために必要だからだね。

ダンジョンへ戻るには、土の上にある壁を押せばいいそうだ。入った場所と同じ所に出れるらしい。〈ダンジョン側に人がいるかどうかはテクトが気配察知で確認してくれますわ〉って言われて思い出したけど、そういえばテクトは隣の部屋にグランミノタウロスがいる事に気づいてたもんね。あれは気配察知スキルを持ってたから出来たんだねぇ。隣の部屋って言っても細い通路をぐねぐね歩かされたから、壁の厚さはかなりあるだろうに。それでも察知しちゃうって事は、きっとそのスキルもチートなんだろうなぁ。知ってる。

そうそう、〈雨が降りだしたら体が冷える前に聖樹の下に避難するのですよ〉と言われた。どうやら聖樹さんは、寄りそう命の一定の体温を保ってくれるスキルや、体調や傷を癒すスキルを持ち合わせてるらしい。慈愛に溢れすぎてない？　聖母なの？

その聖樹さんと花畑の間に岩がいくつも重なった場所があるなと思ったら、岩の隙間から透明な湧水が滾々《こんこん》と流れ出てた。しかも水が流れる先は広めのスペースがあって、滝のように水が落ちては溜《た》まってる。水汲《みずく》みとか洗い物とか、簡単に出来そう。あ、洗浄魔法があるから洗う事ないいんだった……でもお風呂《ふろ》は入りたいな。五右衛門風呂《ごえもんぶろ》くらい許される？

岩場に降り立ったダァヴ姉さんが、こつこつと嘴《くちばし》で岩をつつく。

〈こちらの水は空間内に引き込んだ水脈から、聖樹の根を通ってここに流れ出てきますので色濃く影響を受けていますわ。聖水並みの効力を発揮する湧水になりましたの。飲料水としては勿論《もちろん》、花の水やりにも使えますわ。まあ、この花畑は水脈から水分をとっているのでやる必要はありませんけれど、あなたが何か育成する際には使ってみてくださいまし。数千年は枯れませんから気にせずどうぞ。他にもアンデッド系モンスターに有効ですのよ。振り掛ければ簡単に倒せますわ〉

「せいじゅさんも、すごい」

さらっと神様が水脈引き込んだとかトンデモ話聞いた気がするけど、そのすごさはこの空間を見てればよくわかる。神様には足向けて寝られないね。どこに住んでるかわからないけど。

それに、水脈のお陰で聖樹さんも成長するんだとか。

聖樹さんさらにおっきくなるんだね。私とは比較にならないくらい、のんびりゆっくり気の遠くなる時間を必要とするだろうけど。どれくらい大きくなるんだろうなぁ。

〈テントはありまして？〉

「うん。ぼうけんしゃさんの、アイテムぶくろのなかに、ありました」

〈テントを聖樹の枝の下に広げ、その中で眠るとよいでしょう。聖樹には心を鎮めると同時に安眠をもたらすスキルもありますのよ〉

「いやしけいスキルに、とっかしてますね」

〈それが聖樹だからね。だから人の間では大切にされてきたし、瘴気に触れないように徹底されてるんだ〉

「かれちゃうと、こまるもんね」

あれ、でもこの空間には瘴気は入ってこられないんだよね？　聖樹自体に瘴気を防ぐ手段はないって事？

〈聖樹は癒しの性質ゆえに無防備なのですわ。争いを起こさせる気をなくすと言っても、その前に瘴気を含んだものを持ち込まれれば間もなく枯れてしまいますの。だからこそ、人の世では厳重に守られてますわ。この箱庭は、あなたを害するものは入れない仕組みだと伝えましたわね。聖樹が

枯れるという事は、あなたの生活を崩す事。これも害する項目に見なされ、瘴気を含んだものも入れない仕様にしましたのよ〉

って事はここの聖樹さんは、（何かする気は一切ないけど）私が変なことしない限り絶対に枯れないいんだ。永久的安全スペースじゃん。安心して眠れるどころの話じゃないよ。この過保護感……まあ今幼女だもんなぁ。守ってもらわないと生きられないからありがたく受け入れよう。ここなら、モンスターの鳴き声に怯《おび》えなくていいし。

神様、私みたいなイレギュラーにも優しいんだなぁ。

「かみさまって、うっかりだし、くちわるいけど、やさしくて、きくばりじょうず、ですね」

〈ええ。うっかりですけれど、私達の愛すべきお父様ですわ〉

〈うっかりだけどねー〉

うっかり連呼しすぎたかな？　神様今頃くしゃみしてるんじゃない？

〈さて、一通り説明も終わりました事ですし、私は帰りますわ〉

「そっかぁ」

ダァヴ姉さんは情報集めがお仕事だもんね。ずっとここにはいられないか……ほんの少ししか話してないけど、寂しいなぁ。

〈たまに様子を見に来ますわ。テクトがちゃんと保護者をしているかどうか、確認しないといけませんもの〉

〈大丈夫だってば！　もう！〉

テクトがわぁわぁ両手を振り上げて、顔を真っ赤にしてる。テクトはダァヴ姉さんに対すると、途端に弟っぽくなるなぁ。可愛《かわい》いのう。

って思ってたらテクトに睨《にら》まれた。怖くないけど黙っておこう。

意識をダァヴ姉さんに向ける。

〈最後に二つほど話してから帰りますわ。ルイ、箱庭の中を一周しましたが、疲労はいか程溜まりまして？〉

「うーん……あんまり？」

子どもって無尽蔵に動いて動いて体力切れたらぱったり寝る印象があったから、今はその無限に動けるタイムだと思ってたんだけど……そういう風に言うって事は違うの？

〈洗浄魔法の詠唱破棄、体力上昇を鑑みても、あなたは加護によって全ステータスアップというスキル補正の恩恵も受けてますわ〉

「……ん？」

〈全ステータスアップとは、読んでそのままの意味です。身体能力をすべて底上げしますわ。聖獣は皆持ってるスキルですの〉

〈基礎ステータスの2倍程度だから、ルイはまだそれほどいい思いは出来ないだろうけど……あるとないとじゃ格段に違うよ？〉

えっと。つまり、私は転生した意識持ちの特異な幼女ってだけじゃなくて、さらにステータスアップしてるパワフル幼女って事？　基礎ステータスは装備補正を含まないステータスだよね？

私の基礎ステータスは知らないけど、仮に3くらいだとして、倍で6か。うん。多少のアップだけどないより全然マシ。

〈そうじゃなかったらモンスターに追い付かれるだけじゃなくて、囲まれて逃げ道なかったと思う。まあいざとなったら僕が結界広げてたけど〉

「あぁー」

昨日の逃走劇は加護の恩恵を受けてたから、幼女でもなんとかなったのかぁ。そりゃそうだよね。大人のベテラン冒険者を返り討ちにする強さを持つモンスターがごろごろいて、その中を5歳が素の力で逃げきれるわけがない。追い越されて先回り、とかされなかったもんね。この時点でおかしいって気付けてもよかったんだけど……無我夢中だったし仕方ない。

〈子どもらしからぬ身体能力は無闇に見せないように、私と約束してくださいまし〉

「うん。やくそく」

〈それから、人の前では必ず魔法の名を言う事と、詠唱はなくともしばしの間を持たせる事も覚えておくのですよ〉

「え……まほうって、えいしょう、いるんです？」

私、洗浄魔法の時は何も言わなかったけど。ダァヴ姉さんも言わなかったからそんなもんだと思ってた。厨二《ちゅうに》っぽいことしないのかって、がっかりしたようなほっとしたような感じだったのに……あ、そういえば詠唱破棄ってさっき言ったねダァヴ姉さん。

〈本来はありますのよ。どのような効果をもたらす具象を起こすのか、想像する過程が特に大切ですから。呪文として言葉に出す事で意識を高めるのですわ。それに己の魔力を、発動する魔法の属性に練り上げる工程もありますのよ。高位の魔法になればなるほど、魔法発動までの時間は長くなりますわ〉

「なんと」

〈聖獣はそんなのいらないんだけどね。一瞬で出来上がっちゃうから。人は大変だね〉

そんな聖獣クオリティの恩恵を、私は受けてるのかぁ。うん、すっごく便利だけど、バレないように気を付けよう。

〈それから、冒険者にアイテム袋の事は知られてもよいのですよ〉

「え!? で、でもこうかなまどうぐ、なんですよね?」

高価なものってバレたら、しかも持ってるのが子どもだったら、簡単に盗《と》れるからって襲われたりとか……

〈そのように低俗な冒険者は極一部ですのよ。ナヘルザークの冒険者は質の良さも有名です。ヘルラースのこの階層まで来る冒険者は実力者ばかり。すでに個人でアイテム袋を所持してますわよ〉

「なるほど」

〈テクトが隠すべきだと言っていたのは、数百年前……アイテム袋が創られた頃の話ですわね。あの頃はアイテム袋の総数が極少数しかなく、強奪などが横行しておりましたの。今はそういった事は少なくなりましたわ〉

〈そんな昔だったっけ〉

〈ええ、昔です。なにより、100階以降の階層を手ぶらで生活する子どもの方が気味悪く感じられますわ〉

それは盲点だった。確かに怪しいわ。

〈テクトの目とテレパスならよからぬ事を考えている人など簡単に見抜けますわ。隠蔽《いんぺい》魔法も使っ

て、危険と判断したらすぐに離れなさいな〉

〈言葉と態度で騙《だま》せても、心を読めばすぐわかるからね。そうじゃなくても悪い奴は魂でわかるし〉

「あ、せいじゅうのめって、たましいがみえるから、そういうのも、みわけるんだっけ」

頼ってくれていいんだよ！　と胸を張るテクト。もちろん、いっぱい頼らせてもらうからね！

〈これで必要最低限の事は話しましたわね。後は追々、テクトから聞いたり、良い冒険者から学ぶのがよいでしょう。後のお楽しみ、ですわよ〉

「はーい」

そろそろ脳の許容量オーバーすると思ってたから、パンクしなくてよかった。次にダァヴ姉さんが来る頃には、この世界の常識を当たり前のように答えられるといいな。

〈勤勉な態度で大変よろしい。テクト、ルイを見習ってはいかが？〉

〈大きなお世話だよ‼　もう帰って‼〉

テクトにぷんすかされたダァヴ姉さんは、くすくす笑ってから突然消えた。テレポートはまだドキッとするなぁ！


ダァヴ姉さんが帰った後、待ってましたとばかりにお腹が鳴った。

頭を使った後はお腹空くよね。ダァヴ姉さんの『なるほど異世界講座』の間、休憩も大事だってクッキー貰《もら》ってちょこちょこ食べてたけどね。お腹は空きますよカロリー使ったもの。

ダァヴ姉さんがくれたクッキー、保存食も兼ねてるみたいでカンパンみたいに固くてパサパサしてたな。ほんのり甘くて舌の上でゆっくり溶けていく感覚は好きだけど、口の中の水分持ってかれるんだよね。すかさず差し出された紅茶が美味《おい》しかった……その水分でお腹は膨れたはずなのに、全部消費しちゃったのかなぁ？　幼女のお腹は不思議だね。

そういえばダァヴ姉さんには異空間直通のスキルがあるんだよね。アイテム袋のスキル版。俗に言うチートスキルだ。羽の下からぬるっとクッキーの入った袋と淹《い》れたての紅茶が出てきた時は、軽く五度見したよね。次に懐中時計が出てきた時は二度見で済ませた私の順応性すごいと思う。ファンタジー万歳。

同じ聖獣のテクトにはないの？

〈あれは情報担当とか四足歩行の聖獣に授けられるスキルなんだ。荷物が運べないと何かと不便だからね。僕は両手が使えるから貰わない組〉

「なるほどねー。テクト、力持ちだもんね」

昨日、アイテム袋の中身を整理してた時素早く運んでくれたんだよね。私の力じゃ難しい武器防具とか、重いものとか。これくらい簡単だよって自分の何倍もある分厚いテントを片手で運び出した時は、ああ見た目は可愛くても聖獣なんだって深く納得したなぁ。ギャップ半端なかったけど。

だってパッと見、潰《つぶ》されちゃう⁉　って感じだもの。テクト曰《いわ》く〈こんなの攻撃が得意な聖獣なら指一本で済むよ！〉らしい。いや私、テクトとダァヴ姉さんしか知らないから、そんなこと言われても「へぇー」しか言えないよ。テクトって、他の聖獣を引き合いに出すよね。聖獣のすごさをそんなにアピールしなくても、もう知ってるよ。

と思ったら、テクトが私の背中をよじ登って肩に乗った。身軽だなぁ。リスみたいな体してるから、小さなスペースでも器用にバランスとって、こっちを覗《のぞ》き込んでくる。目が合うと肩を揺らして笑って、顔をすりつけてきた。もふっとしてさらっとしてる。うへへ。大変、可愛いです。

うーん、さっきも思ったけど、すごく軽いな。テクトって太めのウサギくらいの大きさなのに、肩に乗られてもゴールデンハムスターくらいしか重みを感じない。毛がふわふわしてるから大きく見えるだけ？　私よりテクトが食べた方が……あ、聖獣は食べ物を生命力に丸々変換するから太らないんだった。

〈人はお腹から音が鳴ると、ご飯を食べないといけないんだってね。ご飯どうする？〉

お、早速ダァヴ姉さんの教えが光りますなぁ。

「んー。いま、なんじだろ」

懐中時計を見たら9時だった。遅めの朝ご飯になるけど、作ってみますか。簡単なの。

〈作れるの？〉

「まえは、じすい、してたんだよ。5さいのてで、どこまでできるか、わからないけど」

懐中時計は常に身に着けておくように、と口酸っぱく言われてるのでチェーンに頭をくぐらせる。このチェーンも特別製なのか、触ってても冷たくないんだよね。首がひええってならなくてよかった。邪魔になると悪いので服の中に入れておく。

リュックを下ろして作業台とコンロっぽいのを出す。これって魔導具なのかな？　見た目はガス缶入れるスペースがほとんどないカセットコンロだけど……この世界ってガス缶あるの？

〈ルイが言うガスって生活に使うもの？　そういうのは無いと思うよ。この世界でガスって言った

ら火山付近で出てくる毒ガスくらいだし〉

「わぁお、ぶっそう」

〈そのコンロは魔導具だね。そのツマミを捻《ひね》ると魔力が流れて着火、ツマミの角度で火力を調節できるみたい〉

魔導構成とやらを見通してわかったことかな？　つまりこれは、見た目も性能もまんまカセットコンロって事か！　名前もコンロで合ってるし、現代のカセットコンロにすっごく似てるから、これも過去の勇者が作って今に伝わったやつなんだろうな。

鍋《なべ》を置く五徳と、その隙間から火の向きを調節するバーナーがあって、横にツマミがある。試しに捻ってみたけど、ちゃんと青い火が出た。馴染《なじ》み深すぎてここが異世界だって一瞬忘れるほどだ。

現代風に言うと、魔導構成は電子基盤で、そこにガスや電気代わりの魔力を流し込む事で火が点《つ》く。火を消すまでは周囲に散ってる魔力を燃料に燃えて、ツマミをいじれば火力が変わるような仕組みに元々なってるから、魔導構成の中身を理解しなくても使えるんだね。

魔導具って本当便利だ。魔力を持ってれば使えるって事は、この世界の人は皆使えるんだもの。ダンジョンの財宝に含まれてるから、私ももしかしたら手に入れる事があるかもしれない。他にどんな魔導具があるんだろう。わくわくするね！

できればコンロが見つかると嬉《うれ》しいな。今カタログブックで確認したら20万ダルだって。たっか。家用3口コンロだって高くて4万くらいなのに。そうそう買えないわ。

いやしかし半金貨2枚か……いやいや、冒険者さんの金貨はいざという時の貯金だから。コンロもう1口欲しいとか思っちゃうけどダメダメ。ちゃんと探索できるようになってからだよ。

欲望を振り切って、カタログブックに食品コーナーを出してもらう。食パンとハムとスライスチーズとバター、私は薄すぎないのが好きなので食パンは6枚切り。さらに胡椒《こしょう》とマヨネーズを買う。それから一番大切なフライパンと大きめの皿2枚。

アイテム袋にあった調味料は塩だけだった。後は数種のハーブくらい。フライパンもまな板も包丁も無くて、調理用らしいナイフと鍋があるくらい。後はお玉と木べらとトング。鍋に直接切った食材落としてたのかな？　あんまり食文化が進んでないのか、冒険者にとっては持てる最大の荷物なのか、年代の問題か、なんとも乏しい面子である。

世界の食事事情が気になる所だけど、まずは朝ご飯食べなきゃね。

〈これ何？〉

テクトが食パンが包まれた袋を持ち上げる。

「しょくパンだよ。テクトがしってるパンって、どんなのがあるの？」

〈パンなんだこれ……そうだなぁ。僕が最後に見たのは、300年くらい前の宴会で出た、丸くて茶色いパンだね。かなり固かった気がする〉

「フランスパンみたいなやつかな？　これは、やわらかいパンでね。こっちからみると、しろいでしょ？」

〈ほんとだ白い〉

目をパチパチして、興味津々に眺めているのでついつい指を一本立てて、テクトの頬を押してみる。ふにっ。柔らかいなぁ。

「こんなかんじで、ちょっとおしてみて」

〈うん〉

そっと小さな指を食パンの白い方へ伸ばす。袋越しに、テクトの指が食パンに埋まる。

直後、テクトが耳と尻尾《しっぽ》を立ててこっちを見た。ぴーんっ！　ですよ。なにこの可愛《かわい》い子……

〈‼　ルイ！　やわらかい！〉

「ふっふー。こうぼで、はっこうさせると、こんなやわらかいパンに、なるんだよ」

ハードタイプのパンも好きだけど、食パンのふかふか感は特別だよねぇ。焼いて外をサクッ中はふわっ、の素晴らしさ。パン耳が嫌いって人いるけど、あの香ばしさがいいのに。食感の違いを楽しむのもいいよね。袋に入ってる四角の食パンは蓋《ふた》をして焼く角型だからどこを食べても均一な食感でいいけど、パン屋さんやホームベーカリーの上側が膨らんでる山型も好き。上側は柔らかめだけど香り高く、下側はしっかり焼かれて固めの歯ごたえを楽しめる。そして食パン自体素朴な味だから、そのままでも、ジャムも、サンドイッチも、何でも相性がいい。たった1枚でたくさんの楽しみがある、それが食パンの一番の魅力だと思うんだよね。

おっと。今は食パンについて思い馳《は》せてる場合じゃなかった。口に溜《た》まった涎《よだれ》を飲み込む。

そしてなんと、テクトも同じタイミングでごくんと飲み込んでた。そういえば私の思考が筒抜けだったわ……それはそれで大変だね、テクト。ごめんね食い意地張ってて。

朝ご飯、作ろうか。

〈美味しい！　これ美味しいね！〉

「よろこんでもらえてよかったよ」

嬉しそうにホットサンドをもぐもぐするテクト。ほんと可愛い見た目で男前に食べるな……2枚重ねの食パンの3分の1を大きな一口で食べちゃったよ。

見てるだけじゃお腹は膨れないので、私もあったかいホットサンドを一口食べてみる。う〜ん、さくっとした食感にバターの香りが鼻に抜けて、たまりませんなぁ。ハムとチーズの相性も抜群。マヨが程よく溶けていい味出してるし、ほんっとたまらん。おっと、チーズがとろっと零《こぼ》れそうになって、慌ててパンを皿の上に置く。

これはフライパンで簡単に作れるホットサンドだ。手軽に満足感を得られるレシピで、よく食べてたんだよね。中身をハムチーズじゃなくて、ツナとか、ポテトサラダとか、タマゴとか、前日の残りとかでアレンジできるのも魅力的。

4枚の食パンにバターを塗って、熱しておいたフライパンに塗った面を下に2枚並べる。その上にチーズ、ハムをそれぞれ載せて、マヨを一面にかける。そしてバターを塗った面を上にした残りの食パンを重ねて、焦げ目が付いたらひっくり返す。両面焼けたらホットサンドの完成だ。ほんとこれだけ。洗いものも少ないから楽なんだよねぇ。

そのホットサンドを調理用ナイフで切ろうかと思ったけど、幼女の指の皮膚が薄いからか、すっごく熱く感じるわ上手《うま》く力が入らないわで、パン切り包丁じゃないから潰れてしまった。2個目は切るのを止《や》めて、そのまま皿に載せてテクトに渡した。最初は遠慮してたけど、私は幼女になった事で口が小さくなったから、潰れてる方が逆にちょうどいいんだよね。まあそれも食べ始めたら吹っ飛んだんだけども。

〈これホットサンドって言うの？　美味しいねぇ〉

「きにいったんなら、あしたも、おなじのつくるね。べつのなかみで」

〈ほんと⁉〉

口元にパンくず付けて〈やったー！〉と跳ねるテクトは、大変愛らしかったです、まる。

ホットサンドを食べて満足した後は、お昼を準備する。今日こそ探索するつもりなので、今のうちに作っちゃうのだ。そうすればお昼の事を考えないでいいし、片付けもこれ1回で済むし、アイテム袋に入れておけば時間も湿気も心配しなくていいもんね。アイテム袋さまさまです。

お昼何にしようかなって思ってたら、テクトがいたくホットサンドを気に入ったみたいで〈はむちーずまた食べたい！〉と興奮してたから、同じのにした。「明日の朝もホットサンドにするよ？」と確認したけど、むしろ美味しいのを何回も食べられて嬉しいそうだ。

幼女の手でも作れる、超お手軽サンドだよ？　いいのかなぁ……深く頷《うなず》かれた。ふへへ。そうかぁ。いいのかぁ。

全ステータスアップされようが、幼女のちっちゃい手じゃナイフさえまともに操れなくて、ちゃんとした調理はこれからも期待できない。前の私だったらもっと色んな料理を作ってあげられたのに、って思ってたけど、どんな料理でも自分が作ったものを誰かに美味しいって食べてもらうの、やっぱり嬉しいよねぇ。昔を思い出しちゃった。

お昼のホットサンドはさっき入れ忘れた胡椒をまぶして、少しスパイシーにしてみた。どんな反応してくれるかな。

追加で買ったクッキングシートに包んで、アイテム袋に入れる。お昼の準備完了だ。それからピッチャーも買う。ここに湧水を入れておけば洞窟《どうくつ》の中でも水分補給が簡単に出来るよね。

さっき朝ご飯を食べる時に喉《のど》が渇くねって、慌ててコップ買ったんだ。試しに湧水を掬《すく》って飲んでみたらすっごい美味しかった‼　軟《やわ》らかくて、するっと喉を通るのに、後で爽《さわ》やかな甘みみたいなのが来るんだよね。あれだよ、山の中に水が出てる所あるじゃない。地元住民が水汲《みずく》みに行くような綺麗《きれい》な湧水。そんな感じ。水道水とは比べられないくらい美味しいんだよねぇ……久々に飲んだなぁ、こんなに美味しい水。

〈そうなの？〉とテクトは首を傾《かし》げた。そうなんです。私がいた世界は水道技術が進んでたけど、飲み水ばっかりは湧水が最高に美味しかったんだよ。あ、実際に湧水を飲む時は自治体が水質調査を行ってるかどうか確認してね！　幼女との約束だよ！

探索中も飲みたいなって欲張った結果が2リットルのピッチャー。水を入れて持ち上げたらかなり重くてよろけたけど、だ、大丈夫……コップに注《つ》げなかったらテクトに助けてもらおう。遠慮しないようにって言われたもんね。

何だかピクニックみたいになっちゃったね。冒険者さんのお金も結構使っちゃったし……この探索でいいものを拾えたらいいんだけど。財布代わりの袋が軽く持ち上がるのを感じて、肩を落とす。うん、衝動買いした事は認める。でも必要経費と思いたいです。

私が金貨だけ入れた小袋を聖樹さんの根元に置くのを見たテクトに〈それも買い物に使えばいいじゃない〉って言われたけど！　いやわかるよ。100万使えば今すぐ探検に行かなくても生活できる。でもさ、もしかしたらなんやかやあって、ダンジョンに行けなくなる日が来るかもしれないでしょ？　そうなったらこの100万は命綱なんですよ。

なんやかやって?……まあ、なんやかやですよ。悪い人達がずっとダンジョン占拠したりとか。例えばだけど。それがずーっと続いて1年以上ってなったら、貯蓄がないと困るんだよ? 金貨1枚100万はパートさんの年間稼ぎと同じくらいだから、それだけあれば2年……ライフラインの出費はないから、3年は箱庭に引きこもれるよ! 何が起こるかわからないファンタジー世界だからこそ、貯蓄大事! と力説したら納得してくれた。引きぎみだったのは見なかったことにしておこう。

洗浄魔法の泡がフライパンと皿を徐々に綺麗にしていくのを確認して、聖樹さんを見上げる。青々と茂った木々が風に揺れてた。

リュックのアイテム袋に出してた荷物を全部入れて背負う。肩にテクトが乗って来たので一撫《な》でして、もう一度、聖樹さんを見た。

「いってきます‼」

夕方になったら、帰ってくるからね!

風がなくても揺れる枝に笑って、私は箱庭から出た。

Step5　宝物を集めましょう

安全地帯に戻った後、早速テクトに隠蔽《いんぺい》魔法をかけてもらった。

結界を広げて進むのもいいんじゃないかと思ったけど、結局見つかれば安全地帯までモンスターがついてきちゃうんだよね。それなら最初から見つからない方が私の精神衛生的にも良い。

テクトの結界が自由に広げられるなら色んな使い道があるだろうけど、ダンジョン探索は隠蔽魔法に頼る事になりそうだね。

〈じゃあ、隠蔽魔法かけるね〉

「うん」

直後、テクトの目の前にキラキラした光が舞って、それが私に移った。これで隠蔽されたらしいんだけど、私が自分を見下ろす分には何ら変化はない。キラキラが周りを漂ってる以外は。このキラキラが次元をずらしてるってやつなのかな？

これで見つからないの？　実感が湧かないけど、神様とテクトを信じて行ってみよう。何かあっても逃げる心構えはしておく。〈ダンジョンで逃げる事は恥ではありませんのよ〉と、ダァヴ姉さんも言ってたし。

「よーし！　きょうこそ、おかねになるもの、みつけるぞー！」

〈おー！〉

私のテンションに合わせて両手を上げるテクト可愛すぎだよ……！　ありがとう癒されたわ。

リュックのショルダーをぎゅっと握って、安全地帯から一歩踏み出した。昨日出た方と同じ場所。ここから見る限り、廊下にはモンスターの姿はない。ふっと息を吐き出して、歩き出した。

〈今は息を潜めてるみたいだね。近くにはいないいな〉

「ひょっ……そ、そっかぁ」

定位置になりつつある肩の上で、テクトが気配を探ってくれてる。

私は生前ゲームが好きでよく遊んでたから、モンスターの見た目には多少慣れてる。とはいえ、命が狙われると思うと恐怖が頭を占めちゃうんだよね……それで昨日は脇目もふらず逃げなきゃ逃げなきゃって、それしか考えられなかったわけだけど。テクトの結界があるってわかってて、守られてるのを実際見てても、自分の命を奪おうとする奴が傍《そば》にいると落ちついてなんていられない。それが今の私だ。

モンスターに出くわした時に、叫び声を上げないか心配だよ。

〈大丈夫、この隠蔽魔法は五感を騙《だま》すって言ったでしょ？　声も息遣いも隠してくれるよ〉

「さすが、かみさまじこみ。じげんが、ちがう」

この隠蔽魔法、一度かけたらテクトが解除しない限りかかりっぱなしらしい。時間制限とか、私が呼吸止めないとダメとかって制限もない。普通強力な魔法ってそれ相応の代償とか制限があったりするはずなんだけど、聖獣だから何でもありなんだろうなぁ。ありがたやぁ。

廊下を進んで行くと、T字路に出た。ふう、結構長い廊下だったから、息が上がるね。グランミノタウロスの部屋はここから左の方。右の道はまだ行ってない。っていうか行ってる暇がなかった。

〈右側の廊下にモンスターがいるね。ずっと先だけど、行ってみる？〉

「そ、そうだね……」

グランミノタウロスを今見るのは正直つらいっていうのが私の本音だ。あの凶悪な姿は、しばらくデフォルメされた牛さえ見るのがつらくなるくらいには、衝撃的だったなぁ。カタログブックのお肉コーナーを見た瞬間、勢いよく閉めてしまった事は申し訳ないと思ってる。ごめんナビ。

〈じゃあ行ってみようか〉

「う、うん！」

よーし行くぞぉー！　女は度胸ぉおおお！

気合を入れてどんどん歩いて行ってみると、薄暗い廊下の先にピンク色の巨体が見えた。

「あれ、は……」

１００メートルくらい先に、二足歩行の豚がいた。

まだこっちを向いてないから全体は見えないけど、横顔からでも目つきがひどく鋭くて、鼻息が荒いのはわかる。頑丈そうな金属の装備を着けてて、でっぷりした体でも貫禄《かんろく》があって、大きな棍《こん》棒《ぼう》を杖《つえ》の様に立ててる。棍棒って事は、振り回す武器だ。自分の身長くらいあるのに、軽々振り回すんでしょ？　想像して背筋がぞわっとした。

ゲームでよくオークとか呼ばれてる感じの奴だ。グランミノタウロスよりは小さい気がするけど、この階層って基本的に廊下も小部屋も高さと幅があるから、そこに存在するモンスターの大きさはお察しである。成人男性の２倍は軽くありますぜテクトさん。重量級が二種族目だよ。やばいねこの階層。

〈オークジェネラルだね。オークの中でもかなりの上位種だ。1匹でいるのは珍しいな……〉

「そんなめずらしいの?」

〈地位は将軍だよ? あいつ自身強いけど、下位のオークを従えて指揮系統を取る方が得意なんだ。軍師ほど頭が切れるわけじゃないけれど、前線での陣頭指揮は戦略に長《た》けた人にも負けてないね。経験を積めば凌駕《りょうが》するんじゃないかな〉

そして統制のとれた動きで進入してくる冒険者達を翻弄《ほんろう》するんですね。数の暴力ってやつだぁ……こわい。

オークジェネラルを遠目で観察していると、不意に奴のひくひくしてた鼻が止まった。そして大きく吸い込む動作をした後、突然、ぐるんっと音がしそうな勢いでこっちに振り返った。

こっちを、見てる。

「ねえテクト。あのオーク、わたしたちのこと、みてるよね?」

〈オークジェネラルね……こっち見てるね〉

「……っていうか、こっちくるね?」

〈来てるね……あ〉

オークジェネラルは巨体をドシンドシンと揺らしながら近づいてくる。グランミノタウロスよりは速くないけど、振動がこっちまで伝わってくるこの重量感。軽い幼女の体は抵抗できずに跳ねてしまう。

これやばい! あいつ私達をしっかり見てる! 濁った目で!

「てててくとっ、あいつ、きづいてるよ⁉　なんで⁉」

〈僕に隠蔽魔法を掛けるの忘れてた。何であいつ浮いてるのかわからんけど美味《おい》しそうって思われてるな。そっか、僕自身にも掛けなきゃなんだね〉

「てくとさぁあああん‼」

悠長に構えてないで何とかしてぇえええ‼


何度も言うけど、この階層はすべての空間が広くて天井が高い。細い道もあるけれど、それは大きな道と比較して、という前置きが付く。学校の廊下より広いんだよ細い道。

つまり、常に重量級のモンスターが自由に動き回り、その武器を悠々と振り回せるだけのスペースが十二分にある。

ダンジョンがそういうふうになってるからモンスターが進化したのか、でかいモンスターが出る層になったからダンジョンが変わったのか。詳しくはわからないけど、ダンジョンは不思議が溢《あふ》れてるからなぁ。

そして今、スペースが広くて助かったのはモンスターだけじゃない。

「あああっぶなー……」

壁にぺったりくっついた私の目の前を、首を傾げたオークジェネラルが通っていく。心臓、どっきどきだよ！　飛び出るかと思ったよ！

しかし実際狙われたテクト本人はどこ吹く風。

〈隠蔽魔法、見つかった後に使っても隠れられるんだね〉

と、うんうん頷いてる。

「……うん、それがわかってよかったね……」

オークジェネラルが迫る中、私から跳んで離れたテクトが隠蔽魔法を自分に使うと、豚が困惑した表情で急ブレーキをかけた。その隙に私はテクトを拾って壁際に向かったんだけど、どうやら本当に私達の居場所がわからなくなったらしく、適当に棍棒振り回してから残念そうに元いた場所へと戻っていった。鼻先を棍棒がかすめそうになった時は生きた心地がしなかったよ……はあー、ほんと、こわい。

結界があるから大丈夫、隠されてるからバレない、ってわかっててもさ。怖いものは怖いよ。車に乗ってる時とか、隣に大きなトラックが来たら圧迫感がすごいじゃない。適正速度で走ってる安全なトラックでも恐怖がよぎるじゃない。なるべく後ろか前かに逃げたくなるじゃない。もしかしたら何か落ちてくるかも、とか悪い方向に想像する時あるじゃない。

それと同じだよたぶん。考え方が後ろ向きすぎかもしんないけど。

〈ルイは狙われてなかったのに怖かったの？　……ごめんね、ルイ〉

「いいよ、いいよ。きにしなーい」

申し訳なさそうに尻尾《しっぽ》も耳もぺたんとするテクトのほっぺを、しゃがんでむにぃーっと摘《つま》む。おう、柔らかい。

テクトが恐怖を理解できないのは仕方ない。私が恐怖に慣れないのも仕方ない。これからゆっくり、私達の価値観を擦り合わせていけばいいんだ。それだけの時間はたくさんあるんだしさ。

つまりしばらく、私の悲鳴を聞かせる事になるんだけどね。そこはごめんだわ。でも一言だけ言わせてね。

「テクトのけっかいは、ぜったいだいじょーぶだって、しんじてるけど、テクトがおそわれるばめんだって、わたしは、みたくないからね」

だからあんまりモンスターを目の前に無防備をさらされると、心臓によろしくないんだよ。

オークジェネラルが迫ってきた時、私から離れたね。自分だけ狙われてるなら私は怖がらないとか、そんな事絶対ないからね。私は意地でもテクト連れて歩くから。そこんとこよろしくお願いします。

綺麗《きれい》な緑が大きく見開かれて、私の手にテクトの手が添えられた。あったかいねぇ。

〈そっか……わかった。今度から気を付けるね〉

「うん」

テクトの小さな手が、私の指をぎゅうっと握った。

一騒動あっても行く方向は変わらないので、道の先に立ってるオークジェネラルの傍をついつい、抜き足差し足忍び足して通り抜けた。ふぃー、圧がすごい‼

廊下を進むと、途中で小部屋を見つけたので覗《のぞ》き込んだ。安全地帯よりサイズは小さめ、奥の方に宝箱がある空間だった。この宝箱の有無はランダムで、室内にモンスターがいるかどうかもランダムらしい。今回はモンスターも有だった。隠蔽魔法のお陰で気にせず進める。

いたのは昆虫系モンスターだ。見た目はダンゴムシっぽくて、名前はギガントポリールバグ。大人しい気性で戦闘も得意じゃないけど、表皮の硬さや丸まった時の防御力が半端ないらしくて、同じ階にいるモンスターも冒険者もなかなか手を出さないそうだ。狙われる事がないからゆっくりのんびりしてんだね。部屋の中の雑草をもしゃもしゃしてた。案外可愛《かわい》い。名前の通り、めっちゃでかいけど。

最初に会ったのがこのモンスターだったらなぁ。どうしようもない恐怖心を植え付けられなかっただろうに。虫平気だし。たられればだけどね。

なんて呑気《のんき》に考えてたら、テクトから注釈が入った。ポリールバグは無害そうな見た目をしてるけど、普通にモンスターだから人も食べるらしい。人を見たら即殺して食う！　という積極さはないけど、空腹時は目の前に出てきたものを何でも食べようとするらしい。移動はのそのそと遅いので、丸まってローリング移動&転がり攻撃もする。装甲のような外皮と体積で轢《ひ》き殺すそうだ。なにそれ怖い。

そして雑食で死体でも何でも食べるから、掃除屋とも呼ばれてるんだって。ダンジョンの中の死体はダンジョンが全部吸収すると思ってたけど、こういうモンスターもいるんだね。

うん、可愛いと思ったことは撤回しておこう。今は雑草を食べてるからセーフだよね？　ね？

さて、ポリールバグは置いといて。いかにも宝箱です！　って感じの、金属製のやつの目の前に立った。私達の目的はこっちなので、モンスターには構っていられないんですよ。

この中には何が入ってるんだろう。

〈罠《わな》はないね。開けて大丈夫だよ〉

「ほんと⁉」

やった‼　テクト先生の目にかかれば罠の有無もお見通しよー！　ってわけで宝箱おーぷん‼

「……あれ？」

〈……掴《つか》めないね〉

嬉々《きき》として宝箱の蓋《ふた》に手をかけたはずなのに、スカッとすり抜ける私の手。え、何で？　何で⁉

試しに体全体で押してみる。どっしりと構える宝箱は私の力なんかじゃ全然押せなくて、一切動かない。じゃあ、と思って手だけで触れて押してみた。動かなかったけど一応触れる。もう一度蓋に手をかけたけど、指を伸ばしても隙間に差し込もうとしても、蓋を掴めなかった。

蓋を開けようとする行為だけ、指がすり抜けちゃうようだ。いや、何で駄目なん⁉

〈何で蓋だけ触れないんだろ……あ、そうか。隠蔽《いんぺい》魔法！〉

ここでどうして隠蔽魔法？　首を傾《かし》げてると、テクトが興奮した様子で手をバタバタさせる。

〈隠蔽魔法は、かけられたものの次元をずらして隠すって言ったね〉

「うん。だから、モンスターのごかんさえ、だませるって……」

〈そう。そしてそれは宝箱にも言える。僕らと宝箱の次元がずれてるから、隠蔽魔法をかけてる間は開けられないんだよ！〉

えっと、あー、つまり、次元のずれっていうショーウインドウのガラスが見えないだけで目の前にあって、私は飾られてる宝箱に触りたくても次元のガラスが邪魔で。という事は私はショーウインドウを突破しないとショーウインドウの中には触れないわけで、隠蔽されたままじゃ無理だから……ああちょっと混乱したけどわかった！

隠蔽魔法を解除しなきゃ位相がずれたまんまで宝箱をオープンできない‼

「なんてこったい！」

こんなところでまさかのデメリットが‼　隠蔽魔法かかってないとモンスターに見つかるっていうのに、宝箱開けるのに隠蔽魔法を解かないといけないの⁉

いやでも、なんとか。なんとかできないかな⁉　現状維持したままで、お宝をゲットできたら最高なんだけど‼

「そうだ！　たからばこにも、いんぺいまほうをかければ……」

同じ次元になれば、ガラスを越えちゃえば！　触れるんじゃないかな⁉　どうテクト⁉

〈ダンジョンの宝箱はすべての魔法を無効化するんだよ……通用するのはスキルだけ〉

「おうふ……」

ダンジョン共通の話なんだけど、ダンジョンの壁や床とかは魔法をすべて無効化するんだそうだ。何でだろうね？　壁を壊してショートカットする奴がいるから？　テレポートとか使ってズルする人がいるから？　戦闘の余波で壁が崩れたら困るから？　理由は知らないけど、そういうものなんだそうだ。まあダンジョンって不思議パワーで出来てるもんね……

「ダァヴねえさんの、せんじょうまほうは？　ちゃんと、きれいになってたよ」

〈あれは積もった汚れに反応しただけだから問題なし〉

「グランミノタウロスは、ゆか、こわしたよ」

〈物理なら一応可能性はあるんだよ。あれは規格外だけどね。1日経てば元の床に戻るし〉

「はこにわの、かぎは？」

〈鍵《かぎ》は神様仕様で魔法と別物だからなぁ〉

で、宝箱もダンジョン内のものだから魔法無効化なんだそうです。スキルはＯＫなのはなんでかなぁ、身体技能だからかなぁ……こりゃあ冒険者の皆さんは鑑定スキルが必須《ひっす》になるね！　あははははは、はー……

私は恐る恐る、背後を振り返った。３匹のギガントポリールバグが、うごうごと雑草を食してる。そっと横に視線をやると、テクトも真っ黒の巨大ダンゴムシを見てた。

「テクト……ポリールバグは、いちどたべはじめたら、しょくじに、むちゅうに、なるんだよね」

〈うん。食に関してかなり貪欲《どんよく》だからね。この部屋の雑草を食べきるまでは、他に興味が湧かないと思う〉

「わー……たべるの、ほんとうに、すきなんだねー……ともだちに、なれそーう……」

〈まったく思ってないでしょ〉

「くうふくになったら、おそってくるような、ともだちはいりません」

〈それは同感だ……今なら、気づかれないと思うよ。隠蔽魔法、ちょっとだけ解除する？〉

「うん……もし、おそわれそうになったり、ほかのモンスターがきたら、おしえてね」

〈任せて。じゃあ、解除するよ〉

テクトに頷《うなず》いて見せて、宝箱を目の前に私は大きく息を吐き出した。

周囲に舞ってたキラキラが消えた瞬間、宝箱の蓋にかけてた指先に重みがかかる。次元のずれがなくなったから、触れるようになったんだ。よーし！

ぐっと力を入れて持ち上げる。いや持ち上げたつもりだった。

「ふた……おっもい……‼」

あれっ、宝箱の蓋ってこんなに重たいもんなの⁉　ちょっとしか開かないんだけど‼

でも指が入るくらいの隙間が開いたって事は、単に私の力が足りないって事だよね？　私だから上がらないのか！　か弱い幼女だから悪いって？　幼女の力舐《な》めんなよ加護で2倍ブーストかかってるんだよ‼

でも開かない‼

〈手伝うね〉

「ふおっう⁉」

突然蓋が持ち上がるもんだから、力の慣性で私の体もつられて上へ跳んだ。思いっきり変な声が出た。

咄嗟《とっさ》に蓋の端を掴んで、宝箱の裏に着地する。ジャンプ程度で済んでよかった。掴んでなかったら天井に向かってたよ。反射神経もステータスアップに含まれてるのかな。

ほっと胸を撫《な》で下ろしてさっきの位置に戻ると、テクトが宝箱に手をかけた状態で目を見開いてこっちを見てた。ささっと手伝うつもりが、まさか私が跳ぶとは思ってませんでしたって顔だ。

〈……びっくりした〉

「まあわたし、かるいからね。かんたんに、とぶねぇ」

突然重りがなくなると吹っ飛ぶ梃子《てこ》の原理で、全力を掛けてた私は踏ん張りがきかないから体が引っ張られちゃったわけだ。大丈夫だよテクト。モンスターに比べたら全然怖くなかったし、私ジェットコースター好きだから独特のふわっと感平気なんだ。

でもテクトは俯《うつむ》いて自分の手を見てる。すごく気にしてるね？　テクトは私の事となると妙に気にするなぁ。保護者だからかな。自分に無頓着《むとんちゃく》すぎない？

〈ちょっと力を込めただけなのに……〉

「タイミングが、わるかっただけだよ。きにしなくていいよ」

ダァヴ姉さんだって、人の子どもの生態を学ぶいい機会だって言ってたじゃない。これから気を付ければいいんだよ。

私に触る時の力加減は優しいから、だいじょーぶ。

〈そうかな？　ルイがそう言うならいいけど……今度から、僕が宝箱開けるね〉

「それはたすかるなぁ」

宝箱の蓋はまだ、私には重たいみたい。こういう時、そういえば幼女だったわ……って思い出すんだよね。ピッチャー持った時もそうだった。

んー、ステータス2倍されてても力はそんなに恩恵受けた感じがないから、私の基礎ステータスが低いのかな。パン切る時も手こずったし、かなり弱そう。素早さはモンスターに先回りされないくらい、顕著に影響出てるのにね。ステータスが確認できたらいいんだけど。

と、考えてる場合じゃない。今は宝箱の中身を取って、隠蔽魔法掛け直さなきゃ。いつダンゴムシがこっちを向くかわからないし。

ギガントポリールバグが食事に夢中なのをちらっと確認して、宝箱に向き直る。

「さぁて、なかみは……たま？」

占い師が持ってる水晶みたいな、赤い玉が入ってた。何だろこれ。

〈脱出の宝玉だね。一定量の魔力を注ぎ込んで『脱出』って言うと、一瞬でダンジョンの出入り口にテレポートできるんだ。ダンジョンでしか手に入らない専用魔導具だね。体の一部が触れていれ

ば大人数でも有効だから、どの冒険者でも垂涎物《すいぜんもの》だけど……〉

「わたしは、つかわないからなぁ。でも、たかねで、うれるかもしれないし、とっとこう」

リュックを下ろして、腰を曲げて宝箱に上半身を入れ、宝玉を両手で取る。つるつるだ。見た目ただの水晶なのに、テレポートの力を持ってるとか。ダンジョンのお宝ってすごいなぁ。

隠蔽魔法を掛けながら、テクトが教えてくれた。

〈水晶の中に数字があるでしょ？〉

「うすぼんやりだけど、5ってかいてあるね」

〈じゃあその宝玉は5回までテレポート出来るんだね。宝玉には使用制限があるんだ。拾ったダンジョンでのみ使用可能って事と、使い切ると手元から消えてダンジョンに還るって事。そしてダンジョンは得た魔力を糧にするんだ〉

「そんなシステムがダンジョンにあるの？」

死体吸収するだけじゃないんだ……

〈詳しくは知らないけど……そういうアイテムや魔導具が豊富だったり、冒険者が頻繁に出入りするダンジョンはなかなか廃れないらしいよ。壊れた床も次の日には直るって言ったでしょ？　そういう魔力を使って直してるんだよ。だから人やモンスターから、あの手この手で魔力を吸ってるんじゃない？〉

「ふしぎだなぁ、ダンジョン……」

今こうして立ってる間、魔力を吸われてる感じはないんだけど……私が鈍いからかな。魔導具を使ってる時も魔力を消費してるかどうかわからないしなぁ。まあ理由不明の脱力感とかないから大丈夫なのかな。

宝玉をアイテム袋に入れて、背負った。さて、この部屋にはもう用はない。もっと奥まで探索してみますか！

初めてのお宝が魔導具で幸先がいいけど、できれば売る以外にも活用法があるのが欲しいな。今度は私が使えそうな、見た目も面白そうなアイテムとか！　それに、次の宝箱も安全に開けられるといいな！

テクトが肩に乗る。ダンゴムシの隙間を抜けて、廊下に出た。

〈あ、待ってルイ！〉

「え？　――っ⁉」

壁の石レンガが視界から消えて、ピンクの何かが掠《かす》める。体が石みたいに硬直した。

オークジェネラルが、ぬうっと現れた。太い足が眼前に落ちる。目の前に、いる。ぶふん、荒い鼻息が頭上を通り過ぎ、髪が揺れた。近い。

恐る恐る見上げた。奴の目は、違う、私じゃなくて部屋を覗《のぞ》き込んでる。濁った目がポリールバグを一匹一匹確認した。

思わず呼吸を止めてしまった。

〈ルイ、大丈夫だよ。隠蔽魔法はちゃんとかかってる〉

テクトが私の頬をぺちぺち叩《たた》く。

あ、うん。そうだった。隠蔽魔法は、呼吸しても、大丈夫。

「そ、そうだね……ちゃんと、キラキラしてる……」

〈どうやら隠蔽が解除された時間の僅《わず》かな匂いを嗅《か》ぎ取って、確認に来たみたいだ。宝箱を開ける時は、こいつが傍《そば》にいないか確認してから開けないとね〉

うそ。1分もかからないくらいの時間だったのに。小部屋から匂いが流れてきたのを嗅ぎ取って、それだけでここまで来たの？　私、オークジェネラルの所からかなり歩いたよ？

匂いのもとが見つけられなかったオークジェネラルが、廊下へ戻っていく。ずしずしと重たい足取りで、さっきの位置に……あれ？　結構離れてたつもりだったけど、オークの足幅じゃ遠く感じない。

あ、そっか。私は幼女だ。この足じゃ、あいつの一歩が私の数歩。距離なんて稼げてるわけがない。鼻がすこぶる優秀そうだから、こいつはすぐにやってくる。

「うん……わたしも、すばやくアイテムぶくろに、いれられるように、するよ……」

隠蔽魔法を解除して、テクトに開けてもらって、お宝取って、隠蔽魔法をかける。この流れを手早くしないと、本当に今度こそオークジェネラルに襲われる。そうじゃなくても宝箱がある部屋にモンスターがいたら、そもそも開けられない。

寒くもないのに腕をさすった。震えは止まりそうにない。

その後、廊下を進んだけど宝箱がある部屋は見つからなかった。

小部屋は何個かあったけど、モンスターしかいないか、何もないかだった。

一番怖かったのは、宝箱しかないように見える部屋にモンスターが潜んでると言われた時だ。ヒラメのような薄っぺらい魚型のモンスターが、床に擬態して見えないように隠れてるんだって。ちゃんと気配を探れば冒険者ならわかるそうだけど、宝箱に目が行って油断する人も多いんだとか。そういう人が部屋に入って来た所を、鋭い歯で捕食するわけですね、注意される前の私かよ怖い。モンスターもなるべくして進化してるって感じだ。本当にただの床に見えたもん。

その宝箱はさすがに無理だねー、って諦《あきら》めたわけだけど。それからずっとはずれ続きで疲れた。ちょっと元気なくなるよね。歩き詰めで足も痛いし、お昼休憩しようって事になった。時計を確認したら12時過ぎた頃だ。時間もちょうどいいね。

モンスターがいない小部屋を見つけて、そこに敷布を広げる。靴を脱いで寝転がると、表面の柔らかな布が素肌に触れた。はあー、この敷布が疲れた心身を癒してくれるぅ……幼女の足で長時間歩くのってすごく疲れるんだね。大人の体で慣れてる分、歩く感覚が時々狂ってしまう。何度転びかけた事か。

〈お疲れ様、ルイ〉

「テクトも、おつかれさま～」

気配を探ってたテクトが敷布の上に跳び乗ってくる。この周辺のどこにもモンスターはいなかったみたい。

テクトの気配察知は、集中してやれば広範囲を探れるけど、違う所に意識が行ってると近い範囲しかわからないそうだ。いや、近い範囲でも十分だと思うけどね。不注意な私にはとっても助かる。さっきオークジェネラルが小部屋に近づいてきたのも、ギリギリ気付けたしね。声をかけてもらわなかったら接触してたかもしれないし、危ない所だった。

お昼休憩中は部屋全体に隠蔽《いんぺい》魔法をかけてもらって、匂いを嗅ぎ取られないようにしてみた。これで安心してご飯が食べられるはず。テクトの魔力が桁違《けたちが》いにあるから出来る方法だよね。

アイテム袋からコップとピッチャーを出す。やっぱり一人で注ぐのは難しくて、テクトにピッチャーの底を持ち上げてもらった。いやあ、軽いねぇ。宝箱の件で慎重になったテクトが〈大丈夫？　もっと上げる？〉って何度も確認してくるのがとても可愛《かわい》かった。ああたまらん。

あんまりにやにやしてるとむくれちゃうので、アイテム袋からホットサンドをさっと出して渡した。途端にぱっと表情が明るくなるんだから、ほんとこの子可愛……おっとっと。

ホットサンドは熱々のまま、クッキングシートを剥《は》がされて、テクトの大きな口に入っていった。

私も食べよー。

〈朝のと違う！　ちょっとぴりってする！〉

「こしょうを、いれてみたんだよ。からくない？」

〈ぴりっとするのが辛いって事？　なら美味《おい》しい！〉

辛いにも種類があるんだけど、まずは入門編のブラックペッパー。他はまた今度、違う料理で教えるね。

んー。チーズのまろやかさと胡椒《こしょう》のスパイシーな刺激がベストマッチして美味しい、んだけど。食べ進めていくと辛味が舌に痛いなぁ。これくらいが程良いはずなんだけど……幼女だからかなぁ。精神が体に引っ張られてるってテクトも言ってたし、たぶん味覚も子ども舌に戻ったんだろうな。辛いの、成長するまで満足に食べられないのかぁ。残念。

舌の痛みを誤魔化すために水を飲んでると水っ腹になりそうだし、残りはテクトにあげよう。

〈この後どうする？〉

譲ったのを一口で食べ切って、テクトが首を傾《かし》げる。くう、可愛い。

「ちょっと、きゅうけいして、このちかくだけ、たんさくして、はやめに、あんぜんちたいに、もどろうか」

安全地帯は3～5階間隔に一つしかないって言ってたから、このまま上の階層の安全地帯を目指すのは、私の足じゃ難しいよね。この階層の全貌《ぜんぼう》だってわかってないのに……てか階段もどこにあるかわからないし。今いる小部屋だって、明日にはモンスターが湧いてるかもしれない。箱庭から出てすぐモンスターとおはようございます、はできれば避けたいよ。

そうなると、私が転生した安全地帯に戻るしかないんだよね。

でも、足の痛みが治まるまでは歩きたくない。

〈少し寝転んだら？　人は横になるだけで体力が回復するって聞いた〉

「そうだねぇ。じゃあ、ちょっとだけ……」

リュックを枕に、敷布の上に横たわる。そんな私の足を、テクトが柔らかな手つきで撫でてくれる。んー。気持ちいいなぁ……ふああ……

〈あ、ルイ寝るの？〉

「ねない、よぉ……あふ……」

温かい気配に、突然襲い掛かってきた眠気。優しい手が労わるように足を往復すると、とても心地が良くて。瞼《まぶた》はどんどん重たくなっていく。私はそれに抗う事ができず。

二度目の寝落ちをテクトに晒《さら》したのである。

〈ルイ、起きて。もう夕方だよ〉

「んんー……やだ……ねむいよぉ……」

〈子どもは一日三食が絶対なんでしょ。駄目だよ、寝るのは夜にして、ご飯食べて〉

「ダァヴねえさんがねー……そう、いって……たねー…………ん？」

ぱっと目を開く。テクトが私を覗き見てた。あ、ベージュのふわもこ体毛に隠れてたけど髭《ひげ》がある……じゃない!!

「わたし、ねてた？」

〈寝てた。3時間ちょっとくらいかな？〉

テクトは服から出てた懐中時計をこっちへ向けて、よく寝てたねーって……うわぁ、17時前だ。ほんとに、3時間……

あまりの事実に目が覚めたわ。目元をごしごし擦《こす》る。

「まさかこんなに、たいりょくがないなんて……」

普通の幼児だって、昼寝は1時間くらいだよ。寝過ぎじゃない？　ステータス2倍ブーストがかかって小学生程度もいかないって……昨日なんて、今日よりずっと起きてたと思うけど。それとも、長時間の昼寝を必要とするほど実は疲れてたって事？

〈そうなんじゃない？〉

「まあ、ようじょのあしで、けっこーあるいたよね」

初めての探索でテンション上がってた気がするから、それも原因なのかな？　遠足を楽しんでる子どもか私……いや、楽しむどころか恐怖が勝ってたんだけど。

〈そういえばダァヴが、子どもは興奮すると寝れなくなるから、夜は絶対興奮させない事！　って口酸っぱく言ってたなぁ。それと似たような感じなのかな〉

「あー。ふだんと、ちがうことがあると、こどもって、ねないもんね」

旅行前の子どももみたいな……あれ、デジャヴ。

〈でも夜にきちんと寝ないと成長を阻害するからって、箱庭の空間固定に聖樹が選ばれたらしいよ。傍にいると心を鎮めて眠らせてくれるスキルが役立つからって。子どもを預けるのにぴったりなんだって〉

「わあ、せいじゅさん、マジせいぼ……」

うーん、しかし、興奮。興奮かぁ。

もしかして、って思ってたらテクトが私の膝《ひざ》に手を置いて見上げてきた。何この上目遣いのアングル最高可愛……あ、離れちゃったよ。もったいない。

〈もう、可愛いは止《や》めてよ。それより、思い当たる事あったんだね？〉

「うん。きのうときょう、モンスターと、きゅうせっきんしたなぁって、おもって」

それで興奮っていうか、緊張してたのかなと。寝落ちたタイミング考えたらそんな感じする。

〈どういう事？〉

「えーっと、たぶんそうだろうなーって、おもったことだけど」

私の体力がどれだけあるのか正しくはわからない。でも普通の5歳児よりは確実に多め。箱庭をぐるっと回って朝ご飯の準備して、その時点で疲れはほぼなかったから。昔の園児時代を思い返してみると、そんなに立て続けに動き回ってられなかったと思う。

探索時間は2時間くらいかな。ずっと立ちっぱ歩きっぱだった事を考えると、運動量は小学校中学年並みだと思うのよね。さすがにそれはブーストしたにしては多すぎ感あるから、ここでモンスター遭遇による興奮と緊張感の要素をプラスする。

私はたぶん、限界を越えて動き回りすぎたんだと思う。だから緊張が解けた昼ご飯の後、横になった直後に寝落ちちゃったんだろう。昨日だって、テクトが帰ってきて安心したら寝ちゃったし。どっちも長時間寝入ってる。

〈次から探索は短い時間でした方がよさそうだね。緊張し通しも悪い‼　って言ってたし〉

「ダァヴねえさん、ひとのからだにも、くわしいのね」

適度な緊張感はいいんだよ。だらけっぱなしも悪いって言うし。明日は緩急つけて、朝に1時間、昼休憩挟んで1時間ってやってみようか。昼寝も入れて、どれだけ寝ちゃうか調べてみよう。日にちを掛けて調節していくしかない。

小さくなった手のひらを見下ろす。ぎゅうって握っても、柔らかいまま。握力もない。

私もまだまだ、自分の体の事をわかってないんだ。大人から幼女に突然後退したわけだし、慣れないのはわかるけど……今まで出来た事が当たり前に出来ないのは、苦痛だなぁ。

〈だから僕がいるんでしょ〉

「テクト……」

私の頬をぺちぺち叩いてくるテクト。目が合うと、緑色の猫目を柔らかく細めた。

〈ルイが出来ない事は、僕が手伝ってあげるから。不貞腐《ふてくさ》れないの〉

「うん」

〈僕もまだまだ、人の事を理解できてないんだから。ルイが教えてくれなくちゃ困るよ〉

「うん」

〈で、早速疑問に答えてほしいんだけど〉

「ん？」

テクトが離れて、腰に手をあてて首を傾げた。

〈今日僕らが食べたのって、野菜入ってるっけ？　絶対毎日食べさせる事って言われたのはいいんだけど、僕、野菜がどんなのか詳しく知らないんだよね〉

「うっわーお」

やばい！　そうだった、そうだったよ！　ダァヴ姉さん言ってたじゃんちゃんとお野菜食べなさいって！　忘れてた！　私が今日食べたの、炭水化物と乳製品と加工肉だけだ！　うわっ、これ怒られるやつ‼　正座して怒られるやつ‼

夕飯は野菜たっぷりにしなくちゃ‼

「っていうか、テクト、やさいをしらないの⁉」

〈今まで興味なかったっていうか……人から出されてたのも、すでに調理済みだったりで原形を知らないし。野菜っていうくくりの物が食べ物だっていうのは知ってるんだけどね〉

「しょくいく、しよーよ、かみさまぁあああ！」

食べ物必要ない体だけど、聖獣だって生きてるから！　食育大事‼

「よーし、わかった！　いそいで、あんぜんちたいにかえって、はこにわにいこう！　やさい、おしえるから！」

〈あ、安全地帯には帰ってるよ。ルイが長時間寝てるから、先に帰っておいた方がいいかなって思って運んでおいた〉

「はい⁉」

よくよく見回してみたら、昼休憩した時の小部屋じゃなかった。通路でぶち抜いたような小ホール規模の部屋、妙に綺麗《きれい》になってる石レンガ。ダァヴ姉さんの洗浄魔法の名残《なごり》だ。

これは間違いなく安全地帯だわ……とてもありがとうだけど、え、テクトがどうやって？

〈寝てるルイを敷布で丸めて包んで、こう〉

「うっわぁ⁉」

〈持ち上げて、走っただけだよ〉

突然体が浮いたから何事かと思ったら、テクトが再現してくれてるらしい。私のお尻《しり》あたりに、テクトの両手がある。ああー、これアイテム整理してた時のと同じ体勢かなー！　両手で持ち上げてるのかなー‼

テクトが力持ちだってのはわかってるし幼女程度、比べるまでもなくテントより軽いだろうけど、こんな小さくて可愛い子に運ばれるとか私の罪悪感がとてつもないので今すぐ下ろしていただきたいですテクトー‼

内心大暴走してたら、ささっと下ろされて、〈可愛いは止めて！〉って怒られてしまった。

箱庭に帰ると、ちょうど聖樹さんの右側にオレンジ色の夕日が落ちていく所だった。

西に体を向けたら右手側が北だから、箱庭の南は真正面の山側なんだねぇ。オレンジがかる聖樹さんも綺麗。なんて思いながら、聖樹さんの枝の下へ来た。

「ただいま、聖樹さん」

ざあああって枝葉が擦れる音がする。テレパスは持ってないけど意思がある聖樹さんの意思表示は、もっぱら枝を揺らす事だ。枝と葉っぱが耳に優しく揺れて擦れるのを聞いてると、探索でざわざわしてた心がストンと落ち着く感じがする。これが鎮静スキルなのかなぁ。ヒーリングミュージックみたい。

よーし、夕ご飯作ろうか！　今度はテクトに手伝ってもらうんだ。

〈僕はどういう作業をしたらいいかわからないから、ルイが教えてね〉

「もっちろん！」

私が教えられる事なら、何でも教えるよ。なんせ、テクトに手伝ってもらわないと簡単な料理でもかなり手こずるからね！

最初から最後まで私一人で作れるようになるには、まだまだ成長が足りない。テクトにまともな手料理を振る舞えるようになりたいけど、それはもう少し大きくなってからのお楽しみにしよう。

朝はついつい前の私の癖で、一人で何とかしようって、ホットサンドだけになっちゃったけど。まあ魔導具コンロを使ってみたい衝動が抑えられなかったのも否めない。

でも考えてみたら、同じ食パンでもサンドイッチにしてレタスやキュウリやトマトとか、食材をたくさん挟めたんだよ。そうしたら野菜も食べれたのに、バカだなぁ私。

まあ、夕飯も魔導具コンロを使うんだけどね。子どもって、新しい玩具《おもちゃ》とか貰《もら》うとすぐ遊ぶじゃん。服だって新しいのすぐ着るじゃん。そういう事です、うん。ワタシ、ヨウジョダカラ、オカシクナイ、デス。

カタログブックを開く。お手伝いはたくさんしてもらうつもりだけど、調理って作業にまったく慣れてないテクトにいきなり包丁を持たせるのも悪い。だから、すでに下拵《したごしら》えされてる野菜の水煮パックを買う事にした。これ、疲れて何もしたくないけど具沢山の味噌汁《みそしる》食べたい！　って時に役立つんだよね。一袋常備してるだけで安心感が違う！

３００ｇの味噌汁用水煮と、下茹《したゆ》でしなくていい白滝と、香りづけのごま油、悩んだけど鶏胸肉を買う。何か、豚肉を食べる気にはなれなかった。豚肉に罪はないんだよお！　今日出会ったモンスターがオークじゃなければ……くぅう‼

そして大事な味噌と、手間を省いたチューブにんにく、出汁《だし》を毎回取ってられない忙しい主婦の味方、顆粒《かりゅう》出汁。後は調理用具と、それから炊き込みご飯が食べたい！　カタログに出してもらって……あった！　これは行きつけだったお弁当屋さんの鶏五目だ！　嬉《うれ》しい！　あそこの炊き込みご飯、具がたくさん入ってるし、ちょっと餅米《もちごめ》入ってるからもちっと感もあって、あまじょっぱさがたまらなくて……あ、テクトが唾《つば》飲み込んだ。ああもう、とにかく美味《おい》しいんだよ！　鶏と鶏になっちゃうけど買うね！　味噌汁にはご飯だよね！

ちょっと落ち着こうか、ふう。ついでに足りないと思った調味料も買って、アイテム袋から大きな鍋《なべ》を取り出した。

冒険者さんの鍋は二つ。片方は飲み物用なのか小さめで、ミルクパンみたいな奴だった。私が片手で持てるくらい軽い。もう一つは主食用っぽく大きな鍋。これなら3～4人前の豚汁……もとい、鶏汁も入るね。

私とテクトの手に洗浄魔法をかける。水の泡がぱちぱちと弾《はじ》けながら、小さな手と手を綺麗にしていく。うん、今日覚えたばっかりだけど、何回かやったからかな。すぐ泡が出てくるようになった。泡が触れた所は見違えるほど綺麗になるし、洗浄魔法は本当に助かるなぁ。使えば使うほど熟練度が上がってくんだから、頻繁に使おう。清潔感大事だよね。

「ちょうりするひとは、かならず、てをきれいにしなくちゃ、いけないいんだよ」

〈そっか。口に入れるものを作るんだ。汚いままじゃ駄目だよね〉

「そーゆーこと！」

清潔にした後はテクトに鍋をコンロに置いてもらった。大きな鍋は重たかったので、最初のお手伝いだ。

その中に水を切った白滝とごま油を入れる。ちょっと炒《いた》めると、ごま油のいい匂いがしてきた。うーん、香ばしい。菜箸《さいばし》を動かしてると、テクトが興味深そうに鍋の中を覗《のぞ》き込んでくるので菜箸を任せてみた。作業台をコンロの傍《そば》に置いて、テクトの足場にするとちょうどいい高さになる。楽しそうに中身をかき混ぜてるなあ。うん、天使。

いい感じに炒めた所で、水煮パックを鍋に入れる。湧水を足して、にんにく、顆粒出汁とすでに切ってある鶏肉も入れたら、地道な灰汁《あく》取り作業。ぐつぐつ煮てるうちに、炊き込みご飯を器《うつわ》に分けよう。

段ボールから炊き込みご飯が入ったプラスチックパックを持ち上げると、温かかった。え、あれ、あったかい？

「ごはん……あっためてないのに、なんで？」

まるでお店から出来たてを運んだみたい。

最初に食べたアップルパイが冷めてたから、てっきり炊き込みご飯も冷めたまま届くと思ったのに。カタログブックの知られざる機能？　それとも温かいご飯が食べたいなって思った私の意思が強すぎたの？　食い意地張りすぎたかな……

〈ルイの食い意地は食に興味なかった僕のお腹も刺激するくらいだからね。相当強いと思うよ〉

「テクト、それはいわないで、ほしかったなぁーー‼」

私のお腹が盛大に鳴ったため、炊き込みご飯の件は後回しにする事にした。カタログブックについては私もちょっと思うことあるし。後でしっかり、ナビに聞かないとね。

さぁて、鶏汁の仕上げしましょうか。

鶏肉に火が通ってぐつぐつしたら料理酒を回し入れ、しばらくしてから味噌をお玉で掬《すく》ってよーく溶かす。ぐるりと混ぜて、小皿に汁だけ入れた。それをテクトに渡す。

「りょうりは、あじみがだいじなんだよ、テクト」

〈へー。んん、なんだろう。不思議な味だね〉

味噌汁をぺろりと舐《な》めて、テクトは目をぱちぱちさせた。

〈甘いような、しょっぱいような……でもまろやかな感じ？　かと思ったら鶏肉の旨味もある。複雑だね〉

「それが、みそしるの、いいところだよ。みそは、はっこーしょくひんだから、けんこうにも、いいしね」

〈へー。この茶色いの、味噌か……どこがいいの？〉

「えーっと」

発酵食品っていうのは、人が食べられる微生物の働きによって素材を発酵させて加工した食品の事でね。この微生物が、食材自体の旨味を引き出したり、栄養成分を高めたり、お腹の調子を整えたりするんだよ。色んな微生物がいるから、色んな効果があるんだね。

その発酵食品の中でも味噌は、大豆や米や麦を麹《こうじ》で発酵させた保存食として昔から愛されてきたスーパー食品なのです！　私が買った味噌は大豆原料の麹多めだから、少し甘めなのが特徴かな。

味噌にするとただの大豆の時よりビタミンが増えたり、栄養成分を体に吸収しやすくしてくれるから、健康にいいって言われてるんだよ。味噌の種類によって味も色も違うんだ。味噌汁、肉や魚の味噌焼き、野菜炒め、ご飯にかけるおかず味噌、ソースにしたり、色々な料理に使えるんだよ！

〈おおー〉

「ちなみに、しょくパンも、はっこーしょくひん、なんだよ」

〈なんだって〉

ぴんっと耳が立って、目がキラリと光った。明らかに食いつきが違う。わかりやすい反応だなぁ。

「しろいパンは、ほぞんには、てきさないんだけど、はっこうの、てじゅんがあるから、はっこーしょくひん」

〈発酵食品……侮れないな〉

食パンが相当お気に召したのか、私の味噌の説明が長くてわかりづらかったのか。食パンの話になった途端、テクトの発酵食品に対する姿勢が、だらけた感じから背筋ピンッて感じになった。

どんだけ好きなの食パン……

〈アップルパイと同じくらい〉

あ、それは仕方ない。アップルパイと同じくらいなら仕方ないね！　だってアップルパイめっちゃ美味しいもの！

って、鶏汁作ってる途中だった。夕日沈んでるから、急がなくちゃ。

ちょうどいい塩梅《あんばい》だから、少しだけ醤油《しょうゆ》を足す。落ち着くと味が薄まるからね。あ、豆腐買い忘れた。まあそれは次回って事で。

沸騰する前に火を消して、鶏汁のかんせーい！　水煮使ったから早く出来たね。これだけの具材を最初から切って煮るとなると、夕日が完璧《かんぺき》に落ちて真っ暗になるよ。冒険者さんの遺産にランプとか明かりの類《たぐ》いは入ってなかったから、暗くなると何もできなくなっちゃう。明日以降も、夕飯は日が沈む前に済ませたいな。

「テクト、もりつけてみる？」

〈うん。お玉で掬えばいいんだよね？〉

「そうだよ」

テクトの小さな手の上に陶器の碗《わん》。右手でお玉を持ち上げると、具がぼろぼろ零《こぼ》れて汁もほとんど落ちた。何度かやってみるけど、うまくいかない。ちょっと斜めだからなー。

テクトの顔がむっとする。

〈うまくいかない〉

「ぐを、すくうのだって、コツがあるからね！」

そんな簡単にやられたら私ちょっと虚しくなるぞ！　私は給食係で練習して出来るようになったんだからね！

「ぐるっと、したまで、まわしいれて、まっすぐ、もちあげてみて」

〈ん〉

テクトの力で簡単に味噌汁の具が交ざって、具がお玉いっぱいに入って出てきた。さっき味見する時、私両手持ちでやっとお玉回ったのに……

「そうしたら、おたまのしたを、ちょっとだけ、みそしるにつける」

〈なんで？〉

「きれいに、もるためだよ。つけないで、おわんにもってみなよ」

〈うわ、汁が零れた……〉

お玉の丸いところからぼたぼた零れた味噌汁が草原に染み込んで味噌味に……洗浄かければ大丈夫、だよね？

〈これじゃお碗も汚れるね〉

「こぼしたぶんも、もったいないしね。それを、よぼうするのが、さっきの、したちょんね」

〈へー〉

表面張力がうんぬんかんぬんだった気がするけど、忘れちゃった。そういうものだって覚えちゃったら現象までは覚えてられないなぁ。

テクトが慎重によそった二つのお碗を、手拭《てぬぐ》いで包みながら作業台に置く。零さないで運べた！

「うん、じょうずに、もれてるよ！　テクト、きようだね」

〈教えてもらった通りにしたまでだよ。それより、手は熱くない？〉

「だいじょーぶ！」

ふっふっふ。ホットサンドの件で私の手の皮が薄い事は把握してるんですよ。ミトンの代わりに手拭いを挟んで、私でも運べるように工夫してみた！　結果は上々！　出来たものを運ぶくらいなら問題なし！

炊き込みご飯を出した後の段ボールをテクトの足場に交換したから、洗浄済みの作業台の上にはほかほかご飯と鶏汁が並んでる。んんー、食欲をそそるいい匂い！

テクトはスプーンを、私は幼児用の小さな箸《はし》を手元に置いて。夕ご飯のかんせーい！

鍋に蓋《ふた》をしたテクトが寝袋に座る。お金に余裕ができたら、ちゃんとした椅子とテーブルも買いたいね。冒険者さんの作業工具鞄《かばん》に座るのも、申し訳なくなってくるんだよなぁ。カタログブックが家具も取り扱ってくれてたらいいな。

〈いい匂いだね〉

「うん、さっそく、たべよっか！　いただきまーす！」

〈……いただきます〉

私が手を合わせると、こっちをちらりと見て同じように手を合わせるテクト。うん、小さい手が控えめに合わさってほんと癒し。

朝ご飯の時に、いつものようにいただきますってやったら、昼からテクトが真似し始めたんだよね。〈それって何の儀式?〉って聞かれたから「食材になってくれた命と作った人への感謝の儀式」って答えた。いや、儀式じゃないんだけど。

昔からお祖母《ばあ》ちゃんに、これだけはちゃんとしなさいって口酸っぱく言われてたんだよね。箸の持ち方とか、魚の身のほぐし方とか。食事中に百年の恋が一気に冷めてしまう場合だってあるの! マナーしっかり! とはお祖母ちゃんの言。

食い意地が昔からばっちし張ってる私は、感謝の気持ちは忘れちゃいけないなって深く感銘を受けたので意識してやってるんだけど。この世界にないのか、テクトの知識にないのか、不思議な儀式に見えるんだね。

〈感謝は大事だね。僕もやって大丈夫? ルイの前の世界の宗教に入らないとだめ?〉って首傾《かし》げるから、合掌に宗派はないから! 食事前の通過儀礼みたいなものだから! って慌てて訂正したよね。何の儀式だと思ったんだ……あ、勇者召喚の儀式とかありましたねこの世界。しかも邪法もありますね。やだ……儀式って単語、結構物騒。

それで、今こうしてテクトが真似してるわけだけど。ちょっと様子見してるのは私が儀式だって返したから? 大丈夫だって。ただの通過儀礼だから何も起こらないって。ご飯に手を合わせるだけで何か召喚したら、日本は毎日大混乱だよ。

味噌汁のお碗を片手で持てないので手前に寄せて、すする。行儀悪いのはわかってるけど重たいし熱いんだよぉ。これも成長してからだな。

「んんー、おいしい!」

〈うん、美味《おい》しい〉

スプーンで炊き込みご飯をすくって頬張るテクトに続いて、私も炊き込みご飯を一口。うん！　もちっとしたご飯の歯ごたえと鶏肉のぷりっと感！　にんじんの甘味とごぼうのシャキッ、油揚げのコクと、きのこの旨味。具材の出汁《だし》と調味料を吸いこんだこんにゃく。それらが全部合わさって、この素晴らしいハーモニー！　ああー、このお店の炊き込みご飯が温かいまま食べられるなんて‼　冷めても美味しいけど、炊き立てが一番美味しくて。これを目当てによく時間計ってお店に突撃したなぁ。

鶏五目を飲み込んでから、もう一度鶏汁をずるずる。んんー！　優しい味わいが相性ばっちり！

「テクトが、いためてくれたから、こんにゃくも、くさみがないね！」

〈ふふ、正しく菜箸っていうのを持てたわけじゃないけどね……お世辞でも嬉《うれ》しいよ〉

「とっても、だいじなことだよ。わたしじゃ、さいばし、にぎるのも、たいへんだもん」

下茹《したゆ》で不要ってあっても、こんにゃくって結構独特の匂いがあるんだよね。まあ私は好きだけど、それが食材の邪魔をしちゃう時がある。だから先に香ばしい匂いを付けた方がいいんだよね。

このぷにぷにお手々は針仕事の時はいい子だったけど、箸とかちょっと大きなものとか長いものを握るとなると、途端に言う事を聞いてくれなくなるんだ。さっきも交ぜるの大変だったし、困ったもんだよ。今だって幼児用だから、なんとか箸を握れてるんだよね。

あ、そうだ。今度野菜そのものを見せるつもりではあるけど、野菜について教えるって言ったんだから。ちょっと勉強しようか。

鶏汁から大根を取って、テクトに見せる。

「テクト。ちょうりずみだけど、これがだいこん」

〈透き通ってるね。こんなに透明だと、探すのも大変じゃないの？〉

「ひを、とおすまえは、まっしろなんだよ。はっぱも、でてるから、みつけやすいしね」

〈え。火を通して色が変わるの？　野菜って不思議だね〉

「はなみたいに、いろんないろが、あるんだよ。それからね――」

こうして、私達の初めての夕ご飯は楽しく過ぎていった。

気付けば夕日が完全に沈んじゃって、慌ててご飯をかき込み暗い中片付けたのはご愛嬌《あいきょう》である。


この世界は夕日が落ち切ってから、しばらく真っ暗な時間を過ごした後、月がゆっくりと顔を出すらしい。それまでは星明かりも乏しいんだって。「暗闇の時間」と呼ばれるその間は、モンスターが活発に動き回って危険なんだそうだ。

街灯とか建物の明かりがないから夜空も楽しみー、なんて朝は思ってたけどさ。それどころじゃないね。何でそんながっつり恐ろしいインターバル挟むの？　星明かりなんて手元がほんのり見えるくらいなんだよ怖くない？　外怖くない？

夕日が落ちてわずかな星明かりしかない中、洗浄かけて綺麗《きれい》になったかわからないまま食器類をアイテム袋にしまったけど、明日使う前に確認しよ。私の洗浄魔法は筋がいいってダァヴ姉さんに言われたけど、熟練度はまだレベル1だろうし。目で確認しないと不安だわ。

鶏汁の鍋《なべ》もそのままアイテム袋に入れて、これで片付いたかな？　暗いってほんと困る。

「あかり、ほしいなぁ」

〈日本の方は何か買えなかったの？〉

「うーん。そんなにくわしく、みてないけど、でんきとか、がすとか、このせかいにない、ねんりょうをつかうものは、かえないみたいなんだよね。だから、のぞみうす」

昨日魔導具コンロの値段を見た時、コンロって言ったのにガスコンロもカセットコンロもＩＨも出てこなかった。調理器具の時は日本産と異世界産、どっちもあったのに。この分だと電池を使う懐中電灯も期待できない。

暗い足元だと危ないから、その場に座り込んだ。月が出てくるまでどれくらいかかるだろ。ちょっと休憩。

〈今月は１の月だから、後３時間程すれば月が出てくるよ〉

「さんじか……ん？　いちのつき？」

人の子は目が悪いから、暗いと動けない。特に幼児は転びやすい、って呟《つぶや》いてたテクトがニューワードをさらっと言った。その呟きはダァヴ姉さんの教え？　ダァヴ姉さん、事細かに教え込んでたね。テクト頑張れ。

〈１の月っていうのは、そのままの意味だよ。暗闇の後に出てくる月が一つだけの１ヶ月って事〉

「へぇー……ん？　てことは、つきが、なんこものぼる、いっかげつもあるってこと？」

〈うん。日本は何個だったの？〉

「にほんも、ちきゅうも、１こしか、のぼらなかったよ」

太陽が沈まない白夜の国ってのもあるけど、それでも月が一つなのには変わりないし。日本にはそんなのなかったし。

てか、何個もあったら天文学で大騒ぎが起こるよ……理科の授業だって内容変わっただろうし、アポロはどこの月に降りたんだって話になる。

〈え……一年中暗闇の時間が多いって事？　よく無事だね。どうやって過ごすの？〉

「でんきって、ぶんめいのおかげで、つきがでてなくても、ほとんどあかるいんだよ。むしろ、あかるすぎて、ほしが、みえなくなるくらい」

〈じゃあ、夜は暗闇に惑わされないんだ？　すごいね〉

「いや、なんこもつきが、でてくるほうが、すごいとおもうけど」

ファンタジー感マシマシだね！　見てみたいけど！

〈ふふ、いつか見られるよ。外と連動してるからね、箱庭の空は〉

「そうだった。たのしみだなぁ」

〈じゃあ、僕はテントの準備してくるから。ルイはそこで休憩してて〉

「いいの？　テクトも、みえないんじゃない？」

〈3時間も座ってられないでしょ。大丈夫。聖獣の目はね、暗闇でも先を見られるんだよ〉

テクトの猫目がきらりと光ったように見えた。緑の宝石みたい。

そっか。聖獣は何でも見通すんだ。暗闇もそれに含まれるのかぁ。いやぁ、一本取られた気分。

ここはテクトに頼るしかないね。

「じゃあ、おねがいね」

〈うん、任された〉

アイテム袋からテントを取り出したテクトは、布の摩擦音を立てながら聖樹さんの下に行った。

その小さな背中が、とても頼もしい。あんまり見えないけど。

テクトが組み立ててくれてる音が聞こえだした。何もする事がなくて、なんとなく、背中から草原に倒れる。目を閉じた。日が落ちて少し冷たくなった風が、頬に当たって通り抜ける。短い草の爽《さわ》やかな匂いがした。すーっと吸い込んで、深呼吸。ざわざわする胸を撫《な》でる。

しっかし、私本当に、何の役にも立たないなぁ。活動時間が短いし、力もない。幼女だから仕方ない、……仕方ない、か。

今日一日、ずっと考えてた事だ。幼女だからできない、仕方ない。なら、私が二十歳《はたち》のままだったら？　転生の流れに流され過ぎず、せめて12歳くらいだったら？

テクトにこんな迷惑かける事はなかった。ご飯だって満足に作れたし、テントだって自分で運べたし、歩くだけで不安を感じる事もなかった。あるいは――意識も幼女になっていたら、こんなもどかしい気持ちを持つ事もなかったんだろうな。

〈それだと僕が困るよ〉

「わ！　テクト？」

慌てて聖樹さんの方を見るけど、テクトの姿は見えない。聖樹さんとは50メートルくらい離れてるはずなのに。それくらい、離れてしまうと見えない場所にいるのに。

テクトのテレパスって、離れてても届くの？

〈同じ空間にいればテレパスに支障はないよ。ルイの声も心もちゃんと聞こえるし。驚かせたね〉

「すこしだけだよ……テクト、こまるの？」

〈僕、子どもの扱いなんて知らないから。意識まで5歳だったら、ずっと泣かれるか喚《わめ》かれるかの

想像しかできない〉

は……、ははっ。そっか。そっかぁ……

「そだね。それにごはんも、ちゃんとじゅんびできなくって、ダァヴねえさんが、まいにち、しかりにきそう」

〈えー……やだなぁ。毎日お小言じゃない〉

「おこられないように、しようよ」

〈ダァヴって細かいんだもん。褒める所は褒めるけど〉

「きびしそうだもんね」

〈そうそう。だから、細かい所を指摘されないように、ルイがしっかり教えてね〉

「……テクトは、わたしでいいんだね？」

〈何言ってるの。僕がいいと言ってくれたのは君でしょ〉

言ったよ。ちゃんと覚えてるよ。

私は、私が落ち着くまで穏やかに待ってくれた、鈍感だけど優しいテクトだから言ったんだ。一緒にいてくれるって、安心したんだよ。

そっか。だから今、こうして自分の事で悩めてるんだよね。

「うん……ありがと、テクト」

〈どういたしまして。悩みは解決したみたいだね〉

解決どころか、楽になったよ。重かった肩が解放された感じ！

「あしたから、またがんばる！」

〈ならよかった。テントできたよ。今手を引いて連れてくね〉

「うわ！」

暗いところから、ぬっと真っ赤な宝石と緑の目が出てきた。その後クリーム色の体毛が見えて、ああテクトか。と、ほっと胸を撫で下ろす。

箱庭には私とテクトしか移動する生き物はいないのに、わかってても突然ぬっと出てくるとびっくりするね。

〈あれ？　びっくりさせた？〉

「うん。でも、ひとって、くらくてみえないところから、いろがあるものとか、とつぜんでてくると、はんしゃてきに、びくってなるから」

暗闇を怖がる生き物だからね。これは異世界だろうと共通でしょ。

〈そっか。ルイは気配を探れないから突然出てきたように見えるのか〉

「そんなのできないって、わかったでしょー」

常日頃から魔物の襲撃に備えて気を張り巡らせてる冒険者なら驚かないって暗に言ってるよね？あるいはこの世界の人なら村人でも気配探るの得意って事だよね？

私、元一般人、現幼女、ですぞ。

〈ふふ、そうだね〉

「はこにわに、いるときまで、きんちょうしたくないなぁ」

〈じゃあ、やっぱり明かりになるものを早めに準備しないとか。僕が照明になるような魔法を覚えてたら、教えられたのにね〉

ああー。聖獣って魔法に関しては、無限に近い魔力、詠唱破棄、即座に魔力練り上げる魔法技術が備わっててチートなんだけど、魔法を覚えるのだけは神様か魔法専門の聖獣に教えてもらわないと駄目なんだっけか。スキルもまた然《しか》り。スキル専門の聖獣がいるらしい。どんな魔法やスキルだって覚えられるハイスペックだけど、そういうままならない所もあるんだなぁって思った。

はい、手をどうぞ。と、差し出してくるテクトのリスみたいなちいちゃい手をきゅっと握る。

身長差でどうしても屈むけど、暗闇の中、安心して前に足を出せるようになった。

「べんりそうなのに、おぼえてないの？」

〈だって、暗くても見えるから〉

「あー……」

必要じゃないと覚えないよね、そういう魔法って。暗かろうが見えるんなら、全然使わない。そりゃ必要ないわ。

〈冒険者なら覚えてるけどね。暗闇の時間はモンスターが活発になるから、牽制《けんせい》のためにも、ダンジョン探索のためにも、初心者の頃から習得させられるらしいよ〉

「ぼうけんしゃに、おしえてもらうのが、いちばん、いいのかなぁ」

〈いつ会えるかわからないけどね〉

「いいひとが、くるかも、わからないしね……んー。しょくひだけなら、もうしばらく、よゆうなんだけど」

調理するのに必要な道具はだいたい買ったから、後は余程の贅沢品《ぜいたくひん》を買わなければ、手元のお金でしばらく大丈夫そう。２万ダルはあるよ。

冒険者さんの道具は、まだちょっと売る気になれない。使ってなさそうな武器防具はまだいいけど、思い入れがありそうな工具鞄《かばん》とかは無理。よくわからない工具が入ってて、私にはちんぷんかんぷんの中身だけど、丁寧に手入れされてる感じがあると……ああー！　無理、売れない‼　大事にされてたのを勝手に売るとか出来ない‼　イスにしてるって？　変わりになるものがないから仕方ないんだよぉ‼

って感じだから、アイテム袋の中身はお金くらいしか減ってない。使ったりカスタマイズする事には抵抗持たなくなったけど、さすがに売るのはね。身内のじゃない遺品を勝手に売るって、抵抗ある。すごく。好き勝手に使っといて何言ってんだって感じだけど。

まあ硬貨が尽きたら、武器防具から順々に売ってくよ。そういう意味では、食費だけ考えてれば余裕はある。

でも、今日拾った宝玉が高値で売れて、ランプが安ければ買いたいな。自分で増やした分なら遠慮なく使えるし、生活の充実に充てるべきだよね。ただ魔導具コンロの事もあるし、異世界の商品がすごく高い可能性だってある。だとしたら、しばらくロウソク生活になりそうだよね。消耗品で明かりとしてはあんまりよくないけど。

〈はい。着いたよ。寝袋も広げといたから、後は潜り込んで眠るだけ〉

「わ、テクトありがとー！　きづかいが、しんしてき！」

ダァヴ姉さんに言われてやっと寝袋に入れたのが昨日か今朝の話なのに、もう比べ物にならないくらい紳士的になってる！　テクトすごい！

〈ま、まぁこれくらいはね……！〉

本当はダァヴに言われてたからなんだけど。何でだろう内緒にしたい。ってテクトが思っていたとは露知らず。

私はテントに半身乗り込んで、寝袋をぺちぺち叩《たた》いてた。

夕飯後の歯磨きを忘れてたので、何でかぼけっとしてるテクトを呼んで、前に立ってもらう。

いやー、薄ぼんやりとしか見えないからね！　「まえにいる⁉　いるよね⁉」〈いるいる。ちゃんと目の前に立ってるよ〉っていうやり取りがあったけどそこは省いて。くすくす笑いながら私の手を握るテクトさんお願いですちょっと省いておいてね！

歯磨きと言っても、歯ブラシは買ってない。磨くのはいいんだけど、その後のうがいをした水はどこに捨てるんだって話だし。洗浄魔法で真水に戻るなら、歯磨き粉つけた歯ブラシで磨いていいと思うんだけどね。私の熟練度じゃ、まだ不安なんだよ。皿を綺麗《きれい》にするのも1分以上かかるし。

魔法の習得や熟練度の上昇率はステータスアップに含まれないから、正真正銘、現状が私の実力だ。生活系統の魔法は威力と結びつかないからね。攻撃魔法を覚えられたらステータスアップの恩恵を特に受けられたんだろうけど……実際、威力のある泡とか受けたら私、気絶するどころの話じゃないから、結びつかなくてよかったと心底思います。ほんとに。

地道に魔法を使っていくしか、洗浄の精度を上げてく方法ないんだよね。ダァヴ姉さんの洗浄魔法は、油汚れやら埃《ほこり》やら、ダンジョン内に年々積もり積もってこびりついたたくさんの汚れを、一瞬で綺麗にしてみせた。しかも、小ホール規模の決して小さくはない部屋を丸々と。レベル1な私と比較するまでもなく、ダァヴ姉さんが洗浄魔法をかなり使い込んでるのがわかるね。綺麗好《きれいず》きなんだろうなぁ、きっと。教えてもらわないと覚えられない魔法をわざわざ覚えてるって事は、そういうことなんでしょう。閑話休題。

朝ご飯の後、いつもの日課で歯磨きしようとした私は、その後の排水問題に困った。悩んだ末に自分を見下ろして、はたと閃《ひらめ》いたのだ。洗浄魔法を自分の口に使ってみたらいいんじゃない⁉ これがうまくいけば何の心配もいらない！ って思いきったわけですよ。やっぱり、口の中を綺麗にしないと落ち着かないしね。

歯磨きの感じー、口の中綺麗になれー。と念じながら、私が口を大きく開いて洗浄魔法の泡を入れてくのを、じーっと下から覗《のぞ》き込んできたテクトはほんと天使だった。天使すぎて思わず口から涎《よだれ》を零《こぼ》しそうになるくらい凝視した……可愛《かわい》いって罪深いね。慌てて拭《ぬぐ》ったけどさ。

〈洗浄魔法を口内に使う人初めて見た〉

「ひょお？……んん、うん。きれいになった、かな？」

泡が全部消えたので、舌でさらっと口の中を舐《な》めてみる。食べかすとか、歯垢《しこう》のざらっと感はない。いつもの歯磨きの後の、つるつるな滑り心地。ふふふ……‼

よおおし歯磨き問題解決うう‼ 洗浄魔法って素晴らしいね、悩みが一気に解決した‼

「テクトもやってみる？」

昨日はうっかり忘れたけど、食べ物を食べたら口の中綺麗にしないと。虫歯や口臭の原因になるからね。

きょとん？ とした顔で首を傾《かし》げるテクト。ただの天使だった。

〈虫歯?〉

「はを、とかして、あなをあけちゃう、こわーいびょうき」

飲食の際めっちゃ染みて痛いし、放っておくと歯を抜くはめになる、食べ物大好き人間からしたらとっても恐ろしい病気だ。食べたら歯磨きをするのは、虫歯の原因である酸を作らせないためなんだよね。それを絵付きでおどろおどろしく説明された幼い頃の私は大号泣だったわけだけど、それは一旦《いったん》脇に置いといて。

食べ物を美味《おい》しく食べられなくなると知ったテクトは、〈僕にもやって!〉と口を大きく開けて私におねだりしたわけです。ほんと可愛かった……! うふふふ。

あ、朝の事思い出しにやにやしてたら手を叩かれた。無言の抗議ゴチでーす! まったく痛くないのがテクトの優しさだね!

「テクト、くちあけたー?」

〈開けたよー〉

真っ暗で見えないから、テクトに聞くしかない。

「よーし! きれいになーれー、きれいになーれー」

〈ん、泡入ってきた〉

「じゃ、つぎわたしー」

ついでに全身も綺麗になーれー。今日はいっぱい歩いたから、汚れたなぁ。服の上からでも肌がさらさら綺麗になるのは、私の想像がお風呂《ふろ》に入ってる感じだからかな。服は洗濯にかけるようにーって思ってるんだけど。洗浄魔法だと汚れだけ取れて、一切濡《ぬ》れないんだよね。そこは実際の洗濯機とは違うけど……まあ、想像力は大事って言ってたし。これでいいんだと思う。服ごと濡れてたら風邪《かぜ》引くもんね。

「テクトのからだも、やるからね。じっとしてー」

〈んー〉

テクトもいっぱい歩いて汚れちゃったからなぁ。さっきは急いでたから手だけやったけど、今度から夕飯作る前に全身綺麗にしたいね。大丈夫だと思うけど、体についた汚れが料理に入っちゃうかもだし。エプロンも準備しなくちゃだなぁ。んんー、テクトの全身も綺麗になーれー。

それからしばらくして、泡が弾《はじ》ける音がなくなった。ふー、5分から10分くらいかな? 結構かかるなぁ。

〈うん、前は別にいらないかなって思ってたけど……こうして洗浄魔法かけられてみると、爽《さわ》やかな気分になるね。ありがとうルイ〉

「どーいたしましてー! くちのなかも、だいじょーぶ?」

〈うん。ざらざらしたところはないよ〉

テクトの歯は、人のように綺麗な歯並びだった。ウサギ顔の猫目でリスの体だから、てっきり舌はざらざらしてるか、前歯がちょっと長いかと思ってたけど。芸能人もびっくりなくらい、綺麗で真っ白な歯とピンクのなめらかな舌だった。めっちゃくちゃ羨《うらや》ましいくらい綺麗だったよ……食事中は大きな口と豪快な食べっぷりに目が行ってて、気づかなかったよね。いやほんとギャップ萌《も》えですわぁ。

〈さて、もう夜だ。子どもは早く寝なきゃね〉

「はーい」

成長にも影響するからね。疲れてるし、いっぱい寝ないと。靴を脱いでテントに入り込む。

日が落ちた後気温が下がって肌寒かったけど、テントの中は風が防がれるからかほんのり暖かい。

広げられた寝袋に潜り込むと、すうすうしてた背中がほっこりしてきた。

うん、寝袋って全身布団に包まれてるみたいな感じだから、安心感半端ない。

「テクト、ありがとう。よく、ねれそうだよ」

〈それはよかった。おやすみ〉

「うん。おやすみ……」

早く寝ようと目を閉じた。この世界に来て初めて自分から寝ようと、ちゃんと寝袋に入ってる。

寝落ちなかったのは進歩だね。

それにしても今日は色々あったなぁ。ダァヴ姉さんに怒られて、色々教えてもらって、箱庭と懐中時計を貰《もら》って、聖樹さんと会って、ちゃんとご飯食べて、ダンジョン探索して……オークジェネラルは怖かったなぁ。でっかいダンゴムシはよくわかんない。まだ襲われてないからだろうけど、グランミノタウロスやオークジェネラル程恐怖は感じてない。普通のちっちゃいダンゴムシは可愛くて好ましいやつだと思ってるから、それが原因だと思う。できれば誰かを襲ってる姿を一生見たくないなぁ！　一生雑草食べててほしい‼　ダンジョン内に雑草増やしてやろうか‼

「…………」

目を開いて寝返りを打つ。テントは入り口を開けたままだから、寝袋の中からでも空は見える。

真っ暗な墨汁の空に、星の光がちらほら光ってる。これはこれで実家を思い出すくらい綺麗だけど……月が現れるまでは、すべての星が息を潜めるように光を弱めるんだそうだ。月が出てきたらどれだけ星明かりが強くなるんだろう。

暖かい寝袋に包まれてるのに、一瞬背筋がぞわりとした。

「……テクト、ちかくにいる?」

〈テントの前にいるよ〉

「…………」

〈どうしたの? 眠れない?〉

「ひるね、たっぷりしたからかな。ねるきは、あるんだけど……」

何だか眠れなくて。

興奮してる訳じゃない。聖樹さんの効果か、お腹いっぱいだからか、寝る準備は出来てるんだよね。体はだるいし。

ただなんとなく、寝る気になれない。

ぼんやり空を見上げていると、ふわっと頬に感触が。テクトの体かな。手は作業しやすさのためなのか、ふわ毛の割に短毛だし。

〈顔だよ。鈍感だって言われてる僕でも、人の顔にお尻《しり》を向けるような失礼はしないからね〉

「あはは、ごめんごめん」

〈……昼間の元気はどこに行ったの? ちょっと、声に張りがない〉

「そうかな」

〈暗闇の時間に怯《おび》えているの? 大丈夫だよ。外はモンスターが活発化する時間だけど、箱庭に君

を害するものは入ってこないから〉

「うん。それはわかってるんだけど……」

なんかこう……落ち着かない。そわそわする？

〈そわそわ？〉

「なんて、いったらいいのかなー。んー、とにかくおちつかない！」

〈ふうん……〉

「テクトは、ねないんだっけ？」

〈寝るって動作がわからない……聖獣は魔力があれば寝る必要ないし〉

「ああー。チートせいのう」

ん、あ。なんか寝れそうになってきた。瞼《まぶた》が重たい。

〈本当？〉

「うん……あ、そっか。わかった」

〈原因？〉

「そう。さみしい、だ……」

この箱庭の生き物は、私と、テクトと、聖樹さんだけだ。虫も、小動物もいない。時々湧水の流れる音が聞こえるくらい。

田舎《いなか》ならどこからともなく聞こえる小さな虫の動く音、鳴き声。都会なら僅《わず》かに聞こえる隣人の生活音、車の音。そういうのが一切ない。

風が吹いた。夜の風はごおっと唸《うな》る音がする。それが嵐の前触れに似ていて、縮こまった。

生き物の音がしない。それが、こんなに寂しいだなんて。

「テクト……テクト」

〈なぁに?〉

「ごめんね。おねがいだから、わたしが、ねるまで、おしゃべり、してくれる?」

〈いいよ。何を話そうか。神様のうっかり話とか聞く?〉

「ふふ、なにそれ。おもしろそうだね」

〈そうでしょ……大丈夫。僕はここにいるからね。ルイが寝ても、起きるまで、傍《そば》にいるから〉

寝袋の中にテクトの手が入ってくる。小さな手をぎゅうっと握った。胸にじんわり広がるあったかさに、涙が滲《にじ》む。

Step6　より良い生活を目指しましょう

深く沈んでた水の中からいきなり顔を出したみたいに、ぱっと目が覚めた。すごい、あっさり起きれた。

柔らかい風が前髪を撫《な》で上げる。テントは閉じてない。開けたまま寝たんだっけ……あぁー、そっか、ここ箱庭だよねー。そうだった。

私は日本で事故に遭って、邪法召喚の巻き添えで異世界に来た。転生の流れに弾《はじ》かれて幼女になって、聖獣カーバンクルことテクトに保護してもらって、ダァヴ姉さんに説教されて、勇者の遺産カタログブックでご飯を食べて、箱庭の聖樹さんに見守られながらテント就寝した。

よし、意識も記憶もしっかりしてる。いつ寝たか覚えてないけど、ちゃんと寝るとこんなにさっぱりとした気分になるんだね。

夜はテクトがずっと話しててくれてほっとしたなぁ。神様がうっかり犬とネズミの魂を混ぜちゃったのを転生の流れに落としたら、「ワンダチュー！」って鳴く生き物が誕生した、っていう話は思わず噴き出したね。ワンダチューって何だろうね、ワンダチュー！

〈おはようルイ。今日は雲一つない晴天だよ〉

ひょこっと私の顔を覗き込むテクト。視界のほとんどがクリーム色に占拠されて、とても目に優しいです。

目をぐーっと細めて、笑ってるや。何だ何だ、面白いことあった？

「おはよう、テクト。そら、すっごいきれーだね」

寝袋からもぞもぞ這《は》い出て、テントの外を見上げる。聖樹さんの枝葉から覗く空は、水色の澄んだ色してた。山の方を見ると、晴れた空が広がってる。まるで避暑地の高原の青空みたい。テレビか旅行ガイドでしか見た事ないけど！

時間を確認したら8時だった。普段なら日曜日の起床時間だ。幼女だとこれくらいが程よいのかなぁ。

「テクト、わたしがねるまで、付き合ってくれて、ありがとうね」

〈どういたしまして。楽しんでもらえたみたいで何よりだよ〉

「いろいろ、面白かったけど、ワンダチューは、さいこうだったよ」

〈楽しんでもらえて何よりだよ。ちなみにそれの種族名はマウドッグ。妖精族《ようせいぞく》だよ〉

「え、しゅぞくなの？」

〈数百年前の話だからね、そりゃあ数も増えて……おっと、これは今夜のお楽しみにしようか？〉

こてん、と首を傾《かし》げるテクト。ぐぬぬ！　これは気になるけど可愛《かわい》いから我慢しよ。今夜が楽しみだね！

「わたしがねてるあいだ、テクトはヒマじゃなかった？　ずっと、おきてるんでしょ？」

〈心配しなくていいよ。生まれた時からこうだから、暇潰《ひまつぶ》しの方法は結構あるんだ。瞑想《めいそう》とかね。月の光は魔力に溢《あふ》れてるから、１の月でも一晩中瞑想していれば、むしろ生命力が有り余るように

なるね〉

「めいそう、すご！」

瞑想かぁ。目を瞑《つぶ》って無心になるんだっけ？　精神統一にいいとか、安眠できるようになるとか聞くけど、それを一晩中か……無理だわぁ。私なら絶対食べ物の事考えちゃう。

って思ってたらテクトに深く頷《うなず》かれた。

〈だろうね〉

「どーせ、くいいじ、はってるもーん！」

今日も一日頑張るんだから、さっさと朝ご飯食べるよ！　頑張るためにご飯食べるんだからね！決して私が食の権化だからじゃないから！

肩を落として笑うテクトにホットサンドだよって伝えたら耳がぴーんってなった。わかりやすい天使だなぁほんと。

「ホットサンドするって、やくそくだからね」

〈中身は変えるんだよね。楽しみ〉

るんたっるんたって、今にもスキップしそうなテクトがめっちゃかわい……あ、落ち着いちゃったよ。残念。

リュックを開けて、ボタンを外す。アイテム袋からフライパンと魔導具コンロと簡易作業台を出す。テクトに渡して準備してもらう間に、足りない食材を買うためにカタログブックを取り出した。

よーし、今日はタマゴサラダ入れようかな。タマゴサラダは具材を変えやすい上に温めても美味《おい》しいから、ホットサンドによく挟んでたなぁ。卵は栄養満点で体にいいし！　成長のためにちゃんと考えないとねぇ。

まあまずは、足りなくなった食パン買わないとなんだけどね。昨日のお腹具合を考えたら、私は8枚切りのがいい気がするなぁ。鶏汁だってあるし。今日からちゃんと野菜も食べないと。

カタログブックを開いて、食パンって言おうとした直前。


――同一人物による複数回の使用を確認。マスター登録が可能になりました。あなたのお名前を入力してください。


「マスター？」

〈いつもと違う問いかけだね。ルイ、詳しく聞いてみたら？〉

丁寧に受け答えしてくれるんでしょ？　と肩に乗ったテクトに言われて、そうだったと頷いた。

いきなりどうしたんだろ、カタログブック。いや、ナビ？　私びっくりしたよ？

「マスターとうろくって、なに？」

――その質問にはお答えできません。

「へ？」

〈……ルイ、もう一回〉

「あ、うん。ナビ、マスターとうろくって、なに？」

――その質問にはお答えできません。

「……かいもの、したいなぁ、なんて……」

——あなたのお名前を入力してください。

テクトと顔を見合わせると同時に、首を傾げた。何で？　昨日は普通に使えてたのに。

質問をしても答えてくれない、買い物したくても名前を登録しろ一辺倒で……これ、登録するしかない流れ？

〈だねぇ。魔導構成が読めないからどうしてこうなってるかはわからないけど……勇者の遺産だし、禍々《まがまが》しい気配はないから大丈夫だと思う〉

「じゃあ、とうろくするね」

〈うん〉

名前……入力って、カタログブックに書けばいいの？　購入も指でやるし、指でいいかな？　画面真っ白だけど、どこでもいい？

えーっと、ル、イ、と……

——日本での名前と、ふりがなをお願いします。

「ふぇっ⁉」

〈日本での……ルイの元々のフルネームって事？〉

「なの、かな？」

この世界の私は苗字が必要ないみたいだけど、日本のは覚えてる。その名前で書くの？　わからない事続きだけど、やってみよっか。登録できないと朝ご飯買えないみたいだし。

山、村、瑠、生、やまむらるい。これでどーだ！

——漢字、ひらがな、カタカナを確認しました。山村瑠生様、ご登録ありがとうございます。日本の名前は暗証ワードとして、マスター登録を解除されるまで保存いたします。

んんん？　漢字とひらがなとカタカナ……カタカナ書いたっけ？　あ、ルイって書いたっけか。ん？　これ、ナビの言う通りなら、私が日本人だってカタログブックが今認識したって事だよね？

この世界の文字は私が見ると自動的に日本語に翻訳されるから、私自身、世界の文字がどんなものか知らないいんだよね。だから使ってるのは日本語のまま。

しかも、テクトが私が書いた文字を見る時にはこの世界の文字に見えるように翻訳される。聖獣にさえ通用する自動翻訳なんだ。

だから異世界で作られた魔導具である、カタログブックが自動翻訳に惑わされず日本語を認識した……そういえば、ナビのアナウンスも自動翻訳されてなかったから、テクトがすごく困惑してたっけ。これって勇者の遺産だからなのかな？

――改めまして、マスター。私はカタログブックの取り扱い説明書、品物の正しい価格を査定する鑑定士を務めさせていただきます、音声ガイドです。お好きな名前でお呼びください。

「え、じゃあ……ナビ」

――かしこまりました。私はナビ。あなたのナビです。

〈まともな返事がくるね〉

「あ」

ナビって呼んでたからつい答えたけど、そういえばちゃんと会話ができてる。やっぱりマスター登録しないと使えないようになってたんだね。

登録してから気のせいかもしれないけど、ちょっと機械臭さが抜けて落ち着いた女の人の声がより強く聞こえる、ような気がする。あれだ。ダァヴ姉さんが頼れる現場の先輩なら、ナビは秘書課のクール女史って感じの声。偏見かもだけど。

——マスター、まずはカタログブックの取り扱い商品について、お教えします。

「あ、はい。うん、ききたい」

〈炊き込みご飯がなんで温かかったのか、とか？〉

「そう！」

後ね、私ずっと気になってたんだけど。デザート皿もアップルパイも、私がよく使ってた皿と好きな店のアップルパイなんだよ。

でも皿って一口に言っても、画面の中にはたくさん並んでた。それこそ一つ一つ見ていったら見逃すくらい、っていうか重ねても重ねても終わらないくらい、皿っていうのは存在しているはずなんだ。それなのにすぐ目につく最初のページにあったのが不思議だなって思ってた。アップルパイも同じ。色んな店のアップルパイがあるはずなのに、最初のページにお気に入りのお店が載っていた。

——カタログブックはこの世界の商品すべて、さらに使用者の魔力から記憶を読み取り、そのデータに基づく商品を優先的に取り扱います。使用者の記憶に特に残っている商品は、より詳細な状態を取り寄せる事が可能です。

へー。この世界の商品すべてかぁ……ポーションが充実しまくってたのはそれが理由かなぁ……待って記憶って言った⁉　さりげなく私の記憶読み取られとる！

もうテレパスで慣れたけどさ！　さらっと記憶読み取るって‼　これだからファンタジーは‼

別にいいけど‼

〈まあこれでわかったね〉

「うん。よりしょうさいな、じょうたい……たきこみごはんが、あたたかいままだったのは」

〈ルイの記憶に強く残っていたのが、温かい状態だったたって事だね〉

ああー。炊き立て狙ってお店に突撃してた記憶が続々と蘇《よみがえ》ってくるぅ。もし私が食い意地張ってなかったら、別に冷たいままでもいいやーって思って急いで買いに行ったりしないだろうから、炊き込みご飯は冷たい状態で届いただろう、っていう事かぁ。

アップルパイもよく買いに行った店のだから、優先的にわかりやすいところに出しててくれてたんだね。皿も、記憶に残ってるはずだよ。この前、あの皿でタルト食べたもん。

自分で言っててアレだけど、嬉《うれ》しいんだか恥ずかしいんだか……いや今は確実に助かってるんだけど。複雑。

「なんで、きおくにこだわるの？」

――カタログブックが取り扱う商品は、この世界の商品ならば随時更新する事ができ、原材料分の値段で取引いたします。日本の商品は日本との繋《つな》がりが使用者との接触でしかないため、記憶を利用するしか手段がありませんでした。

えーっと、待ってね。つまり……カタログブックがパソコンだとして。私っていう日本の記憶を持った使用者がルーターってこと？　しかも無線ＬＡＮがないから、記憶っていう名のＬＡＮケーブルがないと日本サーバーに接続できませんよ的な……うん、たぶんそんな感じ？

「にほんのなまえじゃないと、とうろくできないのは、どうして？」

カタログブックで日本製品を買い物できるからイコール日本人って認識されたのかと思ったけど、違うっぽいよね？　だって記憶をダウンロードしてる時点で、日本人ってバレてるはずだもの。わざわざ名前登録する必要があったって事？

――この世界にとってのオーバーテクノロジーを乱用されないように、というのが制作者の意向です。マスター登録をした方は様々なサービスを受ける事ができます。使用者制限もその一つです。乱用されたらって……あ、これ商人が欲しがるのかな。日本製品は買えなくても、この世界の商品はすべて買えるんだ。つまり、地方に行かなくてもその土地の名産品を買える！　すべての都道府県分のアンテナショップが、この本に集約されてるって考えれば。輸送の手間が省けて一儲《ひともう》けできちゃうじゃん！

〈ルイみたいに平和に考えられる奴らばかりならいいけどねぇ〉

「へ？」

テクトが難しい顔で腕組みしてる。マスター登録ってつまりは選別だったわけか……なんて呟《つぶや》いてるけど。んん？　商人の他になんかある？

〈戦争をしている国なら、どこでも欲しがると思うよ。城や都市部には、金になるものがたくさんある。物資の補給だろうと籠城《ろうじょう》だろうと、不安なくできるもの〉

「ああ！」

そっか、確かにそうだ！　カタログブックは敵に補給を邪魔される心配がない！　だって武器や食べ物を補充するのだって、お金さえあれば目の前に輸送されちゃうんだもん。道の危険性とか、護衛のために兵士を分けるとか、何も考えなくていい。簡単に勝敗は覆らないかもしれないけど、少なくとも一因にはなる。この一冊の本を手に入れるだけで。

これは確かに、制限つけなくちゃ駄目な魔導具だ。

〈さっきルイが考えてた事は、あまりわからなかったけど……大体理解できたよ。そうやって、心細い思いをしているだろう勇者を慰めるために作られたんだね、この魔導具は〉

「え？」

テクトの緑がきらりと光る。おお、なんか名探偵みたい！

〈この世界の人には異世界の日本に繋げる縁がない上に、そもそも文字がわからない。稀《まれ》に正しく使えたとしても、数回使えばさっきの登録に躓《つまず》いて、ただの分厚い本に成り果ててしまう。使用回数があったのか、と断念するのが落ちだよ〉

脱出の宝玉みたいに制限があると思わせるのか！　なるほどねぇ。

〈そして万が一、悪知恵を働かせた者がこの本のカラクリに気付いてたとしても、強者として生まれた勇者から盗むのは難しい。従わせて思うように操るのも、望み薄だ。仮に勇者の目を誤魔化しカタログブックを盗めたとしても、使用者制限をかけられた後なら勝手に使用できない。なかなか、考えられてるね〉

「……ナビ、せいさくしゃさん、すごいねって、テクトが、ほめてる」

〈いや別に褒めてるわけじゃ……〉

——ありがとうございます。制作者も、草葉の陰で喜んでいることでしょう。

お、テクトが俯《うつむ》いてうにうにしてる。なになに、照れてるのー？　にやにやしてたら、もふっとケツアタックされた。解《げ》せぬ。

「ナビ、せいさくしゃさんについて、おしえて？」

――制作者はおよそ２０００年前の勇者です。制作者はこの魔法の世界を愛しておりました。しかし日本の通販を恋しく思う気持ちもまた偽りではなく、その思いが高まりカタログブックを作るに至りました。

まーたトンデモ数字出てきたよ……にせんねん、半端ない年月だ。地球の西暦分の昔にはもう、魔導具があったんだ。でも逆に考えれば、２０００年もこの世界は、魔法と魔導具で不便なく生活できてたってことなのかな。

〈２０００年……これまた随分と昔の話だねぇ〉

「そのころも、今みたいな、せんそうがあったの？」

テクトは複雑そうな表情で、まあね、と頷《うなず》いた。何かあったのかな？

微妙な空気は結局、空腹に耐えられなかった私の腹の虫が思いっきりぶった切ってくれた。食い意地イェエイ、もう開き直るわ。

言いたくないならそれでいいと思うんだよね。戦争の話を聞くには、私も結構、心構えが必要だろうし。だからテクトは気にしなくていいよ！

そう思ってたら、テクトが体を頬に擦り付けてきた。もふっと天使にほっとするぅ……このまま盛大に鳴った虫の事も忘れておこう。

〈お腹空いたんだから忘れちゃ駄目でしょ。カタログブックの事は一度置いておいて、朝ご飯食べようよ〉

「はーい」

忘れられなかった……！　そうだねご飯食べないと駄目だもんね。今日も探索頑張るぞーい！

「ナビ、かいものできる？」

――マスター登録の過程は、あくまで乱用されないための措置です。登録後は通常通り売買可能です。

おおー、なるほど。

「じゃあ、こんどから、わたしだけ、かいものできるってこと？」

――はい。マスター登録と同時に使用者制限がかかります。名前と共に固有魔力が登録されますので、自動的にマスターのみ売買が出来るようになります。

固有魔力？　と首を傾《かし》げた所でテクト先生から説明が入った。

〈生き物が保有する魔力は、その魔導器官に必ず左右され、質を変える。何て言えばいいかな……漂っている魔力に形はないんだけど、人の体に入った時点でその個人の形に変わってしまうんだよ。だから属性は変わらないけど識別できるようになるんだ〉

空間に漂ってる魔力や人が内包する魔力は基本的に無属性で、魔法やスキルを使う時にそれぞれの属性へ練り上げる、っていうくだりはダァヴ姉さんに教えてもらったね。

固有魔力は、同じ無属性ではあるけれど、人の型にハマってしまったのでそこらへんに漂う不定形な魔力には戻れないし、他人と型が違うから区別できる、という事らしい。

指紋みたいなものなのかな。一卵性の双子でも違うって言うしね。スマホの指紋認証みたい。

ま、とりあえず朝ご飯だ！　しょくぱーん!!

「ナビ、しょくパン、ほしいな」

――かしこまりました。

ナビの声と同時にカタログブックがパラっとめくれる。今日も食パンがずらりと並ぶねぇ。

よくよく見てみたら、私が買ってたスーパーのオリジナルブランド食パンが上に出てる。他にはどこのがあるのかって全部のページを軽く見てみた。色んなスーパーやメーカーの食パンが出てきたけど、思い出せば食べた事があるパンばかり。私の記憶に基づいてるってのは本当なんだなぁ。

そして私は食パンだけでどれだけの種類食べてきたんだっていうね……ちょっと照れる。

あ、昨日は気づかなかったけど、食パンの表示が全部日本産だ。カタログブックって商品の画像をタッチすると詳細情報が出てくる機能があるんだけど、その前の商品がずらっと並んでる画面でも値段と一緒にどこ産でどの店のか書いてくれるんだよね。簡易紹介的な感じで。

どのページにも〝世界産〟がないって事は、この世界には食パンはないんだなぁ。テクトが食パンを見てびっくりするのも納得。

〈ルイ、まだ?〉

「ん、ごめん。いまかうよー」

私の頬をつんつん突《つつ》いてくるテクト。食パンだけ画面に出てたって食べられないもんね、待ち遠しいのかな？　待ってるアピールか天使め。私の心をほわほわさせてどうするつもりだ。あ、朝ご飯だね急ぐわ。

昨日拾った宝玉を売らないといけないから、どうせまたカタログブック使うしね。詳しいのは後々。

タマゴサラダは大きいパックの出来合いを買うとして、食パンは2種類。6枚切り《テクト用》と8枚切り《私用》とだね。どうせだから昨日とは違うメーカーの食パン買ってみようか。もっとふかふかする食パンもあるんですよテクト。

〈な、なんだって……⁉　更にふかふか……‼〉

ごくり。と耳元から唾《つば》を飲み込む音が聞こえる。テクト……そのうち私の事言えなくなるよ。

「メーカーによって、ふかふかしてるか、しっとりしてるか、いろいろあるんだよ。きょうは、きのうのより、ふかふかするやつ、かうね」

〈うん！〉

あ、これ見えないけど、目がきらっきらしてるわ絶対。


――ダンジョン専用アイテムは、買い取る事ができません。

「は……？」

朝ご飯を食べた後、さあ宝玉を売ろうと思ってカタログブックを開いたら、まさかのつれない返答である。ええー、買い取ってくれないの⁉

「なんで？」

――ダンジョン専用アイテムは、ダンジョンにしか生成できない商品のため取り扱いできません。他にも、電化製品、完成への過程にオーバーテクノロジーを必要とする品など、この世界の文化水準を著しく超える商品は取り扱いできません。

ダンジョンにしか、生成できない、商品は駄目‼　何それぇえ‼

「うあああん、マジかー‼　しかも、でんかせいひんも、だめなの⁉」

〈そういえば製作者はこの世界を愛してたって言ってた。魔法を廃れさせるものは入れたくないんだね〉

ってことは、懐中電灯とか電池使うランプとかは買えないって事じゃん！　宝玉も売れないんじゃ困るよー‼　早急にお金が欲しいってわけじゃないけどさ。楽しみにしてただけにショックだよ。ぶうぅ。

〈装備とかポーションが宝箱に入ってるのを祈るしかないね〉

「だねぇ」

〈それに、夜は日が落ちたらすぐ寝るんだから、まだ明かりはいらないんじゃない？〉

「……はぁい」

あの暗闇が怖いからちょーっとだけでも、足元だけでも明るくしたいなーって思ってたんだけどなー。落ち着いて星見がしたーいなー。

って頬膨らませてたらテクトにぐいーっと背中を押しつけられた。尻尾《しっぽ》が後頭部をぺちぺち叩《たた》いてくる。え、痛くないけどなに？

〈僕がいるんだから怖くないでしょ〉

きょとんとしてたら、ちょっと拗《す》ねたような声で言われてしまった。肩をそっと横目で見ると、何か口とがらせてそっぽ向いてる。

え、明かり嫌なの？　私が不便そうだから欲しいねって話してたのに？　私が頼りにするのがテクトじゃないと嫌って事？　明かりに嫉妬《しっと》したって事⁉

やだ可愛《かわい》い。すんごく可愛いよテクト‼　思わず抱きしめて頭をぐりぐり撫《な》でちゃう‼

「だよねー‼　テクトがいっしょだから、こわくないよねー‼」

〈ちょ、やめっ！　もう！　可愛いって言うな‼〉

「やだよー！　テクトだって、わたしのこと、くぃいじはってるって、いうじゃん！　おあいこおあいこ‼」

もう天使って言って誤魔化すの止《や》めよ‼

〈天使ってそういう意味だったのか！　やられた‼〉

「うへへ、かーわいーなぁー！」

〈うぐ……わかった！　可愛いって言うのは許すから離してー‼〉

「……よし！」

テクトと盛大にたわむれた後、私は簡易作業台に向かって書き物を始めた。昨日と今日、ダァヴ姉さんに教えてもらった事や、カタログブックの事、思い出せるだけ紙に書いてみたのである。

これなら忘れないね！　夜じゃ復習できないから、こういうのは朝にするようにしよ。

紙と羽根ペンはアイテム袋にあったから使ったけど、インクで書くのってすごく難しいね！　紙もざらざらしてるから、字が歪《ゆが》むし、めっちゃ震える。まあ、読めればいいんだよ。読めれば‼

乱れた毛先を丁寧に整え終わったテクトが、手元を覗《のぞ》き込んできた。

〈すごく、えーっと……大味な字だね〉

「どうせ、じどうほんやくするなら、きれいな字にかえて、ほんやくしてくれれば、いいのに‼」

くっ、フォローされるのもまたつらい‼　何で汚いままで翻訳するんだ自動翻訳ぅうう‼

「いいもん。かみ、まだあるから、れんしゅー、するもん」

拗ねた私を慰めるように、テクトが顔を頬に擦り付けてきた。体ほどじゃないけど、ふわっとした感触ににやけてしまう。

くう、私の単純さよ……！　テクトのふわふわ世界一ぃ……‼

〈これも突然体が小さくなってしまった弊害かもしれないしね。気長に練習したらいいよ〉

「うん」

ざらざらの厚い紙をばっと広げる。１枚で大きい長方形の紙。朝ご飯を食べ終わった後、思い出しながら書きまくってたら、全部埋まっちゃった。いや本当に字汚い……

ざっと見直して、大きく頷く。うん、外にバラしちゃいけない秘密が増えましたなぁ。

「カタログブックも、ぜったいナイショだね」

〈どこでも戦争やってるからね。存在が知れたら、争奪戦になるよ〉

「ひええ」

どれだけの規模で戦争してるんだか。って恐怖通り越して呆《あき》れてくるんだけど。でも、そっか。神様が私の意識あるのに気付かないままうっかり流しちゃうくらい、今輪廻《りんね》の輪は転生の流れの前で滞ってるんだっけ。戦争のせいで死者が多すぎて、神様の住居はてんやわんやなんだって言ってたし。そりゃ世界規模でほとんどの国が戦争やってれば、死者なんて溢《あふ》れかえっちゃうよねー
……うん、深く考えないようにしよう。

そんな忙しい中、私の為に箱庭作ってくれて、いやほんと神様に足向けて寝られない。

やっぱり私、健康的に成長してみせないと駄目だね！　神様のお陰でこんなに元気に暮らしてますよって、身を以《もっ》て示していかないと‼

〈そうそうその意気ね〉

「よーし！　じゃあ、きょうもげんきに、たんさくしよー‼」

売れるアイテムを見つけるため、私が早く幼女の体に慣れるために！

懐中時計を見ると、短い針は10時ちょっと前を指してた。うん、後少しでわかりやすい時間だ。時計にくっついてた宝石は、今日は緑色の炎が揺らめいてる。何で色が変わってるんだろ。たぶんファンタジー的な理由なんだろうけど、とっても素敵だから勝手に癒されてる。

安全地帯に出てきた私とテクトは、今日も綺麗《きれい》なままの壁を見上げた。この安全地帯は吹き抜け2階よりちょっと低いかなってくらいの高さだから、幼女視線でも案外端っこまで見えるんだよね。だから洗浄されたままってのがよくわかる！　まだ冒険者が誰も来てないってすぐ理解できるね！　１０８階層だもんね難しいよね知ってる‼

〈無害な生物が住みつけば多少汚れるだろうね。その生物もモンスターに尽《ことごと》く捕食されてるだろうから、難しいと思うけど〉

「ですよねー」

小さい虫や爬虫類《はちゅうるい》ならオークとかから逃げられそうだけど、でっかいダンゴムシに食べられちゃうんだろうな……南無南無。

この階層、小さい生き物がいなくない？　今の所、小さいって呼べるの私とテクトしかいないよ？　それ以外はもはや平屋か二階建てくらいの高さだよ？　大げさかもしれないけど、幼女から見たらそれくらい高いよ。やばくない？

〈そういう階層なんでしょ。指先ほどのアリ系モンスターに群がられるよりはいいよ〉

「ぎゃくバージョンもあるんだね。ぜったい、そうぐうしたくないわ！」

極小モンスターでも顎《あご》めっちゃ凶悪そうだもんね。普通のアリでも油断すると血が出るくらい怪《け》我《が》するし、狂暴性と食人に傾いた生体がどれだけ危険か……あーやだやだ。想像しなきゃよかった。

でかい図体だから遠くからでも見つけやすいっていう点は、いい方なのかな……そう思う事にしとこう。

「きょうは、あさに1じかん、ひるはさんで、1じかんだけ、たんさくだよテクト」

〈ルイの体力がどれくらいか目安を立ててるんだね。素早さは結構あるのに、ルイって力と体力なさそうだよね〉

「そういえば、むかしはかけっこ、とくいだったよ」

園児の頃の話だけどね。運動会じゃ1等賞の常連だったよ。まあ、小学校に上がった頃からガチで速い人達に勝てなくなったけどね。他の競技もそんなに得意じゃなかったし、学年が上がるごとに運動会が苦痛になってきたよなぁ。手先は器用な方なんだけどねー、ボール関係になると途端にノーコンで……玉入れで相手側のカゴに勢い余って入れちゃった思い出はそっと仕舞っておこう。

〈まあ、得意不得意ってあるからね〉

「だよね！　わたしはしゅげーが、とくいだもん！」

運動会の鉢巻作りはめっちゃ早かったんだからね！　周りの子が一つ作る頃には三つ作ってたり

したもんだ！

〈子どもの頃から得意だったんだね。確かに、そのワンピースもシャツから作り直したし、納得の出来だね〉

「むかしから、ぬいものとか、たけあわせとか、おばあちゃんに、おしえられてたからね」

と、着替えたピンク色のワンピースの裾《すそ》を引っ張った。我ながらうまく出来たと思うんだよ。

大人用のシャツの縫い目をカットして広げて、すでに着てたワンピースを脱いで型に使ったんだけど、袖《そで》や裾部分を残すと楽だからそこに合わせて切るんだよね。生地の目も合わせないとだし、切り方大事。後は布の向きを間違えないようにマチ針で固定して、縫い合わせるだけ。これで長袖《ながそで》ワンピースの出来上がり。ちょっと縫う範囲が多い。

ダンジョン内が暖かければ、ノースリーブのワンピースにしたんだけどね。ノースリーブだと型を真正面に置いて、周りを大きめにザクザク切って、肩と脇下と首回りを縫うだけで済むんだよなー。残ったシャツはそうしちゃおっかな。中に長袖着ちゃえばダンジョンでも活用できるし。

ピンクシャツの端布《はぎれ》で作った花のアップリケは、他の端切れを細長く切って三つ編みにした紐《ひも》と縫い合わせて、リュックの金具に付けてみた。布だけで出来ちゃう手作りストラップだ。幼女らしさ満載、うへへ。

あ、この時の姿をダァヴ姉さんに見られてたらめっちゃ怒られただろうから、どうやって型取りしたかは絶対内緒ねテクト。

って指を口に当てたら、半眼で肩を竦《すく》められた。なによー、テクトだってダァヴ姉さんに怒られたくないでしょ？

「ありがとテクト！　ねえ、にあう？　にあう？」

ワンピースの裾を掴《つか》んだままその場でくるくる回ってたら、テクトが目を細めて優しい顔になった。お、おうぅ、突然そんな大人な顔されるとどきっとしますがな。

〈回らなくていいから、似合ってるよ。ちゃんと可愛い〉

そのまますりと笑われちゃったよ。

別に、幼女らしさを演出しただけだから。テンション上がってうっかり実年齢不相応な仕草が出たわけじゃないからね……また肩竦められた！

いくら洗浄魔法で綺麗になってるって言っても、さすがに3日連続同じ服を着るのはなんか嫌だったから、着替えただけだし！　下着？　カボチャパンツから、幼女らしい花柄パンツに替えたよ。なんかごわごわした感じが耐えられなかったんだよなぁ。お腹冷えると悪いからスパッツもはいたけど、めっちゃ動きやすい。活発幼女に私は進化した！

あ、でも気になったんだけど、パンツもスパッツも身長ごとに売ってたんだよね。三つセットでお安いのがあったのは助かったけど……私は一体、いつ幼女の下着を一通り揃えられるくらい買ったんだろ。親戚《しんせき》の子にあげたのは涎《よだれ》掛けや紙オムツくらいのはずなんだけどなぁ。

もしかして、ナビって詳しく教えてって言わないとちゃんと答えてくれない所あるのかな。ＡＩっぽいし、パソコンみたいな感じできちんと検索掛けないと正しい情報くれないよ、みたいな。後でナビに聞こう。

とりあえず今は探索だ！

〈今日はどっちに行く？〉

「どこにいけるか、わかるまで、たんさく、できてないんだよねぇ」

怖い経験をした方を見て身震いする。

箱庭から出てきた場所から見て、左の道が一昨日と昨日行った方だ。右側はまだ未知の領域だけど、宝箱もその中身も1日経つと小部屋ごとにリセットされるらしいから、道がわかる左側へ行った方がいいかなって思ってる。怖いけど。体力の目安を調べるなら知ってる道の方がいい。

「そういえば、テクトの目で、わたしのステータスって、かんていできないの？」

〈聖獣の目は本質を見通すだけであって、細かい数値化は出来ないんだよ。得意な事や、使える魔法やスキルはわかるんだけどね〉

「まあ、ふつーなら、人のステータスなんて、みないもんねぇ」

力が強い、くらいわかれば十分だと思う。比べるまでも無く、聖獣が圧倒的に強いから。細かい情報はいらないわ。

そういう事だね、とばかりに頷《うなず》くテクト。こんなに可愛いのにすっごい力持ちだもんなぁ。あ、ちょっとムッってしたけど反論がない。可愛い解禁したもんねぇ。ふふ、私は可愛いと思った時に可愛いって言うからねテクト。小さく〈……食い意地の権化〉とか囁《ささや》かれたけど、き、気にしてないからね！　私も解禁だよ……ちょっとムズッとするけど。

おっと、話してたら10時になった。ちょうどいいね。ここから11時まで、頑張ろう！

「ひだり、いこうか」

〈うん〉

テクトが定位置についた。隠蔽《いんぺい》魔法のキラキラが私とテクトに降り注ぐ。よーし、準備完了！　いっくぞー‼

長い廊下を抜けて、T字路に出た。ふう。今日もここまでモンスターはなし。そういえば、一昨日も昨日も、ここはモンスターがいなかったなぁ。何でここらへんいないんだろう。

〈近くにグランミノタウロスがいるからじゃない？　絶対強者が近くにいて平気な弱者っている？〉

「いないいなぁ……」

私のようにね！　自信を持って胸を張ってると、テクトにぶにっと頰を押された。なによう。

〈特にモンスターは生き物なら何でも食べるからね。強いモンスターに近づけば自分が食べられると、あいつらは本能で知ってるのさ。知性がない分、危機感はあるよ〉

「でも、わたしがグランミノタウロスにおそわれたときは、モンスターがあつまってきたよ。いっぱい」

そしてきっとグランミノタウロスに何匹か犠牲になったんだろうね……うう、あの時の断末魔の叫びが頭に過《よぎ》るぅ。

〈騒ぎがあるって事は、侵入者がいるって事。横から取れるかも、と欲を出したんじゃないかな。他に考えられるのは、まあ、モンスターって大半が後先考える知能ないし〉

「ああー……」

〈オークジェネラルだって、部下を率いる事ができる程度の頭脳しかないんだよ。他のモンスターより多少知恵が回るってだけで、基本的にモンスターって食欲が何物にも勝るから〉

その食欲に圧倒的暴力が備わるから、モンスターは脅威なんだねぇ……いや本当、恐ろしい隣人だよ。騙《だま》される事がないから、外よりはいいんだろうけどね。

オークジェネラルがいた方に行くと、なんか、昨日よりピンク色が増えてた。目を擦《こす》ってもう一度見たけど、数は変わってない。

わー……オークジェネラルより軽装で小柄の二足歩行な豚がいっぱいワラワラしてるー……小柄って言ってもオークジェネラルと比較してってだけだから、私から見たらめっちゃでっかーい……うそぉ……。

〈部下が復活してるね。オークジェネラルが1匹でいるわけがないから、昨日は何かしらあって部下が死んでたんだね。納得〉

「ううぅわぁああ……！　オークジェネラルはいいのかな？　しんだぶかが、いちにちでよみがえって、なにくわぬかおで、となりにいて」

〈自分より階級が低いオーク種がいれば配下にする。死んだら配下が減る。そこに複雑な心境は、モンスターには無いよ。心がないからね〉

「……かなしい、いきものだね」

〈そうだね〉

だから、同情してはいけないよ。そう囁いたテクトの気遣いに、私は大きく頷いた。そもそも私はモンスターに命を狙われる方なんだよ。実際に襲われてるんだ。悲しいなんて思っちゃ駄目だね。

頬をぺちっと叩《たた》いて、オークの群れに向かってく。隠蔽魔法が掛かってるから、どんなに近づいたってバレないんだ。

歩いていくと、オーク達にそれぞれ武器がある事に気づいた。杖《つえ》、弓、斧《おの》、後は剣を持ってるのが多いかな。あ、あれ杖じゃない、棍棒《こんぼう》だ。杖を持ってるのは1匹だけだね。棍棒と弓が2匹ずつ、斧が1匹で、剣が3匹。9匹の部下を整列させて、一際でっかくて頑丈そうな棍棒を持ってるオークジェネラル。

総勢10匹の巨大豚がみちみちと廊下にいるわけで……。

「……テクト、これ通れなくない？」

〈足元くぐればいけるよ。隠蔽魔法がかかってるから、触っても相手にばれないし〉

「ええ……」

次元はずらすけど、隠れる魔法だからすり抜けは出来ないけどねーって……足元もみちみちしてるよテクトぉおお……‼

確かに、ゲームの時はなんら感慨もなく敵だからってモンスターをぼんぼん倒してた。キャラの血《経験値》となり肉となれー！　ってさ。エンカウントすれば情け容赦なく全部倒してたよ。モンスターへの配慮とか、そんなの考えるまでもなかった。だってゲームだったもの。

だからオークジェネラルの様子を目《ま》の当たりにして、ショックを受ける自分はおかしいと思うんだけど。実際に見ると、ねぇ。モンスターってこんなにも心がないんだなって実感したっていうか……いや、感情があったら倒しづらいと思うんだけどね。冒険者みんな困るよね！　私はそもそも倒せないけどね‼　いやそれは今関係ないわ‼

そんな無情なるオークジェネラルの前で、生まれたばかりだろうオーク達は綺麗《きれい》に整列している。

お陰様で足元の隙間は結構あるんだけど……威圧感がすごいし、それに、呼吸がね……ふーっと、ゆっくり息を吐いて、ゆっくり細く吸った。まともに息が出来ないんだよなぁ……

私がハイハイで進む先を、テクトが時々振り返りながら歩いていく。テクトを追っていけば広い方の隙間に誘導してくれるから、視線は上げずにぺちぺち音立てて四《よ》つん這《ば》いだ。上は見れないよ。オークって階級によって装備の良さは変わるんだけど、もれなく全員腰巻きなんだもん。見上げたら絶対吐くわ。むしろわざと吐いて混乱の渦に叩き込んでやろうか。

私の進む音も、うっかり触れてしまった足の感覚も、もし私が耐えきれず吐いたとしても、隠蔽魔法のお陰でオーク達に私達の存在は一切気付かれないんだねー、すごいねー……え？　さっきからふざけるなって？　震えるこの腕を、正気で進めろと？　ぱーどぅん？……私はさっきから誰に向かって八つ当たりしてるんだろ、はあ。

そんな事をつらつらと、オークの足元を潜《くぐ》り抜けながら思ってたわけですけど。

〈ほらほら、もう少しだよ。頑張れ〉

「んー！」

テクトに慰められながら、口を開けずに返事する。

しかし隠蔽魔法って、かけられた方の存在をずらして認識させないから、私とテクトが足元潜って進んでるのは一切ばれないけど、次元ずれてるはずの私達がオーク達を目で認識できるのと同じように、臭いもそのまま私達側は感じられるんだよね‼　そりゃそうだよ、じゃなきゃ呼吸できないもんね‼

姿が見えるからぶつからずに避けられるなやったー、なんて軽く思ってたけど、これつっらいわ‼　オークの足の臭さがやばい‼　素足だから⁉　モンスターだから⁉　不衛生だから⁉　こいつら今日復活したんだよね生まれた時から不衛生なの⁉　やばいなモンスター‼　ブーツで蒸れたのとかと比べ物にならないくらいくっさい‼　臭いで人殺せる‼

近寄った時に突然異臭がするようになったと思ったら、全部こいつらの臭いだったよ‼　手拭《てぬぐ》いで口と鼻を覆うように巻き付けたよ‼　それでもつらい‼　まともに、呼吸、できない‼

オークジェネラルだけの時はそんな異臭じゃなかったじゃん⁉　ちょっと臭いなーって思うくらいだったよ⁉　生き物のにおいだなーってさ‼　でもこの臭さは何なの鼻曲がる‼　これ10匹分の臭さ⁉　加算した臭さじゃないよこれ‼　足蒸れと生ごみと腐臭と何かもう色々混ざった臭い‼　何乗したの⁉　ほんっとやばい臭い‼

ふと先行してたテクトが戻ってきた。こてん、と首を傾《かし》げる。可愛《かわい》いけど堪能してる余裕がない。はー、いいなー。テクトはここを通り抜ける間、呼吸止めるのくらい余裕で出来るし、そもそも会話はテレパスだから口開かなくていいし。ううー、くーさーいぃー。

〈僕がルイを運べば早く抜けられるけど、どうする？〉

「おおねがいしまぁああああくっさぁーーー‼」

恥をかき捨て全力でお願いしようとしたら、間違えて息を思いっきり吸ってしまった！　鼻曲がるこれ絶対曲がる‼　胸に込み上げる何か‼　我慢しろ私ぃいい‼　うぐぇえ‼

無理に喋《しゃべ》らなくても、思ってくれればわかるのに。と冷静に指摘してくれるテクトは、仕方ないなぁやれやれ、とばかりに目を細めた。その仕草は可愛い！　可愛いけど！

そういえばそうだったぁあああー‼　つい今テレパスで会話できるって自分で思ってたじゃーん

バカー‼　と頭と鼻を押さえて悶《もだ》えてる私には、萌《も》えてる暇なんてなかったのでした。

〈ルイ、人って舌を噛《か》んだら死んじゃうんでしょ？　口はしっかり閉じててね〉

「んー‼」

口は閉じてるっていうか今開けたら絶対吐くからー‼　閉じる以外の選択肢ないからお願いねテクトー‼

ぐいっと体が持ち上がったと思ったら、もうすでにオーク達は足下にいた。テクトのジャンプ力なら簡単に飛び越えられるんだなぁあはは、ありがとー……この高さだったら多少息しても大丈夫、かな？　くんっ。

「ごふぇっ」

鼻をひくつかせた直後、むせそうになる。あ、これだめなやつだ。

〈……臭いねぇ〉

うわー離れてもくさいいいーー‼　これ絶対臭い移ってる‼　私自身に移ってるやだー‼　遠くに離れたら、すぐ全身からリュックまでぜーんぶ洗浄魔法かけまくってやるぅうう‼

探索始めて1時間。探索を一時中断した私達は、モンスターのいない部屋を隠蔽して休憩する事にした。足はそんなに疲れてないけど、決めた事だからね。

結果的に言って、昨日の昼も使った「小部屋まるごと隠蔽してみよう作戦」は、モンスターに通用した。

部屋の前をサイクロプスっていう一つ目の腐った沼色の巨人が通ったけど、全然こっちを見ないもん。試しに隠蔽魔法がかかってない小石を小部屋の中で転がしてみたけど、まったく反応しなかった。カンコンカンって音したのにね。完璧《かんぺき》に隠蔽してる。さすがチート系魔法。

ついでに臭いも何とかしてもらえたら……テクトが期待した顔で腕を立ててぐっとした。うん、筋肉のこぶは毛で隠れて見えないけど言いたい事は伝わった。帰りも勿論《もちろん》テクトに頼むよ……恥ずかしいけど。

そういえばダンジョンの壁って魔法無効化なのになんで隠蔽魔法は通じるの？　って思ったんだけど、どうも壁に直接かけてるわけじゃなくて、壁にピッタリ沿わせて部屋の空間すべてを隠蔽してるんだって。部屋全部を隠蔽してるから、モンスターからは一本道の廊下に見えるらしい。部屋の存在を丸々隠しちゃったんだねぇ。私達がどんなに騒いでも隠蔽された空間がクッションになって、廊下には匂いも声も振動も一切漏れないんだね。すごすぎ。

そんな大掛かりで繊細に魔法かけててもケロリとしてるのは、テクトだからだ。隠蔽魔法、やっぱりテクトが覚えて正解だったよ。たとえ魔力が足りたとしても、私にこんな繊細な事は出来ないと思う。覚えたての魔法でもさらっと使いこなせるあたり、さすがテクトって事だね。

って言うとテクトは照れて顔に体をぐりぐり押し付けてくるんだけども、これ私にご褒美だからね？　私を喜ばせてどうするんだテクトめ。にやにやするぞ！　もしゃもしゃってやろうとしたら、水飲もうねって逃げられた。くそう。

昨日の今日で、もう一人で水を注げるようになったテクトからコップを受け取り、一息つく。ふうー、生き返るー。テクトも隣に座って、コップを両手で支えるように傾けて、ゴクゴク飲み始めた。力加減も水も呑《の》み込むの早すぎない？

〈僕より、並べた結果を見た方がいいんじゃない？〉

「だよねぇ」

視線からはずしてた現実を見る。敷布に広げた午前の成果に、ため息が漏れた。

「ほうぎょく、ばっかだねぇ」

〈だね〉

覚えていた道を反復したから昨日よりもっと奥まで行けたし、取れる宝箱が多かったから、豊作と言えば豊作なんだけど。ため息は零《こぼ》れ出る。

柔らかい敷布の上にずらりと並ぶ玉、玉、玉。その数8個。これ全部、ダンジョン専用アイテムなんだなぁ……最初は宝箱あるだけでテンション上がったのに、後半になっていくにつれ「どうせ、ほうぎょくでしょ……」〈開けるまでわからないよ……たぶん宝玉だけど〉なんてネガティブ発言連発だったよ。

あー、売れないものばっかり増えていく。もったいない精神で持ってきちゃったけど、どうしようこれ。

〈冒険者には嬉《うれ》しいアイテムなんだし、もし会えた時に物々交換できそうなら交渉を持ちかけてみたら？〉

「それもそっか。しょうもうひん、だもんね」

物々交換なら、高値で売れるものをくれるかもしれない！　いくらベテランでもランダムに入ってる宝箱の中、欲しい物をピンポイントで当てられるなんて事はないんだし。脱出だけが見つからないから欲しい！　っていう人がいるかもしれないよね。わかるわかる、ゲームでもそういう事あった。人はそれを物欲センサーが仕事してると言ってたなぁ。私も勿論、レア敵やレアアイテムを求めて長時間彷徨《さまよ》ったプレイヤーだった。物欲センサー休んでくださいと、何度願った事か。

そういえばあまりに宝玉が続くからショックで何も聞いてなかったけど、テクトこれ、全部どういうものかわかる？　４色あるんだけど。

〈もちろん、どういうものかは目で見てわかるよ。使い方はすべて同じ。魔力を込めて、キーワードを言えば触れている者すべてに作用するんだ〉

「おおー、さっすがぁ」

赤いのは脱出だったね。他にあるのは青と、緑と、白。それぞれ何の効果なんだろ。

〈青いのは転移の宝玉。行った事がある階層ならどこでも転移できる宝玉だね。キーワードは『転移』。これも回数制限があるよ〉

一つ手に取ってよくよく見てみれば、青い玉の真ん中に１０８とでかでか主張してるのに、右下に小さく４ってある。ここは１０８階層だから、真ん中のは階層で右下が回数制限か。

確かに、深い階層まで潜った後に、街へ戻ってまた一から潜るのはやだよねぇ。道は変わらないとしても疲労感は増す。

〈ダンジョン潜りをする冒険者は、こういう宝玉を持ち帰るのも一つの目標としているんだろうね。緑の宝玉は一番近い安全地帯へテレポート出来る、保護の宝玉。キーワードは『保護』。もちろん回数制限があるよ〉

ほほう。緑色ってそういう優しい感じの方向性なのかな。聖樹さんもテクトも素敵な緑色を持ってるもんね。命を助ける共通点なのかな……サイクロプスも緑だって？　あんな腐った沼色と一緒にしないで。

テクトがそっぽ向いて頭をぽりぽり掻《か》いてる。新しい照れ方を覚えたんだね、大変可愛いのでグッジョブ。

でも近い方を選ぶって事は、下を目指しているのに勝手に上に戻っちゃう、って場合もありそう。まあ、命あっての物種だし、死ぬより断然いいはずだ。

〈白は隠匿の宝玉だね。キーワードは『隠匿』〉

「いんとく……いんぺいまほうに、にてるね」

〈隠蔽《いんぺい》魔法の下位互換になるのかな。数分周囲に霧が発生して、モンスターに存在を認知されなくなるんだ。回数制限があるね〉

「おおー」

モンスターを避けて進みたい時に使えるね。これいっぱいあったら楽に進めるけど、冒険者の人達的にはモンスターの死体も素材だから売れるって言うし……必要なの？　でも需要があるから供給があるって言うし、私には見当もつかないけど、冒険者には必要なんだろう。

うーん。もう一度宝玉を見回してみる。私には必要ないものばっかだね！　上の階に行き過ぎるとたくさんの冒険者の目に触れる事になるだろうから使いづらいし、隠匿されなくたってテクトがいるもん。

〈そうだね。ルイには僕がいるからね！〉

と目を細めるテクト。ふへへ、可愛いのう。

使う事もなければ、売れない宝玉。遭遇するかもしれない心優しい冒険者が、物々交換を了承してくれるのを期待するしかないかぁ。

あ、でも。保護の宝玉はいつもの安全地帯に帰るのが楽になりそうだ。安全地帯は3～5階ごとにしかないから、この階層にいる間は絶対あの安全地帯に帰る事になる。これで目一杯遠出しても帰りの体力を気にしなくていい！　魔の異臭地帯《オーク》も通らなくて済む‼

帰り道も任せてって張り切ってたテクトには悪いけど、一瞬で帰れるならそっちのがいい！

途端に肩を落とすテクトの頬を両手で挟んでぐにぐにする。違う違う、テクトを頼ってないわけじゃなくて、効率の問題でだね……来た道を戻るってやっぱりめんどくさいじゃん。私の足だと特に。夕飯作りに全力を尽くすためにアイテムを活用すると思って、ね？

〈……ルイが僕を懐柔しようとしてる〉

「らくしたいって、はなしだよー。もー、すねないの！」

〈ならいいけど〉

とすぐに立ち直ってくれるのもテクトのいいところだね。頬同士を擦り合わせていると、あ、と思い立つ。

「ぼうけんしゃに、どうやってダンジョンで、くらしてるんだって、きかれたときに、ほうぎょくもってると、ごまかしやすいね！」

モンスターを隠匿で避けて宝箱漁《あさ》って、安全地帯で生活してます！　これでどう？

〈なるほど。実際は使わないけど、僕が聖獣である事に気づかれないためにも、とっておいて損はないって事だね〉

実際使わない、って所を妙に力強く言うテクトに頷《うなず》いて見せる。やけに可愛《かわい》い事言うようになったよねテクト！　うお、思いっきり頬を押しのけられた。

ダンジョン専用アイテム、宝玉シリーズ。これは物々交換以外にも利用価値があるよ！

宝玉だ売れない残念、と思わないでちゃんと拾っていこう‼

昼ご飯作る前にまずは小部屋の洗浄だね、とリュックを置いて立つ。

小部屋って誰も洗浄しないからか、案外臭いんだよね。ダンジョンの中だから仕方がないけど、何て言うかな……しばらく開けてなかった衣装ケースに脂っぽい感じのを足したような、年季の入ったびみょーな臭いなんだよね。すごく臭いってわけじゃないけど、気になるんだよなぁ。

さすがにこういう臭いがする部屋の中でご飯作りたくない。昨日は昼ご飯食べたじゃないって？　食べるだけならね、まだ許容範囲だよ。作るってことは、その調理過程にこの空気を挟むわけでしょ。あと調理道具に変な臭いつけたくない。どう考えても私のわがままだね‼

まあ、洗浄魔法を使いこなしたいから、ってのもあるのよね。昼に作りたくないなら、昨日みたいに朝作っちゃえば問題なかったんだよ。でもそれだと、私の洗浄魔法って口の中と服と体にしか使えないままになるじゃない？　洗浄の技術を全体的に上げたいわけですよ私は。箱庭は常に清潔だから使う場もないし。こういう時じゃないと空間を洗浄する機会ってないんだよね。完全に綺麗《きれい》になるかわからないけど、ある程度出来なきゃお昼はなし！　背水の陣だ！

……ああウソウソ。お昼は作る、ちゃんと作るよテクト。だからそんな落ち込まないで。ぺちぺ

ち叩《たた》かないで。だからごめんて‼

朝にお碗《わん》を確認したんだけど、汚れめっちゃ残ってたんだよね。私の洗浄魔法はまだまだひよっこだった……！　昨晩は慌ててたし、どんな風に綺麗にするかまともに想像してなかったからね。ってフォロー入れられたけど、ショックだったんだよー‼　だから早急に洗浄魔法をレベルアップする必要がある！

私の練習と思って、付き合ってよテクト。

〈別にいいけど。ダァヴ並みになるには最低でも100年必要だよ？〉

「わ、わかってるよ‼」

いきなりダァヴ姉さんを目指すつもりはないってば‼　だから今、姉さんと同じノリで部屋全体に洗浄魔法かけたのに出てきた泡が何もせず消えちゃったのは、見なかった事にしてください‼　目に見える大きな汚れだけでも綺麗にならないかなって淡い期待を持っただけなんです‼　てか100年って確実に人間辞《や》めた人かトンデモ御長寿な人じゃなきゃその域に達せられないって事じゃん‼　ダァヴ姉さんすっごいな‼

ダンジョン内は埃《ほこり》や土、深く考えたくないけど脂汚れが多い。手垢《てあか》とか手垢とか手垢とかがいいなぁー！　黒い染みは見ないぞ私は‼

それを一気に綺麗にしようとすると上手《うま》くいかずに、泡が汚れに当たる前に霧散しちゃうんだ。今の私のようにな！

私程度の魔法レベルじゃ想像通りに正しく綺麗に出来ないって、泡が自主的に消えちゃうらしい。ショック。

だから、まずは埃や土を取り除いてみることにした。箒《ほうき》で掃き掃除の段階だ。軽いゴミは掃いて吸い取る。箒でまとめる……うーん、それじゃ遅いから、掃除機かな。掃除機で根こそぎ吸い取ってく感じ。そう考えながら魔法をかけると、ちゃんと泡が土埃《つちぼこり》に弾《はじ》けて消えた。泡がついた所は、土埃がなくなってる。

よっしゃい‼　想像力の勝利だー‼

「テクト見て！　とれた‼」

〈うん、ちゃんと出来てるね〉

私が洗浄かけた所をまじまじと見るテクトに、気分が上がってくる。

よーし！　次行ってみよー！

小部屋は読んで字のまま小さめの部屋だから、安全地帯と比べるまでもなく狭い範囲だ。壁沿いから渦を巻くように、歩きながら洗浄魔法をかけていく。掃除機かけてる気分で満遍なくーっと。

これで掃き洗浄が終わった。床も壁も良い感じ。次は脂汚れだ。

脂汚れに効くのは重曹だね。アルカリで汚れを浮かせて落とすんだけど……一応、酸素系の洗剤の事も考えながら、お湯で洗うように想像してみようか。視界の端でチラチラ見える黒い染みが落ちないと困るからね！　私の精神的に‼

〈ここはダンジョンなんだから、確実に血の染みだよあれ〉

「おねがいだから、それは、言わないでくれるかなぁ！」

できれば目を逸らしていたかったのに‼　もー、さも当然のように言っちゃうからー‼　半泣きで睨《にら》みつけたら呆《あき》れたように半眼で返されちゃったよテクト勘弁してー‼　まだ慣れないからー‼

うわああん‼　血を落とすには酸素系じゃあああ‼　揉《も》み洗いの下洗いで洗濯機にゴーだぁああ‼

そんな感じでお願いします洗浄魔法ぉお‼

私の気合と共にぶわっと広がる水色がかった透明な泡達は、周囲の汚れにくっついては割れていく。んんー、ちゃんと脂汚れ取れてるー‼

「……はあ、ちょっとおちつくね」

〈そうして〉

頬をテクトにぶにっと押された。今のは変人っぽかったね。ごめん。

気合いを入れたからか、部屋の半分くらいは一気に綺麗になった。やったね！　黒い染みが消えたから、私のメンタルも少し回復だぁ。酸素系で消えたって事は、まあつまり、そういうことなんですけども。

残りも洗浄していこう。酸素系で、揉み洗い、洗濯機ぐるぐる。泡がぱちぱち弾けて、どんどん綺麗になっていく。深呼吸しても臭くない‼　うん、お掃除完了だ‼

段階を踏む事で私でも小部屋を綺麗に出来るんだね。試してみようって思ってたけど、まさかここまでやれるとは……ちゃんと掃除洗濯を習慣づけてて良かったなぁ。じゃなかったら想像力が足りなかったかも。

〈そうだね。こつこつしてた事が、今報われてるわけだし。一般的な人がどれだけの実力かは知らないけど、結構上手なんじゃない？　ちゃんと結果がついてきた〉

「えへー」

〈ルイ、疲れてない？　詠唱破棄は僕の加護だけど、魔力量は変わらないんだよ。使えば使うだけ

疲れるはずだ〉

「だいじょーぶ。今のところ、だつりょくかんも、ないよ」

小部屋一室綺麗にするために何度も洗浄魔法使ったけど、この部屋に入った時と変わらない疲労感だよ。私って、実は魔力量は多いのかな？

魔力量は皆ご存じ、ＭＰの事だ。ＨＰは生命力。聖獣の加護《全ステータスアップ》は生命力と魔力量には影響しないらしい。つまり魔力量は私の素質にかかってる。多い事を祈っておこう。

私は加護のお陰で詠唱なし、時間短縮できて嬉しいなーって思ってただけで、ＭＰの事は考えてなかったよね。今まで洗浄魔法を使って疲れた事ないし。そっちよりも魔力の練り上げとか、魔力の感じ方？　そういうのがわからなくて気になっちゃうなぁ。たぶん、どういう風に綺麗にしようかって想像してる時に練ってるんだと思うけど、体から魔力っぽい何かが出てくる感じはないし
……こんな使い方でいいのかな？

〈教えてあげたいけど、聖獣って魔力練り上げるのも一瞬で終わっちゃうんだよね。僕、魔法の事も詳しくないから説明できないんだ〉

「つよすぎっていうのも、たいへんだねぇ」

天才って人に教えるの苦手って言うし。見れば結果がわかるのにどうして躓《つまず》くのって感じ？　過程すっ飛ばして結果だけ頭に浮かんだら、そら説明できないと思うけど。

まあ、今回はちゃんと綺麗になったし、別にいっか！　お昼にしよ‼

テクトの耳がピンっと立った。ごめんね待たせたね‼

〈ルイのすぐ切り替えられる所、良いと思うよ〉

「なやんでても、おなかは、ふくれないからねー。とりあえず、もくてきは、たっせいできたんだし、次はごはんだよ！」

びみょーな臭いが消えた今！　小部屋でお昼作れるね！

何にしよっかなー。鶏汁はなくなったから、野菜をどう食べるかになるんだけど。普通にサラダにしよっか。ゴマドレッシングの味が恋しくなってきた！

カタログブックにカット野菜って言ったら出てきたよ。スーパー各社のカット野菜シリーズがずらりと。だから私はどれだけ色んな店で買ってるんだっていうね。

あれか、一時期どのスーパーのどの袋が一番お得感があるか気になって、毎日一店舗の全種類買って比べた時の記憶かな。結局、種類がありすぎて、お得感うんぬんよりもその日食べたいサラダに合わせて買うのが一番良いって結論になったなぁ。千切りキャベツだけは量が多いところ優先になったけど……私は何をしてたんだろう？　若気の至りかな？

〈ルイが食に関しておかしいのはいつものことでしょ？〉

「あははー、ひていできなーい」

でもなんとなく、キョトンと首を傾《かし》げたテクトの頬を摘《つま》むことにする。むにー！

番外編　終着点にて

「はぁああ……」


ふわんふわん。

柔らかく発光する小さな浮遊物が、ダァヴの前を横切った。そのままどこぞへと進んでいく。

ここは暗い。空も、大地も、川も、花も木も、すべてが濃い黒で塗りつぶされている。それぞれの境界線が淡く浮かび上がり、緩やかにも動いているので知覚できるが、只人《ただびと》には先の見えない暗闇に見えるだろう。

宵闇の如《ごと》く暗い川を挟んで茂る草花。葉の先に露が垂れ、漂う光達が傍《そば》を通るたび、きらりと瞬く。この場で色を持つものは少ない。その中でもとりわけ数が多いのが、漂う発光体達だ。

零《こぼ》れんばかりの光が川に流され、しかしその領域から出る事無くふわふわと浮かぶ。明かりなど必要ないほどの数。だが、それらがいくら集まろうと、この闇が晴れる時はない。場を支配する黒に対して、光が弱すぎるのだ。塗り替える事は無理だろう。

一見、幻想的な景色に見える。十人が見れば、十人とも息を呑《の》み、そしてどこからともなく這《は》い寄《よ》る寒気に腕を抱くだろう。生者に耐えられる空気ではない。いや、《生者であるならば、何のために在る場なのかを理解した時点で、まともでいられるはずがない》。数分と経たずに正気を失うのが落ちだろう。生者が間違って来てしまった事は一度もないので、実物を見た事はないが。そういう風に出来た場所である。

ここは生き物の行く末。すべてが辿《たど》り着く先、魂の終着点、そして新しい旅路の出発点。生き物が司る生命の営みとは遠く離れた地。

神の領域、と誰かが語った場所。

そこにダァヴは佇《たたず》んでいる。光の行く先をぼんやりと眺め、隣で肩を落としている男へと声をかけた。ただ一人、強い存在感を持つ者。

〈お父様、あまり落ち込まないでくださいまし。カーバンクルも、あの子も、あまり気にしてはいませんでしたわ〉

無防備に転生の流れへ足をさらす男――この世界の神様は、ダァヴの優しい声に再三垂れ流していたため息を止めた。隣に佇む純白の鳩《はと》に、憂いの表情を見せる。

「でもよー、あんなにカーバンクルが怒る事って今までなかったじゃん？　そらー、うっかりやっちまった俺が悪いけどさ」

〈ええ、全面的にお父様が悪いです〉

「うぐっ……」

今現在、輪廻《りんね》の輪は魂が零れそうになるほど、神の領域で滞っている。終わらない戦争によって、連日大量の命が失われているからだ。

人だけではない。動物も、草木も。命すべてがこの一つの輪に流れ、そして詰まってしまった。

一つ一つの命に浄化を施す神は多忙を極めた。

その時に来たのだ、ルイの魂が。生贄《いけにえ》にされた数万の魂と共に流れ込んできた。

ルイは勘違いしていたが、彼女だけが召喚された時に死んだ。周囲の者を巻き込む邪法のせいで、無差別に人を襲う目映《まばゆ》い光が瞬いた。その光が車両の飛び込み事故を引き起こし、ルイは召喚される前に、あちらで死んでしまった。だから魂だけが引き寄せられ、行き場を無くして彷徨《さまよ》い消滅するはずだった運命を、生贄の魂達と共に流されてしまった。

そしてルイは召喚の間もなく、たくさんの魂に次々と沙汰《さた》を下していた神の目の前に、突然現れた。

神の目には、この世界の者か異世界の者か、すぐにわかる。ルイの魂を見て、神様はすぐに気づいた。これは異世界の者だと。しかし今、この世の転生の流れに紛れてしまったのなら、勇者ではありえないと。

魂しかないのならば、すぐ輪廻に入れねば消滅してしまうとも。

それでは憐《あわ》れだと、通常ならば戦争が終わるまで安置するのを、転生の流れへと落とした。魂を浄化しなかったのは、せめて生前の知識が戦争の中で身を助けるだろうと思ったからだ。

一番肝心な、意識はろくに確かめもしなかった。

「俺もさー、終わらない作業に苛々《いらいら》してたのは悪いと思うよ。意識ありなのに気づかねーって、もう酷すぎじゃん？　神失格？」

だから神様の言い分もわからないではないのだが、カーバンクルが憤っていたのはそこではない。

〈滅多な事を言うものではありません。事実であっても〉

「オイコラ」

〈冗談ですわ。お父様が神失格だなんて、ありえません。彼女が邪法の被害者だとわかって、すぐに他の者達を救ってくださったでしょう〉

神様の背後に、小さな池がある。頼りなく漂う光が集まる池だ。その数は少ない。

邪法の召喚に巻き込まれた、勇者以外の者達だ。ルイを流した後、どの世界の輪からも外れ、漂い溶けかけている心身を慌てて集めてきたのは他ならぬ神様だ。今はこちらの世界にゆっくり慣らしている所で、生前の体がその魂を守っている。

本来ならあの子もここに留まり、平和な時代になってから流せたはずなのに運のない……考えても詮無い事だ。

ダァヴは池を一瞥《いちべつ》して、神様の膝《ひざ》をつついた。

〈カーバンクルを即座に送ったのも、少女へのアフターケアもよい判断でした。ですが、自分のミスを隠したのはいけませんわ。特に、彼女の保護を直接行うカーバンクルに何も説明しなかったのはよろしくありません。しでかしてしまった事は必ず報告なさいまし〉

「ういっす……いつまで経っても、俺ぁダァヴに勝てねぇなぁ」

〈父親というものは娘に勝てぬものですわ〉

「ははっ。神でもか！」

〈あなたは神様でもありますが、私達聖獣のお父様でもありますから〉

あなたが、私達を娘や息子と呼ばなくなるまでは。

ダァヴはその言葉を呑み込んだ。別に、言わなくてもいい事だ。神様もわかっている。

だからあえて、彼は聖獣を子ども達と呼ぶのだ。

神様が立ち上がった。川から足を上げたのに、濡《ぬ》れた様子は一つもない。この川に見える流れは、水で出来てはいないからだ。

「しゃーねぇ！　再開すっかー！」

〈あら、急にやる気を出されましたわね〉

「きちんと働く父親の背中ってのを見せなきゃなんだろ？　人ってのは大変だよなぁ」

〈別にそれだけが父娘《おやこ》の意思疏通《そつう》の手段ではありませんが、お父様が働く事には賛成ですわ。また魂が溢《あふ》れそうですもの〉

川の流れる先、網にかかる魚のように光が詰まっている。命の光、魂は神の手でしか前へと進めないというのに、サボるから。その詰まった先、滝のように川が落ちる底は、闇に覆われている神の領域よりももっと濃く、果てがない。

あの領域が、死者と生者の境目だ。

神様が光の選別を始め、浄化し、その手ずから流せばあの底は明るくなるのだが。しばし休憩していた事から、また詰まってしまったのだろう。いや、詰まったから嫌になってしまったのか。

こうして神の選定が間に合わず、待たされている魂が川から離れ、ふよふよと漂い行方《ゆくえ》知れずになる事はしばしばある。ダァヴが先程見逃した光も、それだ。

聖獣は魂を見て、人の本質を見抜く。そこに体という壁があろうとなかろうと、関係ない。すべてを見通す目を前に、ただの生き物が抗う術《すべ》などない。

あれは女児連続誘拐殺人事件の犯人、幼子の泣き喚《わめ》く姿に悦《よろこ》びを感じる快楽殺人者の魂だった。

先日ナヘルザークにて冒険者に捕えられ、死刑に処された犯罪者。ルイの命を脅かしていたかもしれない者だと思うと、ただでさえ気に入らぬ魂が存在しているのさえ汚らわしいものに感じてきた。

だから無視した。

〈(私も存外、身内贔屓《びいき》が過ぎるという事かしら)〉

あのような輩《やから》、沙汰などずっと後でいいとダァヴは記憶の奥底に仕舞い込む。選定を始めた神様に何も言わず寄り添った。

しばし冥府《めいふ》の闇に恐れ惑うがいい。

〈そういえば、カーバンクル、今はテクトと名をつけられて呼ばれていましたわ。とても愛らしいでしょう?〉

「何だそれ。いつ?　見逃しちまったなぁ」

〈箱庭を作っている時ではないです?　私が行った時にはもう呼ばれておりましたもの〉

「ふーん、テクトねぇ。可愛《かわい》いじゃん。俺もそう呼ぼ」

〈二人とも、喜ぶ事でしょう。本当に、可愛い子達ですわ〉

Step7　冒険者を待ちましょう

「よし！　おひるでーきた！」

作業台に載せた昼ご飯に、ふんす、と鼻息を吹き出す。自分で洗浄した場所で、自分が作ったご飯を食べる！　これ大事だね、明日からもやっていこう。ちゃんと使わなきゃ、熟練度は上がらないもんね。

「かんたんなものしか、つくれなかったけど。つくった！　ってきもちを、だいじに、していこー」

〈そうだね。大人と同じ事を、無理にやろうとしなくていいんだから〉

何でもいいから作らないと調子が狂うんだよね。昔から毎日してた事だから、幼女になったから急に止《や》める！　なんてできないのが習慣の悲しいところだねぇ。

今日の昼ご飯はサラダと食パンとスープ！　朝ご飯の時に残ったタマゴサラダをハムに載せてくるっと巻いたら、ハムが重なるところをつまようじで刺す。大皿に千切ったレタスを敷いて、千切りキャベツを盛り付ける。プチトマトと一緒にハムタマゴを添えて、ちょっとお洒落《しやれ》なサラダの出来上がりだ。切ってあるって楽だねー！

メインの食パンは、あえて焼かないでジャムを塗る事にした。ちょっとホットサンドが続きすぎたからね。趣向を変えてみるのもいいかなーって。それにジャムはヨーグルトに入れてもいいし、ソースにも使えるからいいよねぇ。アイテム袋があれば腐らないし、奮発して大きな瓶のやつ買っちゃった。うへへ、安全に長く楽しめるっていいねぇ。

ドレッシングもジャムも、テクトはどれがいいか聞いたら〈どっちも初めてだし、ルイと同じのでいいよ。好きにして〉って言うから……迷わずゴマドレとリンゴジャムを買った私を責めないでいただきたい。だってどっちも好きだもん。

焼かないならふんわりしっとりタイプの食パンにしよう。というわけでパン耳までふんわり柔らかと銘打つ食パンを作業台に置くと、ガラッと様相を変えたそれを興味深げにテクトが見てる。今まで焼いて美味《おい》しいタイプの食パンだったからねぇ。今回はパン耳も色が薄いし、テクトには目新し過ぎるかな。触り心地も大分変わってるよ。

恐る恐る、といった感じで袋越しにつんつん突《つつ》いた彼は、一瞬にして目をキラキラさせて尻尾《しっぽ》も耳もピンッと立てた。めっちゃお気に召しとるぞこの反応。

〈すごい‼　今までの食パンの中で、一番柔らかい‼　っていうか頼りない？　こんなにふわっと、どこまでも沈んでく感じで大丈夫⁉　これ大丈夫なの⁉〉

「なにになたいしての、だいじょうぶなの？」

っていうか頼りないって……いや、うん、すぐ潰《つぶ》れちゃうけどさ。ビニール袋に詰める時に整頓《せいとん》して入れないと、他の商品に押されて跡めっちゃ残るタイプだし。

〈え、何だろ……柔らかすぎて不安になる〉

「ふあんになる、しょくパン、とは」

とんでもないワードが出てきたぞぉ。あれかな？　食べたら精神異常が起こるのかな？　うん、怖いね？

大丈夫、食べられる。食べて美味しいしっとり食パンだからね。一口頬張ればわかるよテクト。不安そうに小首を傾《かし》げるテクトご馳走《ちそう》さまです。

パンとサラダだけじゃ寂しいから、コーンスープもつけてみた。鶏汁が入ってた鍋《なべ》は朝のうちに綺麗《きれい》に洗浄したから、そこにバターを入れる。バターは少な目に、ちょっと風味を付ける程度でスプーン一杯。火にかけてゆっくり溶かしてから、コーンクリーム缶を全部入れる。木べらで焦げないように、塊がなくなってよく混ざったら、コーンクリームが入ってた空き缶に牛乳を一杯注いで鍋に入れる。計量カップの節約だねぇ。ゆっくり混ぜながら注ぐと伸ばしやすいから、テクトに木べらを任せてちょこちょこ牛乳を入れてった。テクト、ゆっくり優しくでいいからね。勢いよく木べらを滑らせるとスープが跳ねるからね。まあそうなったら洗浄魔法の出番だけどね！　ふふふ綺麗にしてやるぜー！

全部混ざったら、碗《わん》に盛って乾燥パセリを散らす。クルトンは止めといた。食パン食べるし。クルトンって言えば、シーザーサラダとか食べる時も是非添えたいよね！　あのサクサク感、ドレッシングが染みた絶妙な柔らかさ、たまらないんだよなぁ！

内心涎《よだれ》を垂らしてたら、テクトに袖《そで》を引かれた。なんか睨《にら》まれてる？

〈そこまで想像されたら、クルトンっていうやつ、気になるよ〉

あ、そうだった。テレパスで心読まれてるんだった。てへぺろ。

何か忘れちゃうんだよね、読まれてるの。読心されるのは慣れたからいいんだけど、代わりに食欲がそのままダイレクトにテクトに伝わってるのは申し訳ないなぁ。きっとまたやるけど。私の食い意地、根深いし。

まあ、次は入れるって事で、許してちょーだい。

「コーンスープは、まだのこってるし、よるには、入れよっか」

〈しょうがないなぁ。許してあげよう〉

「ゆるされたー」

ふふ。んじゃ、手を合わせてー。

「いただきます」

〈いただきます〉

テクトはまず、食パンを食べるようだ。恐る恐る皿から持ち上げて、ジャムを塗ろうとしてる。

あー、テクト。その大量に取ったジャムを塗るつもりかな？　なるべく優しくやらないと、食パン抉《えぐ》れるよ。

〈抉れるの⁉　パンなのに⁉〉

「えぐれるし、つぶれるよ。やわらかすぎてね。ジャムは、少なめにとって、うっすらぬるといいよ。しょくパンじたい、甘みつよいから」

〈うん〉

ジャムを戻して落とし、ふるふるしながら塗るテクトの可愛いこと可愛いこと。さて、私はサラダを食べよっかな。

大皿に直接、ゴマドレッシングをかける。とろとろなドレッシングがサラダにかかっていくのを見ると、気分が上がりますなぁ。

ゴマドレッシング、って言っても色んな種類があるけど、私はこってり濃厚な白ゴマドレッシングが好きなんだよね。白ゴマの風味がいいし、クリーミーで野菜によくからむから、うっかりかけすぎてしょっぱい思いをしなくていいんだよね。それに、サラダうどんにする時は濃厚なゴマドレのが合うし。醤油《しょうゆ》ベースのさっぱりドレッシングも勿論《もちろん》好きだけど、私は白ごまの甘めなドレッシングの方が好きなんだよねぇ。

かかったドレッシングを混ぜるようにキャベツをほぐして、一口。んんんー！　おいしーい‼

〈ルイ！　綺麗に塗れた！〉

「おお、ほんとだ！　テクトすごい！」

テクトが満足げに食パンを見せてくる。リンゴジャムの艶々《つやつや》した色合いが、食パンの表に全面的に塗られてる。それも均等に。初めてでそれはすごいよテクト！　力加減できてるじゃん！

「じゃあそのまま、いつもどおり、ぱくっと！」

〈う、うん。あー……んんっ、やわらか……‼〉

想像以上の柔らかさだったからか、テクトは大きな一口を含んだまま、固まってしまった。テクトー、テクトさーん？

しばらくしてもぐもぐ噛《か》み始めたテクトが、はーっと肩を落として私を見てきた。え、何よ？　私なんかした？

〈日本の食パンが僕を翻弄《ほんろう》しようとしてる……感動で胸がいっぱいになっちゃった〉

「え、わたしまだ、しょうかいしてない、しょくパン、たくさんあるよ。しょくパンいがいにも、パンっていろいろあるし。これで、むねいっぱいになったら、次どうなるの？」

〈これでまだ序章だったか……‼〉

何故《なぜ》かテクトが悔しげに俯《うつむ》いた。だから何で⁉


食器を片づけて、ほーっと一息ついたのでカタログブックを出して開いた。

疑問に思ってる事を解消したい！　じゃないと気になって気になって、昼寝が出来なそうだもん。私の健やかな昼寝の為に。ナービー。聞きたい事があるよー！

——はい、マスター。

「カタログブックの、とりあつかい、しょうひんについて、ききたいんだけど。かったおぼえがない、しょうひんが、あったのはなんで？」

主に幼女の下着やスパッツのサイズ展開について……！　特に、詳しく教えてください……‼

私変態じゃないよ？　幼女用の下着やスパッツを満遍なく買える程記憶に留めてた生粋の変態、とかじゃないよ⁉　見たとしても親戚《しんせき》の子が大きくなったらこういうの着るんだろうなーって自分の服を買うついでにチラ見したくらいで‼　私は変態じゃないはずだぁああ‼

テクトが呆《あき》れ顔《がお》でこっちを見てるけど精神的に死活問題だから‼　ナビ、私がごく普通の一般的な人間だって納得できる説明をプリーズ‼

——マスターが経験した事も記憶に残っています。購入の覚えのないもの、物覚えのない頃の商品が取り揃えてあるのは経験に基づく記憶によるものです。

ぐわっ

マジか⁉ えっとつまり、つまりだよ。

私が小さい頃に買ってもらったものや、着たもの、どれにしようかなって悩んだものも、全部経験した事だから、商品として取り扱ってくれてるんだね⁉ 記憶に残ってなくても経験してる事だからアリなんだね⁉ カタログブックってすげーー‼

ああでもそっか。思い返してみれば、小学生向け裁縫道具セットを探した時は男女関係なく揃えてあったわ！ あれって学校からのパンフレットで一通り見てたからか！ 買った事がある記憶だけに拘《こだわ》るなら、子どもの頃に選んだ一つだけしか取り扱わないはずだけど、経験も含まれてるから、パンフレットにあった全部がカタログブックに載ったのか！

っていうかよくよく考えなくても記憶ってそういうもんじゃん‼ 何で買ったものだけルールを勝手に作って戦々恐々としてたの、実は混乱してたのかな⁉

でもこれで、私が変態じゃないって確定した‼ よかったああ‼

〈大げさだなぁ〉

「わたしのメンタルは、すくわれたよ‼」

私は変態じゃありません‼ ふー。これで安心して昼寝が出来るね！ でも、どうせカタログブックを開いたんだからもう少しナビに聞いてみようかな。他に聞く事なかったっけ？ 朝書いた紙で確認しよう。ダンジョン内は薄暗いけど、文字くらい読めるよね。

〈そういえばナビってカタログブックの説明以外にも、他に出来る事がなかった？〉

「あー。そういえば、かんてーしが、どーの……かきわすれてたなぁ」

突然の事だったから、忘れてたのかな。寝起きだったし。今聞こう！

「ねえナビ。ナビって、カタログブックの、せつめいいがいに、なにができるの？」

——品物の正しい値段を査定する鑑定士を務める事が出来ます。

「おおー、かんてーし。どうやって、かんていするの？」

——カタログブックを開き、「鑑定」とおっしゃっていただくと〝売買モード〟から〝鑑定士モード〟に変更いたします。カタログブックに品物を置きますと、数秒で鑑定いたします。

「え、すごい！」

そんな簡単に品物の値段を鑑定しちゃうの!? しかも数秒？ 鑑定番組見た事あるけど、そんな短時間でわかるもんじゃないよね？ カタログブック半端ないわぁ。

〈これは確かに、いい機能だ。僕はアイテムの詳細は目でわかるけど、物の価値はまったくわからないからね。冒険者と物々交換をする時に使えるんじゃない？〉

「なるほど！」

宝玉がどのくらいの価値があるかわからないけど、安くはないよね。だって冒険者からしたらめっちゃ便利だもん。安い品物で誤魔化されないように、カタログブックで鑑定してから交換したらいい！ まあそんなズルい事をする冒険者は、こんな深い所まで来ないと思うけど念のためね。

それにカタログブックを出してても、鑑定する魔導具だって誤魔化せるし。買い物出来るってバレなきゃいいいんだもん！ これは素敵機能だ!!

うん、早速メモメモ!!

「ナビ、ほかに、ステキなきのうは、ないの？」

——カタログブック自体に、手元から離れた場合の自動転送機能、金銭の預け入れと払い戻し、預金を管理をする銀行機能がございます。預金の出し入れは暗証ワードを入力する事で可能です。

「だから、せーさくしゃさん、がんばりすぎだってば‼」

たった一つの魔導具に機能過多だよ⁉　後世の日本人を甘やかしすぎじゃない⁉　めっちゃ助かるけどさあ‼

ありがたい気持ちと申し訳ない気持ちで悶《もだ》えつつ、まずは銀行を知らないテクトに軽く説明した。いや、そんな詳しく知らないから大した説明は出来ないんだよね。だから軽く。自分のお金を預かってくれる機関っていうのが伝わればいいんだよ。

銀行って為替《かわせ》とか融資とか、できるんだっけ？　融資はローンとかの事だろうと思うけど、為替って何だろ……知らないんだよなぁ。

まあ、ナビから聞いた機能で考えれば、誰でもわかりやすい名前が銀行だったっていうだけで、そういう難しい事は出来ないんだろう。お金を預ける、必要な時に引き出す。これだけあれば万事オッケー。

〈つまり、銀行って金銭を扱う専門の店なんだね〉

「そうそう」

〈持ち歩けないほどの金を持つのは不安だから預ける、か……僕には想像つかないや〉

「テクトの、今までのせいかつを、かんがえたら、いらないもんね」

聖獣は買い物しないだろうしなぁ。私に会うまで食事に興味なかったって言ってたテクトが、数少ない機会の中食べたのって国賓の宴《うたげ》だったわけだし。ようは奢《おご》りだ。うん、金とは縁遠いわ。

しっかし、銀行に、自動転送かぁ。これってアイテム袋が手に入らなかった人向けの機能だよね？　私は運良くアイテム袋が手に入ったからすごく重要って感じがしないけど、そうじゃなかったら安心して大金持ち歩けないもんね。常にジャラジャラ音立てながら歩くとか……怖いわぁ。紙幣は無いみたいだから、どうしても重たくなってしまう。

チャージしとけばいいじゃんって思うけど、チャージはカタログブックで使うためにする事だ。そこから硬貨を引き出す事は出来ない。現実のお店で買い物する時に現金がないなんて死活問題だね。周りに怪しまれないよう、銀行機能がついたんだろうなぁ。

そして預けた大金がなくなったら困るし、カタログブックの悪用を避けるためにも、自動転送機能がある、と。

至れり尽くせりぃ……!!

〈しかも鑑定機能があるって事は、聖獣付きだけじゃない、勇者以外の異世界転生者にも対応してる。聖獣がいれば、本来なら必要ない機能だ〉

「そっか。ねだんが、わかるほうに、めがいったけど……かんていってそもそも、アイテムのせつめいだもんね」

私は特殊転生だったからテクトが助けに来てくれたけど、普通、邪法に巻き込まれた人達に聖獣が寄り添うことはない。きちんとこの世界のご両親から生まれて、一般的に生活できるからだ。神様同士の約束ごとだったっけ？　最低限安全な生活を送らせるように、って喚《よ》ばれた当時の争いや天災を避けて後の世に生まれるようにするっていう……その中でも日本の記憶が残ってる人のためでもあったんだね、カタログブック。

制作者さんの心遣いが身に染みるなぁ。

〈でも、普段通りにアイテムを本の上に置いたらチャージされちゃうでしょ？　僕ら、銀行機能を使う機会ある？　それに現金が必要な時だってあるんじゃないの？〉

　あー。冒険者に、物々交換じゃなくてお金が欲しいと言われたら、うん。宝玉しか手に入ってない現状じゃ、すごく困るね！

「きいてみる。ナビ、カタログブックでうったアイテム、げんきんにしたいときは、どうしたらいいの？」

――〝鑑定士モード〟状態でマスターが売却の意思を示された場合、自動的に買い取り金額が銀行へ振り込まれます。銀行からの引き出しで現金の入手が可能です。

　ほほう。えーっと。

〝売買モード〟の時に本の上に品物を置くと、勝手にチャージする。現金が欲しい時は〝鑑定士モード〟にしてから売る。そして銀行機能から引き出す、と。ネットオークションで売ったのが、登録した通帳に振り込まれるようなものかな。

　モードによって分けられてるから、わかりやすいね。今度、鑑定してから現金にしてみようか。チャージは必要分だけすればいいんだしね。売れるようなアイテムが手に入った事ないけど‼

　あれ、そういえば。そのお金はカタログブックのどこから来てるんだろ……って、駄目だ。考えるのは止《や》めとこう。深く気にしだしたら止まらないやつだこれ。ずぶずぶしてくやつだ。

　私はきちんと生活できればいいんだもん、細かい事は気にしない‼　たぶん魔法の不思議だよそうに違いない！　ファンタジー万歳‼

〈偽金はないと思うけどね。そうだとしたら数百年ごとに騒ぎが起こってるはずだもの〉

「だ、だよねー。わたしは、せいさくしゃさんを、しんじるぞー」

カタログブックを使うだけで犯罪者になったりしませんよーに‼


「たーだいまー‼」

今日は太陽が夕日になる前に帰ってこれたー‼　ちょうど3時！　おやつの時間‼

結局昼寝は1時間くらいで済んだ。済んだって言うか、テクトに起こしてもらったんだけど。すっきりした気分で起きられたからちょうどいいんだと思う。こうやって地道に幼女の体に慣れてくしかないね。明日も同じ感じでやってみて、様子見してこう。

「せいじゅさーん‼　ほうぎょくしか、てにはいらなかったよー‼」

優しくさわさわ揺れる聖樹さんに抱き付く。ああー、このごつごつした樹皮と、木のいい匂いがたまりませんなぁ。テクトのもふもふとはまた違う癒しだよね。葉っぱの擦れる音と一緒に味わうと幸せですわ。疲れが抜けてくぅ。主にメンタルの疲れが。

今日は結構奥まで探索したんだけど、あの道、探索しきれなかったんだよね。上層に行くのか、下層に行くのか、行き止まりか。どこにも辿《たど》り着けなかったなぁ。明日もまた異臭地帯を通るか、それとも未開の道へ行くか、悩ましい所だね。

ゲームしてた時からそうなんだけど、マップを綺麗《きれい》に埋めないと気が済まない性根がふつふつと湧いてくるんだよ。私の悪い癖だと思う。オークの所とか絶対臭い正直行きたくないと思ってるのに、その先がわからないから行きたいなーとも思ってるんだもん。

はー、困ったね自分。精神的に大打撃喰《く》らうとわかってて行くとか……ドが付くMの人じゃないよ？　気が済まないってだけだからね？

〈わかったわかった。性分はなかなか変えられないから大変だね〉

「まったくそのとーり！」

この階層ってメインの廊下に小部屋がくっついてる感じなのが多くて、入り組んでないから今の所迷う事はないんだけど。罠《わな》だってテクトが見破って避けられるし、そっちのストレスはないんだけど！　モンスターと宝箱の中身がなぁ……‼　胸にダイレクトに突き刺さるなぁ……‼

「なんで、こんなに、ほうぎょくばっか……」

〈宝玉ってむしろ希少な方だと思うんだけどね。運がいいのか悪いのか……〉

「せめてさー、げんきんとか‼　たからばこって、おかねも入ってたり、するもんでしょ！」

〈入ってると思うよ。ダンジョン的には、冒険者を誘い込むトラップが多ければ多いほど栄えるわけだしね〉

魔力吸収云々のあれだね！　冒険者が誘惑されるのは、高価なアイテム、強い武器防具、希少な魔導具！　そしてお金‼

つまり私の物欲センサーが働きすぎて宝玉しか出てこないって事⁉　はあー、ここに来てまで私を苦しめるのか物欲センサーぁああ‼　そういうのはゲームの中だけにしてくださぁい‼

〈ルイも難儀だねぇ。僕のスキル幸運が加護に加味されれば、マシになるのかな？〉

「かなぁ……じっさい、どこまでテクトのかごを、もらってるか、わからないんだよねぇ」

〈むしろ幸運を加味していてこその宝玉なのか、僕には判別付かない〉

「それは、かんがえたくなかった……‼」

だとしたらこれから先も宝玉地獄が待っている可能性があるんですが……‼　良心的な冒険者さん早く来てぇ！

「……でもさー。ほうぎょく、すっごいべんりだったねぇ」

〈ほぼ一瞬だったね。ちょっと楽しかった〉

「わたしも、これすきなやつ」

1時間めいっぱい探索し終わった後、保護の宝玉を試してみよう！　って事で使ってみたんだけど。さすがダンジョン専用アイテム。ほんと一瞬だった。

私が両手で持った緑の宝玉。これにテクトが触れて、準備万端。私が魔力流れろーって想像してから『保護』って言ったら、ぱっと景色が流れて浮き上がる感じがした瞬間には安全地帯だった。ほんと、瞬きする間って感じ。思わず振り返って真正面見てもう一回振り返ったからね‼　思わず二度見した‼

これは冒険者が皆欲しがるはずだわ。ピンチの時、絶対活躍するもん。魔力を込めるのはキーワードを言う人のみ、他の仲間はちょびっと触るだけでいい。こんな簡単に使える転移装置、欲しいに決まってる。決まってる、んだけど。

「……はぁ……」

聖樹さんの幹に背中を預けて、ずるずる滑る。

ううー。2日前はむしろ冒険者来ないでー、って思ってたのに。困ったねぇ。アイテム袋の中にごろごろ転がってるだろう宝玉達を思うと、ため息出ちゃうよ。

さわさわさわ、聖樹さんが慰めるように枝を揺らした。

――・――・――・――・――・――・――

始まりの1の月　転生4日目

日付はわからないけど、日記を書くことにした。子どもの手に早く慣れたいので。こういう時は、毎日必ず書き込む日記にして、習慣付けるのが一番いい。夜は書けないから、朝書く事にする。普通は1日の終わりにその日あった事を書くものだけど、この日記は昨日あった事を書くわけだ。後で見直したら混乱しそう。

ノートセットとボールペンが買えたのは助かった。カタログブックの基準って売買禁止製品じゃなければ、結構緩いと思う。節約のためにごわごわ紙を使っていたけど上手《うま》くなる気配が遠のいていく気がするので、使い慣れたノートは助かる。あと紙自体留める所がないから、まとめられないんだよごわごわ紙。万が一、日記帳が1枚でも紛失したらと思うと……安心感あるノート万歳！　テクトがノートの表面を触って〈つるつる！　さらさらしてる！〉と興奮してたから1冊あげた。何でも書くといいのよテクト。

日付についてテクトに聞いたら、〈昨夜の月は一つだったしこの前花火が上がってたから、まだ始まりの1の月で間違いないよ。日の方はわからない〉って言ってた。始まりの1の月って、花火って何だろう。花火はお祭りの時に上げるもんじゃないの？　この世界では違うの？　月も何個か増えるって言ってたし、世界の常識はまだまだわからない事だらけだ。機会があったら詳しく聞いてみよう。テクトはマウドッグの話がしたかったみたいで、早々に寝物語が始まったからね。話したかったんだね、テクト可愛《かわい》い。怖くなくて助かったよ。ゆっくり寝られた、ありがとう。日に日にマウドッグに詳しくなってくね。マウスなのに鼠算式では増えないらしい。出産は犬方式。

昨日の3時のおやつは買った野菜チップス。ついでに本物の野菜を並べて、テクトと野菜と乾燥について話した。テクトの食育もいい感じに進んでると思いたい。

考えてみたら、のんびりおやつを食べられるってすごいよ。初日じゃ考えられなかった。今日もちゃんと朝1時間昼1時間を心がけよう。

夕ご飯はコーンスープ（クルトン入り）、おにぎり（鮭《さけ》）、鶏肉の照り焼き（たっぷりきのこ添え）、野菜ジュース（200ml紙パック）。パンが続くとご飯が食べたくなるけど、まだ炊くのは難しそうだから様子見。やっぱり魔導具コンロもう1個欲しい！

カタログブックは、レンジでチンのご飯はアウトで、スーパーとかコンビニのおにぎりはセーフらしい。電子レンジはオーバーテクノロジー。それを使わないと食べられないものはダメなんだね。おにぎりはそのままで食べられるからOK、と。ちゃんと覚えとこう。

テクトが紙パックに目をキラキラさせていたのが最高でした、まる。

拾ったアイテム
脱出の宝玉×5
保護の宝玉×4

転移の宝玉×4
隠匿の宝玉×3

―――・―――・―――・―――・―――・―――・―――

始まりの1の月　転生5日目

昨日の日記を見返して、字が半端なく汚い事に落ち込んだ。

やばい。5歳の時ってどんな字書いてたっけ？　まともな文字を書けてなかったような気が……真っ直《す》ぐ整ってなかったし、「ち」を左右逆にして書いていた気もする。じゃあマシなのか今。壊滅的に汚いけど。

でも手芸はこんな手でもちゃんと出来るのに、何で字を書くのは駄目なんだろ。触っても握ってもおかしい所はないんだけど。慣れ？　ペンより針の方持ってた時間が多かったって事？　違うか。

昨日はオーク地帯を抜けてその先にまた行ってみた。前の日より罠が多くて、宝箱は少な目。中身はお察し。モンスターはポリールバグが渋滞してて行きづらかった。テクトが〈抱っこして跳び越えようか。一瞬だよ〉とわくわくした顔でこっち見たけど、それは最終手段だから！　って何とか隙間を見つけて進んだ。テクトはすぐ私を抱っこしたがるようになったなぁ。オーク地帯だと最終手段じゃなくて最善手段になるんだけどね。恥は忍ぶもの。悪臭は耐えられないもの。

多少時間はかかったけど、前日よりはスムーズに進めた気がする。疲労感はほどほど、昼寝後の体調は良好。あまり転ばなくなってきた。

行った事がない所まで行けた。時間になったから帰ったけど、私の足でもっと奥まで行けるかな……今日から反対の、未知の通路に行ってみてもいいのかな。通路の先が気になるんだけどなぁ、って思ってたらテクトがキラキラした顔で腕をぐっと立てた。ずっと抱っこはなしでお願いします！　一気に進めるだろうけど！　心苦しさもマッハなんだよ！

また3時に帰ったのでおやつを食べる。昨日はプレーンヨーグルトにリンゴジャムを入れた。シンプルに美味《おい》しいやつ。テクトはリンゴジャムを気に入ったみたいだから、喜んで食べてた……スプーンの正しい持ち方、教えた方がいいのかな。口周りに付いたヨーグルトを拭《ぬぐ》って洗浄かけたら、にこにこしてたけど……まあしばらくいっか。

寝物語マウドッグ伝記は、人の国で珍しいペットとして王族貴族に重宝されるようになった所まで進んだ。実際、テクトも会った事があるらしい。無害そうな顔で知能が高く、上手《うま》く芸をしては周囲を喜ばせ、ご飯を多めに貰《もら》っていたらしい。犬かな？　ネズミ要素はどこ？

夕飯は鶏もも肉でから揚げを作ってみた。油にもも肉が少し浸るくらいの揚げ焼きだけど、ちゃんと焼けてたし、幼女と聖獣でも揚げ物料理が出来るって事がわかったね。レパートリーが増えて大変よろしい。テクトも大喜びで頬張ってたし、また作りたいね。思いっきり肉にフォーク突き立ててたけど。

他のメニューはサラダ（ゴマドレ）、おにぎり（塩）、100％オレンジジュース。テクトが紙パックを気に入ったから、しばらく夜は紙パックバリエーションにする事にした。まとめ買いできてお得だしね。

ちっちゃな両手で紙パックを持ってちゅーちゅー吸ってるのすっごい可愛い。可愛い。大事な事だから2回書いた。

拾ったアイテム
転移の宝玉×3
隠匿の宝玉×2
脱出の宝玉×2
保護の宝玉×1

―・―・―・―・―・―・―

始まりの1の月　転生6日目

考えてみたら、いつ次の月になるかもわからないのに、この日付はよくないような気がしてきた。もう違う月になってるかもしれないし。明日からは何日目かだけ書こう。

舌が回るようになってきたので、喋《しゃべ》るのが格段に楽になった。腕は作業しすぎると痛くなるので、テクトに任せる事も多くなる。喜んで手伝ってくれるのが幸いだ。

テクトが自分のノートに野菜の絵を描いてた。私が寝てるうちに描いたらしい。さすが夜目が利く聖獣、明かりが無くても正確に描けてる。〈アイテム袋から野菜を出して見て描いたんだけど、一晩くらいで腐らないよね？〉って下から窺《うかが》ってきたテクトはとても可愛いので許した。それくらいで腐らないからもっとじっくり見ていいんだよ。と伝えたら両手上げて喜んでた。いいぞいいぞ、食育進んでるよ。

テクトの暇潰《ひまつぶ》し道具を何か考えた方がいいかな。夜を過ごすの慣れてるって言ってたけど、何か遊びがあれば楽しく過ごせるだろうし。瞑想《めいそう》して飽きるかはわからないけど、選択肢が増えるのはいいと思う。

カタログブックで買い物していて思ったんだけど、段ボールで届く時とビニールの袋に入れられて届く時がある。最初の頃は段ボールが多かったんだけど、最近はずっとビニール袋。スーパーとかのロゴが入ってない真っ白の袋。違いを一晩考えて、今朝、試しに食パンだけ買って、その次にクッキングシートとハムを買ってみた。結果は前者がビニール袋、後者が段ボールだった。どうやら食品だけ買うとビニール袋になるみたい。道具と一緒に食品買った時は、段ボールに全部まとめて入るスタイルなんだね。これも私の記憶に依《よ》るのかな。

昨日は私の現在の足で最終確認、と思ってオーク地帯の方へ進んだ。今日はやけに隠れて張ってるヒラメモンスターが多くて、宝箱が漁《あさ》れないのばっかりだった。モンスターが夜のうちに動き回ってるのもあるけど、モンスター同士で争って減った分だけ、ダンジョンからリセットと同時に補給されてるらしい。だからって部屋にピンポイントで生まれなくてもいいじゃない？　オークジェネラルの部下は減ったり増えたりするけど、いつもあそこに立ってる。他のモンスターみたいに自由にしてくれれば、あんなに臭い思いしなくていいのに。私の匂いはわかって自分達の悪臭に気付かないのは何でだ。

結局どこに行き着くのか、私の足では辿り着けなかった。かろうじて拾えたアイテムもいつも通り宝玉だし。どうなってるのダンジョン！　宝玉ばかりじゃ冒険者だって困るよ！　私達が一番困るけどね‼

3時のおやつはカルシウムがたっぷり入ってるタマゴボーロ。さくっとろっ、な食感をお気に召したテクトが延々サクサクサクサクしてた。〈一袋開けたら止まらなくなるね〉って照れた顔してたけど、それ二袋目でしたよテクトさん。テクトは食感が気に入るとエンドレス入る。食パンしかり。〈ご飯のもちもちと甘さは美味しいけど、僕はパンの方が好き〉って言ってたし。ずっと同じメニューでも好きなら構わないタイプだね。次買う時は、大きな袋じゃなくて小袋が連なった可愛い奴にしよう。

寝物語マウドッグ伝記は、ついに人の手を離れ妖精族《ようせいぞく》の森へ帰っていく話になった。頭のいいマウドッグを戦争に利用しようとしたので、見限って去ったらしい。悠々自適な生活を始めたマウドッグは、誰かに管理される事がなくなったので爆発的に増えてった。こんな所でネズミ要素追加しなくていいと思います。

夕飯はキャベツときのこをむしって入れたポトフ、鮭のムニエル、食パン〈ガーリックバター焼き〉って感じで、洋風に整えてみた。から揚げの時もそうだったけど、テクトは小麦粉を揉《も》み込んだりまぶしたりする工程が好きみたいで、勢い余って全身粉まみれになってても尻尾《しっぽ》を振ってた。テクトが積極的に楽しんで調理してる姿を見ると、とてもほっこりする。

私が手伝ってた時のお祖母《ばあ》ちゃんも、こんな気持ちだったのかな。ちょっと涙が出た。

拾ったアイテム
隠匿の宝玉×3
脱出の宝玉×3
転移の宝玉×2
保護の宝玉×2

――・――・――・――・――・――・――


そして今日。

3時になったので帰ってきた私達は、聖樹さんの下でおやつを食べながらもどかしい気持ちをぶちまける。

「もう6日経ったのに‼　ぼうけんしゃ、だれも来ない‼」

〈かなり深いからそうそう来ないだろう、って思ってたけど。こんなに遭遇しないなんて予想外だ〉

ゼリーを大きく一口食べて、むうっと顔をしかめるテクト。食べ始めた時は目がキラキラしてたのにねぇ。大きくカットされた桃入りのゼリーはとっても美味しいけど、ままならない気持ちがその顔をさせてる。私も同じ顔してるぞー。どうしようもない気持ちをぐるぐる抱えてますぞー！

今日から行った事ない方の道に期待を込めて進んだんだけど、結果は同じだった。宝玉だけが溜《た》まってく！　それなのに物々交換してくれそうな冒険者が来ない！

来ないならこっちから探す、のがセオリーなんだろうけど。上への階段がまだ見つかってないんだよなぁ。階層を上げ過ぎて、たくさんの冒険者に目撃される可能性を増やすのも良くないし……てか、今の私の足で階層越えるの無理だし。テクトに頼るしかなくなるんだけども。

と考えた時点で、テクトがぐっと腕を曲げてにこっとした。うん、最終手段ね、最終手段。

結局、最近の思考は堂々めぐりしてるんだよなぁ。

Step8　楽あれば苦もあります

「お、おおお……‼」

思わず手も声も、震える。目の前の現実を受け入れようと、手をゆっくりと伸ばした。

丸くない、玉じゃないそれに触れる。冷たいガラスの質感。透けるのは緑色。持ち上げたら、中身がちゃぽん、と揺れた。

宝玉じゃない、初アイテムだった。

「テクト、すごい‼　宝玉じゃないよ‼」

〈ルイ、興奮するのはわかるし僕もじっくり見たいけど、隠蔽《いんぺい》魔法かけなきゃモンスターが寄ってくるよ？〉

宝箱の蓋《ふた》を持ち上げながらテクトが首を傾《かし》げた。そうだ、宝箱開けてる時は隠蔽魔法を解いてるんだった！　あまりの衝撃に忘れてたよ。興奮で恐怖が吹っ飛ぶわ！

小瓶を引き寄せると、テクトが蓋を閉めてキラキラを放つ。隠蔽魔法がかかって、ほっと息を吐《つ》いた。さてさて！

二人揃《そろ》って、私の両手に収まる細長い小瓶をまじまじと見る。液体が入ってる所だけふっくら丸い。ちょっと大きなマニキュアの瓶みたいに見えるけど、これ何だろう。

「すごいね、テクト。何だかわからないけど、宝玉じゃない！」

〈うん。これはポーションだね。まじりけなしの、上級ポーションだ〉

「上級‼」

0が多かったやつだ‼　最上級は目が眩《くら》みそうなくらい多かったけど、上級だって中級より増えてた‼　いや普通に考えて中級より効果が強いから上級って言うんだろうし、高価になるのは当たり前なんだけど！　うん、ちょっと落ち着こう‼　たぶんパニくってるぞ私‼

落ち着けー……ふうー……心を静めて、ポーションを観察する。そういえば、下級ポーションは小さいジャム瓶くらいの大きさで、薄い緑色だったっけ。量は下級の方が多いけど、階級毎《ごと》に飲む量が決まってるのかな。上級は効果が強いからこれくらいで十分回復できるよ！　みたいな。

〈もしくは、それ以上を一度に接種すると体を治すどころか異常をきたすから制限かけてる、だね〉

「ああー。なにごとも過ぎるのはよくないからねぇ」

その過ぎたるアイテムが、今私の手に収まってるわけですが。軽く揺らすと中身も揺れる。綺麗《きれい》ですなぁ。回復アイテムとは思えない！

～～っ！　やっぱり落ち着けない！　にやにやしちゃううー‼　ほっぺを押さえながらテクトを見たら、同じように押さえてた。やっぱりテクトもテンション上がってるんじゃん‼　笑ってるじゃん‼

「これを売れば、まどうぐコンロ買える……！」

〈余裕で買えるよね……！　それどころか毎日贅沢《ぜいたく》にアップルパイを食べても許されるレベルだ

よ‼〉

「ふおお！　幸せのアップルパイざんまい‼　やっと、やっと宝玉じごくの辛さから、解放されるんだ……‼」

〈そこだよね……‼　今ならまた数日間宝玉続いても許せる‼〉

「うん、ゆるせちゃう……‼」

上級ポーションを掲げる。ここダンジョンの中だけど、今、私の手の先にだけ光が当たってる気分‼　スポットライト浴びる感じ‼

ああ神様、私とテクトはやり遂げた！　ついに宝玉以外のアイテムが出たよ‼　嬉《うれ》しい‼

「ふふふ！　右の方の道、ちょっと複雑で疲れるけど、こんなにステキなアイテム拾っちゃったら、苦労もふっとぶねぇ」

〈そうだね。地図描くのも大変だった〉

「地図はほんと、ありがとう。自分がどっち向いてるのかも、わからなくなるんだもんなぁ」

数日前から悪臭地帯とは反対側の、いつも箱庭へ出入りする所から見て右側にある、未知の廊下を歩き進めてきた。

それがまあ複雑で！　左側はほぼ一本道だったのに、こっちはすぐ道が分かれる、また曲がる、目印になる小部屋も少ない、似たような道ばかり。迷うよね！　保護の宝玉のお陰で何度も最初からやり直せるので迷っても問題ないけど、疲労感は拭《ぬぐ》いきれなかった。

そんなわけで大活躍したのがテクト。ダンジョンの構造は1日リセットの影響を受けないから、不変だ。なので地図を描いてもらうことにした。良いですか皆さん、活躍したのはテクトであって、提案した私じゃないですからね。私はゲームのマップを見ながら迷う輩《やから》だから察してほしい。

〈やった事ないから期待しないでね〉と言いつつ、テクトは丁寧にやってくれた。毎日歩きながらノートにメモして、確認して、宝箱から宝玉出ては落ち込んで、帰ってから大きな紙に清書して……そして出来上がったのが、安全地帯からここ周辺の地図だ。

これがなかったら右側の探索は早々に諦《あきら》めてたよ。テクトのお陰で、近場なら現在地がどこかわかるようになったの、本当に助かる。

地図の余ってるスペースにはこっちの道に出てくるモンスターの名前を書いてる。何かと書きたがる癖がついてきたのか、テクトが清書してる横でメモってしまった。

出てくるのは野良オーク、サイクロプス、ギガントポリールバグ、キマイラ、カメレオンフィッシャー。他はまだ見てない。オーク地帯方面より、多少弱そうって感じかな。ジェネラルいないし、凶悪ミノタウロスも他で見た事ないし。

そうそう。モンスターで解《げ》せないのは、カメレオンフィッシャー。あの宝箱部屋で擬態して待つヒラメみたいな奴の事なんだけど。フィッシャーって釣り人って意味だよね。あれか、宝箱が餌で冒険者が魚か。見た目が魚が魚釣りとか笑えませんねぇ名付け親誰だ！　悪意あるよね！

「今日はもう帰ろうか。上級ポーション売って、何買うか話そう」

〈そうだね。アップルパイは絶対買う〉

「それはもちろん！　違う店で食べ比べとかしよーよ‼」

〈何その涎《よだれ》出てくる最高な提案……！〉

テクトがごくりと唾《つば》を飲み込んだ。想像するだけで涎止まりませんよね、仕方ない！　アップルパイだもの！

この数日でテクトは大分私に毒されたなー、って思う。食い意地的な意味で。栄養が足りないと悪いから、と思っておやつ食べ始めた時も大喜びしてたし。アップルパイはご褒美枠だから手を出さなかったけど、今日は解禁だ！　私もこの体に大分慣れてきたから、口がよく動くようになったんだよね。今なら2個食べても顎《あご》が疲れない気がする‼　お腹膨れるから夕飯は少な目になりそうだけど問題ないね‼

〈慣れてきたのは確かだよね。言葉が流暢《りゅうちょう》になってきたもの〉

「だよね！　この調子で、手先ももっと、器用になってほしい！」

日記の字はまだ汚いんだよね。はっきり言って悔しい！　簡単に慣れるとは思ってなかったけど、手芸は変わらず出来るだけにもどかしいな。

とりあえず、今日はご褒美アップルパイだ‼

「聖樹さんも、喜んでくれるといいなー」

〈ルイの笑顔を見れば喜ぶと思うけど、楽しみだね〉

「うん！」

ダンジョン生活は概ね充実していた。

テクトや聖樹さんのお陰で寂しくないし、安全だし、カタログブックがあれば不自由はしないし。ダンジョン内の探索だって宝箱の中身は思うようにいかないけど、最近楽しいと思えるようになってきた。

だから私は忘れていたんだ。

ここが、最上級に及ばないけど、一つで金貨10枚——1000万もする上級ポーションが出てくるような、危険な階層だって事を。


「駄目だ血が止まらねぇ‼　もっと布出せ‼」

「ポーションどこにもないの⁉」

「全員アイテム袋出せ！　漁るぞ‼」

「手拭《てぬぐ》いあった！　これ使って‼」

「シアニス！　喋《しゃべ》らなくていいから意識保ってくれ‼」

保護の宝玉で安全地帯に帰ってきたら、むわりと濃い鉄の臭いが真っ先に鼻を突き抜けた。続く騒がしい声が、耳から頭に刺さる。

え。何？　何があった？

安全地帯の一角でまとまってる男女が、慌てた様子で手荷物を漁ってる。質量保存の法則を無視してる感じ、あれ全部アイテム袋だ。

〈冒険者だね。初めて見る〉

「う、うん……」

私達の存在には気付いてない。ダンジョン自体や宝箱は魔法無効化だけど、ダンジョン専用アイテムは隠蔽魔法をかけたままでも使えるから、気配を悟られないのはわかるんだけど。たぶん、かかっててもかかってなくてもあの人達は私に気付かないと思う。

血の臭いが濃くなった。男女に囲まれてる人が、吐血したらしい。咳《せ》き込んだ声に続いて、喘鳴《ぜんめい》音が聞こえる。

男の一人が立ち上がった。身軽そうな装備の、ひょろりとした男性だ。ひどく青ざめてる。

「ポーションがない……！　お、俺やっぱりさっきの部屋に戻る‼」

「馬鹿言ってんじゃねぇよ‼　お前一人行った所で死ぬのが落ちだ‼」

「でもあいつの背後に宝箱あったよ！　あそこにポーションが入ってるかもしれない‼　俺の足なら行けるよ‼」

「その怪我《けが》した足でか！　たとえ万全だとしても追いつかれて握りつぶされんのが関の山だっつってんのがわかんねぇのか‼」

「わ、わかってるけど……！　でも‼」

青ざめた男に、熊みたいに毛むくじゃらの男が怒鳴りつける。

彼の手も、足元も、真っ赤だ。血を吸いすぎて意味をなくした布を投げ捨てる。べちゃ、と音がして、どれだけの血が失われたかを察した。すぐそこに、青を通り越して白く冷めた女性が横たわっている。赤い血が、僅《わず》かに上下する胸が、彼女がまだかろうじて生きている事を示していた。

死の気配が、近づいてきてる。

ぶるりと全身が震えた。

「テクトごめん。使うよ」

〈いいよ。ルイの好きにしたらいい〉

「うん。ありがとう」

テクトが何も言わず、隠蔽魔法を解いた。同じ次元じゃないと、アイテムは使えない。そうだったね。隠れてる場合じゃないんだ。行こう！

「あの！　これ使ってください‼」

突然現れた私を訝《いぶか》しむ間は一瞬。私が持っている上級ポーションを見て、緑の髪の女性が目線を合わせてきた。

「いいのね？」

「いいの！」

「ありがとう！」

緑の髪の女性が、慎重な動作でポーションを受け取って蓋を取る。横たわる女性の傍《そば》にいた男性に頭を支えるように指示して、ゆっくりとポーションを口へ流し込んだ。

途端に淡い光が女性を取り囲んで、痛々しい傷に集まる。袈裟《けさ》懸けに切り裂かれたような、大きな傷だ。よく見たら骨とか内臓見えてる……？　ひえええ‼　こ、こんな怪我だったの⁉　大丈夫だよね、上級ポーションなら助かるよね⁉

私の腕に収まったテクトをぎゅうっと抱きしめた。

〈大丈夫。絶命してないから間に合うよ。上級ポーションだからね〉

うん……テクトは信じてる。大丈夫。ただ、私が怖がってるだけ。

光がどんどん強まって、消えた。目を開けると、横たわる女性の傷は、何もなかったかのように綺麗な肌に戻っていた。顔色はほんのり赤みを帯びていて、緩やかに呼吸している。意識は戻ってないけど、目に見えて助かった気配がする！　はあああよかったあああ‼

緑の髪の女性が毛布を掛けて、脈を取ってる。しばらくして、微笑《ほほえ》んだ。綺麗な笑顔だった。

「もう大丈夫よ。状態は安定したわ」

場の空気が緩んだ。皆笑顔っていうか、泣き笑いっていうか、安堵《あんど》の表情だ。うん、そうだよね。仲間が死ぬって絶対つらい。

「よ、よかっ……た……‼」

「本当かセラス‼」

「ええ。この子がくれたポーションのお陰ね」

「ありがとよ嬢ちゃん‼　お前はシアニスの命の恩人だ‼」

毛むくじゃらの男性に思いっきり頭をガシガシされた！　撫《な》でてるつもりかもしれないけど、めっちゃ痛い。首ごきごきいってる‼

さらにひょろりとした男性と、髪の長い男性に迫られた。嬉しさを全身で表してくれてると思うんだけど、苦しい‼

「お嬢ちゃんありがとう‼」

「ほんっとーにありがとうな！」

「シアニスが助かった……よかった……！」

「ルウェンしっかり。あなたも重傷なんだから、シアニスが無事な今、きちんと応急処置を受けなさい。腕出して」

「ああ……！」

よくよく見たら、横たわる女性の傍にいた男性も血まみれっていうか、肩から血がどくどく流れてらっしゃる‼　ひええ‼　っていうかここにいる人全員何かしら怪我してるじゃん‼　この女性が特に危険だったってだけで皆ひどい‼　下級ポーションあるから使って‼　冒険者さんが遺《のこ》したポーション使うね‼

男性陣から慌てて逃れ、リュックから下級ポーションを人数分取り出して押し付ける。キョトンとしてないで早く！　飲んで飲んで‼

下級ポーションを受け取ってもらえて、ほっとする。これで多少の傷は治るでしょ。ルウェンって人はもう一本必要かもしれないけど。

「ああー、生き返る。助かったー」

「嬢ちゃん、さっきのありゃ何だ？　見たとこポーションみてぇだが」

毛むくじゃらの男性が下級ポーションを呷《あお》りながら私を見下ろすので、胸を張って見上げた。テクトも同じように胸を張る。可愛《かわい》いなあ！

「上級ポーション！」

一拍後、雄叫びの如《ごと》き悲鳴が安全地帯に響き渡った。

私としては、頑張って手に入れた上級ポーションですよ！　というほんの少しの自慢のつもりで胸を張ったんだけれども。

冒険者の方々からしたら、それどころの話ではなかったらしい。

「マジかそれ⁉　いやあの効果を見りゃ納得だが……！」

「上級ポーションって言えば、今や製造技術が途絶えてダンジョンでしか手に入らない希少な薬だよ⁉　そんな薬をぽんっと渡してくれるって、すごく助かったけど豪気だね⁉」

「てかどこで拾った嬢ちゃん！　この階か⁉　それともさらに下か⁉」

「やべーちゃんと見とけばよかった……いや入れ物だけでも十分珍しいんだが……マジかー」

ひょろりと毛もじゃと長い髪の人が迫ってきたけど、さりげなく下がっとく。男三人に寄られたら圧迫感がさすがにやばい。一人妙にでかいし。縦にも横にも。

「止《や》めなさいよあなた達。寄ってたかって可愛らしい女の子に、大の大人が恥ずかしいわよ」

そんな私を庇《かば》うように、緑の髪の女性が声をかけてくれた。横たわる女性の傍を離れない男性の肩に、包帯を回している片手間だったけど。治りが悪いなら、下級ポーション追加します？　在庫あるよ？

「その落ち着き様、知ってたなセラス！　あのポーションの事！」

「昔、見た事あったからね。シアニスを助ける唯一の方法だって、持つ手が震えたわ」

「ああ、そうだ。お礼を言わないとな」

包帯を巻き終わった男性が、思い立ったように私に向き直る。何？

男性は座ったまま、私ときっちり目を合わせて迷いなく頭を下げた。うええい⁉　何突然‼

「俺の仲間を助けてくれて、ありがとう。君が上級ポーションを持っていた事、この広いダンジョンの中出会えた事、希少なポーションを出してくれた優しさ、すべてが重なった奇跡にいくら感謝してもし足りない。本当に、ありがとう」

「あ、頭上げてください！　困ってる人がいたら、助けるの当たり前じゃないですか！」

死にそうな人がいて、自分が助けられる手段を持ってるなら使うでしょ⁉　使わないの⁉　あ、今大規模な戦争してたね、だからかな⁉　戦争中って人に優しくなれないって言うもんね‼　世間的に優しい人が少なくなってたのかな⁉

えっと、だから、そんな風に改めてお礼言われると、どんな反応したら良いかわからなくなるんですが‼

「くっ、こんな良い子がいるなんて、世の中捨てたもんじゃねぇな！」

「ディノ、暑苦しいからそっち向いて泣いてくれる？」

「セラス容赦ねーな！　否定はしねーけど！」

「エイベルも十分ひどいよ」

「で、セラス。俺達はいくら払ったら彼女に相応の対価を返せる？」

頭を上げた男性が放った一言で、男三人衆の空気が凍った。おおう。一瞬にしてこの場は冷凍庫に変わったんだろうか。え？　そんな空気にさせるようなポーションだったっけ？　私には縁がないと思って、正確な値段は覚えてないんだよね。でもそっか。希少だって言ってたし高いのか。

緑の髪の女性が、何事もないように続けた。

「私の覚えが正しければ、上級ポーションの最低価格は１０００万。ダンジョン内で希少ながら確実に取れるようになったからこの価格に落ち着いたと聞いたわ。他にも下級ポーションが五つ。ナヘルザークでの販売金額は一つ２万ダルだから、ダンジョン内で貰った事を含め少なく見積もっても１１００万ダルね。命が助かったんだから、安い買い物よ」

「……は」

いっせ、は……はあああ⁉

え、待って⁉　上級ポーションってそんな高かったの⁉　ポーション一つでイッセンマン⁉　重体をほぼ一瞬で治しちゃったからおかしくない値段かな⁉　下級ポーション1万じゃないの何で2万なの運送代人件費⁉　私そんな高いもの押し付けちゃったの⁉　突然増えた90万はどこから来たの何かいきなり桁外《けたはず》れな話になって私パニックなんですが‼

皆さんの怪我が痛そうだったし人助けのためだったけど‼　でもなんか、善良な人を騙《だま》した気分になってきた‼

ははは―……と乾いた笑いを漏らしてた毛もじゃが、ひょろりと長髪の背中をバンッと叩《たた》いた。

「お前ら今すぐ手持ち出せ！　かき集めるぞ‼」

「「おおー‼」」

雄叫び上げられたって困るんだよ！　展開についていけない幼女の気持ちにもなって⁉

確かにお金は欲しいよ！　上級ポーションもカタログブックで売るつもりだった‼　でもこんな規格外な金額を人から搾取したかったわけじゃないの、冒険者とは宝玉を取引したかったの‼　正直、死にそうだから渡さなきゃっていう気持ちばかりが逸《はや》って深く考えてなかった‼

「いいいらない‼　そんな高いお金いらない‼」

「あ、飯の方がいいか？　ダンジョンの中じゃ良い飯食えねぇもんな」

「そうじゃなくてぇー！」

何でそんな生き生きとトンデモ金額返そうとしてんのこの人達⁉　普通1000万以上の借金を突然負ったら落ち込むし、何とかして返す期限延ばそうとするでしょ⁉　どうするのそのボロボロの装備で、これから防具一新してアイテム補充してダンジョンにまた入るんでしょ職業柄⁉　どれだけ時間とお金が必要かわからないけど、絶対とんでもない金額になるだろうに！　そんな人達から1100万なんて貰《もら》えない‼

考えてみたら、あの宝箱で上級ポーションが見つかってよかったんだよ！　そうじゃなかったら、あのタイミングで早めに切り上げて帰ろうなんて思わなかったし、いつも通りの1時間探索してたら、シアニスさんって人の回復は間に合わず死んでしまったかもしれない。この人達に渡すために、あそこにポーションがあったとしか思えない！

この縁を大事にしたい。ロマンチックに言うならば、運命を感じたってやつだよ。記念すべき初めて会った冒険者だし！　これからもこのダンジョンに何度も潜ってもらって、私と交流してもらいたいんだ！

だから、即日現金よりも、友好的な関係が欲しい‼　それが伝わってないのが悔しくてふんぬー‼　語彙《ごい》力なくなる‼

「ちがうー‼　仲良くなりたいのー‼」

「だが、このまま何も返さないのは俺達も困る」

「いーらーなーいー！」

「まあまあ、あなた達落ち着きなさい」

これ延々と終わらないやつー！　と思ってたら、緑の髪の女性が間に入ってくれた。お、おうぅ。

そ、そうだねちょっとパニック幼女だった。

〈僕の声もまともに聞こえないほど興奮してたよね〉

テクトにぺちぺち頬を叩かれる。え。マジか。今うっかり声に出そうだったけど、慌てて呑《の》み込む。落ち着けー。すー……ふー……。

〈この人達の心をある程度読んでみたけど、感謝と困惑と、冒険者の誇りが大部分を占めてたね。まあ、良い人達なんじゃない？　仲良くなりたいルイの気持ちに、僕が反対する要素はないよ〉

「ほ、」

本当⁉　って叫びそうになった、セーフ！　テクトは私の気持ちを察して、この人達を読心してくれたんだね。さすが私の保護者だ、ありがとう！　テクトの後押しがあるなら、全力で仲良くしにいこう！

私が口を押さえてテクトと見合ってたら、緑の髪の女性にふんわり優しい笑顔を向けられた。毛もじゃに厳しい事を言ってた時とは違う、柔らかい笑顔だ。私に喋《しゃべ》らせてちょうだいね、ってことかな？　はい黙ります。

「冒険者として代価を渡したい私達の気持ちも、あなたの気持ちも大事だけど、どちらも意見をぶつけるだけじゃ話は終わらないわ。ゆっくりする時間はできたんだし、後で話し合うことにしましょう。それにまず、自己紹介するのが先でしょ？」

「しかしよぉ……」

「じこしょーかい……」

確かに、興奮したままじゃちゃんと話し合えないもんね。名前がわからないままも困る。仲良くなりたいし。緑の髪の女性に賛成だ！

よーし！　ここはちゃんと、幼女らしく手を上げて話そう！　そしてできるなら上級ポーション

の件は後日にしていただきたい‼

「はい！　私はルイ、です！　こっちはテクト！」

私に合わせてテクトも手を上げる。ぐーって全身で伸びて上げてて可愛い‼　お陰様で、一瞬にしてほんわかした雰囲気になった。さすが幼女と聖獣のコンボだなぁ。そのうち幼女は自分（中身二十歳《はたち》）だってことは、深く考えないでおこう。

「恩人に名乗らないのは失礼だったな。俺はルウェン。冒険者だ」

「ルウェンさん」

「ああ」

こくり、と頷《うなず》いたのは頭を下げてきた人。真面目《まじめ》な感じ。パッと見、短髪で溌剌《はつらつ》とした顔だから奔放そうな印象なのに、口調が砕けてないからそんな風に感じたのかな。誠実なのはすごく伝わる！　腰にある剣はロングソード？　左腕にごつい籠手《こて》着けてるから、防ぎつつ攻撃するタイプ？

私の視線を受けてか、ルウェンさんが剣を軽く持ち上げて、「俺の武器は片手剣だ」と補足してくれた。私の想像で合ってるっぽいね。

「俺はディノーグス。盾役だ。斧《おの》でなぎ倒したりするぞ」

「でー、でぃー……」

「言いづらいなら好きに呼びな」

「俺達は長いからディノって呼んでるよ」

「デノさん？」

「おうよ！」

ルウェンさんはまだ呼べたのに。私の舌はまだまだ動きが悪いらしい。小さいィも言えないなんて、悔しい！　ディノさんが懐深い人でよかったよ！　ついでに気になる事も聞いちゃえ！

「毛むくじゃらなのは、なんで？」

「はっはっはっ！　確かに俺ぁ毛深いがな！　これは種族特有のもんなんだよ。獣人族の熊人《ウルス》は、熊の分厚い毛皮を常にまとってんのさ」

確かに言われてみると、大柄な男性が熊の毛皮を頭から被ってるみたいな風貌《ふうぼう》だなぁ。パワータイプって言うのも納得の筋肉もりもり感。すごいワイルド！　あ、ぼさぼさな髪の毛の隙間から、ぴょこっと熊の耳が見える！　なるほど納得、獣人だぁ！

すごい！　ファンタジーのお約束、獣人に会えた‼

「これ、種族も言った方がいい流れか？　俺はエイベル。ルウェンと同じふっつーの人族の、槍使《やり》いだ。中距離からこつこつ削るのが俺の役目なんだぜ」

「エイベルさん」

「はいよー」

長い髪の毛を一括りにしているエイベルさん。ちょっと間延びした口調の人だ。床に落ちてる槍で戦うんだよね。さっき色々ぶちまけた時に持ってたのを放り投げてたから、そうなんだろう。

結構ガッチリした体つきだから、もっとごつくて長い槍振り回すと思った。柄は太いし頑丈そうだけど、案外質素な刃の部分と同じでそれほど長くない。何でなんだろ、後で聞いてみよ。

「俺はオリバー。斥候と遊撃担当の、獣人族の狐人《ルナール》だよ。武器は短剣」

「オリバーさん」

「うん」

オリバーさんは細目じゃなくて丸い目で愛嬌《あいきょう》がある感じ。口調も柔らかいし、可愛《かわい》らしい男の人だね。そして和装だ！　まさか初めて会う冒険者に和服の人がいるとは思わなかったなぁ！　そしてその服に映える狐耳と尻尾《しっぽ》よ。質量感のある髪の毛から、ぴょんっと狐耳が飛び出してる。毛先が黒い薄茶の尻尾がゆらゆら揺れて、とてもっ目がっ釘付《くぎづ》けです……もふりたいな。

ひょろりとしてる印象なのは、偵察に行く人だからかな？　気配が薄いって言うか、んー……ディノさんは存在感バーン‼　だけど、オリバーさんはひゅんって感じ。うん、自分で言ってて意味わかんないな。

「寝ている子はシアニス。人族で、回復と補助魔法を使うわ。彼女がいないと猪突猛進な男達が自滅の一途を辿《たど》るから、困ったものよね」

「おいセラス、聞き捨てならねぇなぁ！　お前だってキレれば手がつけられねぇだろうがよ！」

「うるさい上に暑苦しいわよ」

「シアニスさん」

軽口叩き合ってるセラスさんとディノさんは放っておいて。

シアニスさんは小柄で、可愛らしい人だ。血がこびりついたままだけど、その寝顔は幼い少女のようなあどけなさ。

光属性を持ってないと回復魔法が使えないからか、ゲームでよくある光属性っぽい白いローブを着てる、はず。ほぼ赤いから元の色が……毛布で隠れてるところは裂けてるんだよね、替えの服ある？　冒険者だから持ってるよね、なかったらあげます。ピンクの服（原形）残ってるし。

「私はセラス。弓と魔法を使う遠距離タイプね」

「セラスさん」

「ええ。私はエルフよ」

ファンタジーのお約束その2、エルフだー！　緑の髪って思ってたけどよくよく見たら、薄緑っぽい。松明《たいまつ》の火だと濃淡は見づらいねぇ。サラサラストレートの髪がキラキラしてるのはよくわかるけどね！　セラスさんが髪をかき上げると、尖《とが》った耳が見えた。おおー、エルフ耳！　そして何より美人だね、綺麗《きれい》系美人！

「エルフ知ってる！　よーせーだから、テクトと同じ！」

テクトの設定を思い出した私、ファインプレイだと思うの。妖精族《ようせい》の中の、動物的妖精さん。テクトの愛らしさならイケる誤魔化せる！　と思うけど。ど、どうだろう。

ディノさんがまじまじとテクトを見る。

「ほぉ。見た事ねぇ生き物だと思ったら、妖精だったか」

「妖精族は未だすべての種族が把握されていないからな。見た事がない妖精だが……ルイは、テクトがどういう妖精か知っているのか？」

「ずっと一緒にいるけど、わからないです！　でも、テクテク歩くから、テクトって呼んでる！」

「んー、そっかー!!　やっぱ妖精族は奥が深けーわ。ウサギなのかリスなのか、見ただけじゃわかんねーもんな」

「セラスは同族だよね、知らない？」

「ええ、初めて見る子だわ。世間的に呼ばれる妖精って、動植物が長い年月を経て魔力を高めた結果、知性を有した生命体だから。近年でも新しい種族が生まれたりするもの」

「妖精族何でもありかよ」

「失礼ね、可能性を多く秘めた種族と言ってちょうだい」

そうだね、神様がうっかり魂混ぜちゃって生まれたマウドッグも、不思議妖精族の仲間だもんね！　可能性は無限大だと思います‼

「さて、自己紹介が終わったわね。ルイ、色々話し合っていきたい所だけれど、その前に聞きたい事があるの」

「なぁに？」

「あなたみたいな子どもと妖精が、どうしてダンジョンの中にいるのか。あなたがわかる範囲で教えてくれる？」

「…………」

しまったぁあ‼　そこを説明する予定はなかったぁああ‼

ふぉっ、ど、どうする⁉　私の状況、どうやって説明する⁉　正直にダンジョンの中に転生しちゃったんですよー、なんて話すつもりはないけど、ダンジョン内にいておかしくないだけの理由が必要だよね‼　宝玉売りたい一心で、そっちまで気が回ってなかった‼

でもとりあえず大事な事を確認しよう！　テクトの声には心の中で答える、これね。オーク地帯を越える時と同じ、テクトへの返事は心でやるんだ。聖獣だってバレる要素はなるべく人に見せないようにしなきゃ。これが一番大事だからね！

ふー……お、落ち着けた？　私ちゃんと話せそう？　目線を合わせるように座ってこっちを見る五人を、チラッと盗み見する。それぞれ真剣そうな顔で、視線を逸らしてくれそうにない。じっくりゆっくり聞く態勢ですね、落ち着ける気がしない！

いやでもうっかりバレたら一大事なんだから！　深呼吸して私！

「一つ聞いておくが、嬢ちゃんは奴隷じゃねぇんだよな？」

「ちょっとディノ、直球過ぎじゃない？」

「ど、どれい？」

いやいや突然物騒なワード出てきたね⁉　突然すぎてオウムだよ！　奴隷ってあの、人なのに人権無視されて所有物扱いされるラノベにありがちなやつですか！

どくどく鳴る心臓を押さえて、首を振って否定する。生まれが特殊なのは否定しないけど、誰かの所有物になった覚えはないよ！

「ただの、人族です」

「じゃあ誰かに無理矢理連れてこられたわけじゃないんだね？」

「うん」

「え、人族なのか。幼い容姿の割に賢いから、エルフの血を引いてるのかと思った」

「ちょっとごめんね」

セラスさんに両腕を取られて、まじまじと見られる。うん？　私のぷにっと腕に何か変なのついてる？

てかここまで近いとセラスさんの綺麗なお顔が目の前に！　まつ毛ばっさばさなんですが！　あ、目は黄色だ。鼻ちっちゃい。唇ふっくらしてる。鉄臭さの中からふわりと花の甘い匂いがする。やばい、美人度がやばい。同性だけどドキドキしちゃう。あ、目が合った。怯《ひる》むほど美人！

少ししてセラスさんが手を離した。ついでに頭を撫《な》でられる。ふおっ、私に尻尾があったら全力で振り回したいくらい気持ちいい‼

「大丈夫よ、印《しるし》がないわ。知らないうちに奴隷にされているわけでもないみたい」

「しるし？」

「……ルイは知らなくていいのよ」

〈奴隷になると、制約の印を腕か首につけられるみたいだね。所有者に逆らおうとすると苦痛をもたらすっていう。魔力で刻まれるから、奴隷という立場から解放されない限り洗っても削いでも落ちないんだって。彼女は腕から特異な魔力を感じないか調べてたんだよ〉

セラスさんが子どもに聞かせるものじゃないって黙ってても、テクトがナイスアシストで教えてくれる。物騒な知識が増えたね！　どう足掻《あが》いても奴隷生活から逃げられない感が怖いよ制約の印！　苦痛与える系は止《や》めませんかねぇ……！

っていうか何で奴隷の話になったの？　突然だったよね？

〈……ふむ。最近、ダンジョンの攻略のために、奴隷を安い装備で大量投入するアホがいるって噂があったんだって。だからルイがそうじゃないかって思ったみたい。印がなかったから違うって判断できたけどね〉

うぉおい何それ怖いね⁉　人権ないから危険なダンジョンに放り込んで大丈夫とか思ってんのかなその危ない人《アホ》⁉　こっわ！　考え方がもう怖いよ、そんな奴本当にいるの⁉　いないよね⁉　いない事を願おう！

ナヘルザーク自体は平和な国だけど、そこに住んでる人が皆いい人とは限らないんだよね、わかる。日本も他国から平和って言われてるけど、殺人がないわけじゃなかった。どんなに治安がいい土地でも、人は理不尽な理由で殺されてしまう。ナヘルザークが日本と同じくらいの治安だと考えても、そういう怖い奴が世間に紛れ込んでてもおかしくないよね。

めっちゃ震えるし怖いけど！

〈まあ、そんな思考の奴が本当にいるとして、僕が見つけるからルイが関わる事はないよ〉

そうだねありがとうテクト！　出会わないのが一番だよね！

「大人はいないのだろうか」

「二人だけってわけじゃないよね？　ここに迷い込むはずないし」

「出入り口の受付に引っ掛かるよな。見張りは常時いるし、ダンジョンに入った人数は基本把握するもんじゃん」

「つか、年端もいかねぇ子ども連れて入るような馬鹿は受付で止められるだろうよ」

「しっ！　私達が話してたらルイが喋《しゃべ》れないわ。待ちましょう」

私が黙っていたら、ルウェンさんを皮切りに男性陣が話しだし、セラスさんに制されてた。うん、ごめんなさい話すのが遅くて。色々考えて整理整頓《せいとん》してるから、ほんともうちょっと待って。気にしないで、あなたのペースでいいのよって感じで微笑《ほほえ》んでくれて、肩から力が抜けてくけど。

この人達は、私がどこぞの大人の陰謀でダンジョンにいるんじゃないかって考えてるんだね。すみません。その考え、見当違いなんだよ……んむむどう説明するかなぁ。今皆さんは私達の事をどう思ってるの？　テクト教えてくれる？

〈いいよ……そうだねぇ。妙に賢いけど、親が手を引く年頃の子どもが何でダンジョンにいるのか。小さい妖精と二人だけでは危ないいんじゃないか。連れ込まれたわけじゃないないなら他に何の理由があるのか。断片でもいいから知りたい、って感じだよ。心配、あるいはルイの近親者に対する怒り、少しの警戒、保護したい気持ち、かな。皆そんな感じだね〉

あー……心配されてるのかぁ。まあそうだよね。5歳児は普通、ダンジョンにいるわけないもんね。ダンジョンに生まれてすみません。いない人に怒られてもどうしようもないですすみません。警戒って何に？　私は幼女だし、テクトだって無害な聖獣だし……あ、この場にいない大人？　大人が突然現れてさっきの値段の倍を要求してくるかも、とか？　それ何て詐欺？　怖すぎる。それから保護者はテクトで間に合ってます。って思った瞬間に、テクトが照れたように咳払《せきばら》いした。可愛いな、でも愛でてる時間がない……！

しかし皆さん、心配してくれてるのかぁ。私、突然現れて怪しかっただろうに。こんなダンジョンの深い層で平然としてて、ごく普通の一般人には見えないだろうになあ……怪しい奴！　ていっ！　って切り捨てられなくてよかったよね。

よし。うん、あれだ。迂闊《うかつ》だったけどここまでの会話で、私が大人の難しい会話を理解できるってバレてるんだから、変に取り繕うのは止めよう。私らしく、舌足らずなまま、きちんと話をしよう。隠さなきゃいけないとこだけ隠して話そう、今日までの事。それがこんな怪しい私にも真摯《しんし》に話し掛けてくれる人達への礼儀だよね……都合が悪い質問されたら全力で媚《こ》びた幼女パワー使って誤魔化そ。

「えっと、起きたら、ここにテクトといて」

「あぁん？」

「ひぇっ」

「ディノ抑えろー」

一瞬にして怖い顔になったディノさんがやばい。マジで怖い。待って。ちょっと包み隠しつつ私の事話そうとして、まだ一歩目なんだけど。

エイベルさんがぐいーっとディノさんの頬を引っ張ったけど、まだ怖い顔だぁ！　熊が混ざってるからディノさん自身の目つき悪いの⁉

「ルイに怒っているわけじゃないから、気にしなくていい。あいつは見た目の割に子ども好きだから、君が不当な目に遭ってると思って不機嫌になっただけだ。続けてくれ。ルイはテクトと二人だけだったのか？　大人はいなかったのか？」

ルウェンさんが視線を真っ直ぐ逸らさず向けてきて、続きを促してきた。え、いいの？　あの怖い顔放置していいの？　てか子ども好きだったの？　だったらもっと優しく撫でた方がいいよセラスさんみたいに。じゃないと首が捻挫《ねんざ》する。

「ずっと一緒にいるの、テクトだけ。どうやって来たかはわからない、です。外は危ないって教えてもらったから、ここに住んでるの」

「住んでるって……この安全地帯で寝て過ごしているって事？」

「うん」

本当は箱庭で暮らしてるんだけど、そこは神様が関わってくるから黙っておこう。

「外は危ないって、何のことを言ってるの？」

「せんそー、してるって」

「ああー……まあ確かに、してるな。大規模に」

「誰に、外で戦争してるって教えてもらったんだ？」

「テクトが教えてくれたの」

「テクトが？　意思疎通ができるの？」

〈ルイ、それだとテレパス以外の理由が必要だよ〉

ふっふーん、お任せあれ！　いい証拠があるのを思い出したんだよ‼

「ずっと喋らないから、言葉を話せないタイプの妖精だと思ってた」ってオリバーさんに言われて、リュックからざらざら紙を取り出した。

前に、あまりにも字が上手《うま》く書けなくて、「この紙でも絵を描いてみてよー‼」って自棄《やけ》気味にテクトに押し付けた事があるんだよね。結果、一晩で見事な人参の模写が返ってきた。癖のある紙にも負けない画力すごすぎない？　私のぐゃぐにゃ文字がさらに情けなくなったよね。

「何を考えてるかは、なんとなく。しゃべれないけど、テクトは絵が上手なんです。絵で、危ないって教えてもらったの。その紙は失くしちゃったけど、これ代わりです」

「あら。これテクトが描いたの？　とても上手だわ」

「人参の特徴をよくとらえてるね。黒だけでよく描かれてるよ」

「これだけうめぇなら納得だが……そのちっこい手で、随分と器用な事すんだな」

「テクト、すごいから！」

こればっかりは事実ですね！　胸張って自慢するよ！

〈まったく、ルイはこういう時だけ自信たっぷりになるんだから〉

と肩を落としてるけど、テクトさんや。尻尾《しっぽ》振り回してたらかっこつけてる意味ないよ。可愛《かわい》いだけだよ。

「テクトは一部の国が戦争中だって知ってんだなー」

〈まあ、聖獣だしねぇ〉

こくんと頷《うなず》いたテクト。照れが隠しきれてない所がまた可愛い。

リュックからついでに緑と白の宝玉を取り出して見せる。ここで流れるように探索方法の提示ですよ。

「おいおい、宝玉まで持ってんのか嬢ちゃん」

目を見開いて驚いてる皆さん。

え、そんな顔されるほど珍しいもの？　嫌になるくらい出てくるよ。

「これを使えば、モンスターに見つからないから。毎日、宝箱を見て回ってます」

「宝箱の中身を渡すと食料が貰《もら》えるとか？　だから集めてるのか」

「ここで会った人、皆さんが初めてです」

「……大人が、ルイの様子見に来たりとか……」

「え、ないです」

ダァヴ姉さんは時々様子見に来るって言ってたけど、聖獣だし。人は皆さんが初めてだもんなぁ。

「……時々、安全地帯の中に食べ物が置いてあったりとか」

「ないですね」

あれ？　何か、皆さんすごく顔色青くなってる？　何で？

「……ダンジョンの宝箱に食料は入ってないはずだけど。ルイ、あなたちゃんとご飯食べてるの？」

「……あ……」

し、しまったぁああ‼　ダンジョンに住んでるのは宝玉で誤魔化せるけど、じゃあ何でアイテムを集めてるんだって話じゃん‼　金目の物があっても外に出ないと食べていけないのが普通だよね‼　食べ物探してるとか言った方がよかったけど、宝箱に食べ物入ってないっていうのが常識っぽいしぃいいどうしよぉおおお‼

んんーー、よし‼　女は度胸、幼女は愛嬌《あいきょう》！　腹くくれ私‼

「あ、あのね、その！　な、内緒なの！」

「え？」

「テクトと一緒だと、内緒のお店出てきて！　美味《おい》しいものが、いっぱい買えるの！　ダンジョンのアイテムと、交換できるの！　でも、お店の人から、他の人にはヒミツだって‼　だから、あの、内緒にして‼」

カタログブックの事ですけどね！　羞恥《しゅうち》で爆発しそう‼

「内緒なのか？」

「ぜったい！」

「そう。じゃあ、ルイはそのお店のお陰で、毎日ご飯食べて、しっかり寝てるのね？」

「うん！　テントと寝ぶくろ、あるよ！」

「そのお店は私達冒険者には使えないの？」

「大人には、内緒のお店だから！　しーって言われたの！」

「なるほどねぇ。遭遇した事がねぇ店の事言われてどういうこったと思ったが、売買対象限定の店か。そらこんな小さいのが二人もダンジョンに入るわけねぇから、誰の情報にも出ねぇわな」

「そんな店、ふつーあるか？」

「でもどこだったか、ダンジョンの中で妖精《ようせい》が出張雑貨店を営んでるって聞いた事あるよ」

「けどよ、小さい奴限定って……どこに需要があるんだよ。儲《もう》からねー事をわざわざする商人っているか？」

「ルイとテクトにはあるでしょ、今。っていうか店主の事情なんて知らないわよ」

「あの、あの、他の人には内緒に、してくれ……ます？」

こわごわ窺《うかが》うと、それぞれ視線を合わせて頷いてくれた。よし！　全力幼女パワーが押し通ったみたい‼

〈……ルイと僕の前でしか出てこないなら、他の冒険者に話しても意味ないし。むしろ話が広まる事で恩人の大事な生命線が途絶えたら大変だ。誰にも言うつもりはないけど会ってはみたい。って感じだね。この人達なら秘密を守るでしょ〉

テクトの安心テレパス結果も知れたし、オッケーだね！　カタログブックは確かに私にしか使えないから、嘘をついてる訳じゃないんだよ。うん、誤魔化してるわけだからちょっと心苦しいけど！

そこで、何事かを考えていたようなルウェンさんが顔を上げた。薄《うっす》ら微笑みさえ浮かべて。

「そうか。じゃあ金や金品でポーションの代価を渡しても、二人にとって意味の無い事ではないいんだな。その金でむしろ生活が助かるなら、俺達にとっては都合がいい」

上級ポーションの事流されてくれなかったぁあああ‼　私の話でお流れにはならないのね、ルウエンさんってすごい頑固‼

ま、負けないぞ！　むっとした顔を見せるよ！

「ポーションのお金は、いいの！　拾ったもの、あげただけだもん！」

「嬢ちゃんの気持ちはありがてぇんだ。だがなぁ、それで困るのは俺達なんだよ」

「え？」

んん？　大金が消えるより、渡さない方が困るって、どゆこと？

ディノさんが一つ、指を立てた。

「いいか嬢ちゃん。冒険者ってのはな、自己責任の下で自由と冒険を楽しむ職なんだ。ギルドから出される任務を選ぶもよし、ダンジョンに潜ってアイテムや素材を集めるもよし、好きな時に休むもよし。わかるか？」

言いながら指が三本になってる。説明のための指か、納得。

「どんな仕事をしても、成功しても、失敗しても、お休みしすぎてお金が少なくなるのも、自分が背負うって事ですか？」

「ああ、そうだ。偉いな嬢ちゃん」

「えへへー……」

じゃない！　褒められてほだされてるよ私！　自己責任なら尚更お金大事じゃん、全部自分で揃えなきゃなんでしょ？

「皆さんにも生活があるんだから、そんな大金渡されても困る私の気持ち、わかってほしいです」

「うーん。勿論《もちろん》、生きていくために危険な仕事をしてるわけだから、金がないとやっていけないよ。信頼のできる装備とアイテムを揃えなきゃいけないからね。でもね、冒険者っていうのは自分の命に強い責任を持ってるんだよ」

「こうやって気の合うモンが集まって仲間してるがな、基本は自己責任で変わらねぇんだよ」

モンスターや盗賊相手に負けて死ぬのも自分の責任。相手が強く、自分が弱かった。だから負けたし、死んだ。他者に責任を押し付ける事は、特に長く冒険者を続けてる人にとって恥でしかないそうだ。日々研さんして自分の実力をしっかり理解しているからこそ、危険な事に挑戦しているからこそ、負けた時は仕方ないと思うんだって。ちょっと潔すぎない？

「今回俺達は、自分達の判断ミスで仲間を危険な目に遭わせてしまった。それをたまたま居合わせた君に救われたんだ。俺達は仲間の命の責任を正しく取るために、君に代価を払わなければならない。これは冒険者にとって誇りの話になる」

「仲間の命の代価を払えねぇクズだと他人に思われるのはとんでもねぇ屈辱なんだよ。他人に馬鹿にされるからじゃねぇ。その状況を受け入れなきゃいけねぇ自分自身が許せねぇんだ。それでも平気だって顔してる奴ぁ、いずれ誰にも信用されねぇようになる」

「冒険者にとっては信用も大事なんだよ。重要な任務を任せるに値する人物かどうか、判断材料になるからね」

「ま、ようは借りを作りたくねーって事さ。なんせ、一ヵ所に定住しねー根無草な上、いつ死ぬかわからねー職だからさ。恩の借りっぱなしは性に合わねーんだ」

「私達の事を気にしてくれているのね。そう深く考えずに、ポーションの代価を受け取ってほしいの。二人のためになるなら尚更」

〈……彼らは真っ当な冒険者のようだね。恩を受けても仇《あだ》で返す人だっているだろうに〉

うん、潔すぎてかっこいいくらい、誇り高い冒険者なんだ。

でもそんな人達なら、危ないと思った時点ですぐ戦場から引くよね？　死んだらしょうがない自己責任、なんて言ってるけど。仲間があんな姿になる前に、戦場から逃げてもおかしくないと思う。あんなに必死になって助けようとしてたんだもん。無謀な事に挑戦する人達じゃないはず。

この人達の事情も、ちょっと知りたいと思ってきた。

「ちょっと聞きたいんですけど、なんで皆さん、傷だらけなの？　どのモンスターと、たたかったんですか？」

この階層で危険な奴って言ったら……まあたぶん、あの牛だと思うんだけど。オーク集団に襲われた可能性もあるし。

「どのって……」

「……まあ、」

「……あれだな」

言《い》い淀《よど》んでる彼らに向かって試しに、「もー」って牛っぽく鳴いたら一斉に青ざめてしまった。

あ、うん、やっぱり牛ですよね。あいつ反則的だよね。ダンジョンの床さえ抉《えぐ》る怪力だからね。

あ、思い出したらぞわっとした。やっぱ無理。

「ルイあなた、グランミノタウロスを見た事あるの？　危ないわよ」

「いんとんの宝玉使って、ちょっと見ただけです。その日からあの部屋には近づいてないですよ」

本当はテクトの結界に助けられたんだけど。それを言うわけにはいかないからね。後近づいてないのは事実です！　トラウマ‼

「俺達、この階層は初めてだったんだけどよ。オークジェネラルが1匹でいた時点で、怪しめば良かったんだよな。部下のオークどもを蹴散《けち》らす存在がいるんじゃねぇかってよ」

「そうすりゃ迂闊《うかつ》に行かなかったよなー……今更言うんじゃ言い訳にしかならねーけどさ」

「え。あのえらそうなオークが、1匹でいたんですか？」

そういえばいつだったか。オークジェネラルだけがぽつんと立ってた時があったなぁ。グランミノタウロスに追われた次の日だったかな。初めて宝箱を開けた日だ。懐かしい気分になる。

「オークジェネラルとオーク部隊も、合わせればかなり強い部類だけど。グランミノタウロスにとってはただの餌みたいだよね……部屋の奥に豚の骨があったし」

「入った後に気付いたよな。あれがただのミノタウロスじゃなくて、グランミノタウロスだって。そん時には目の前にいたから、戦闘態勢取るしかなかったんだがなー。つか偵察に引っかからない気配遮断とか、デカブツの癖して器用すぎだろ……」

「あの牛は別格だ。狙われりゃ、逃げる事もままならねぇ。恐らく腹を空かしたグランミノタウロスがオークどもを食ったんだろう」

「部屋に入る前から床が抉れていたから、轟音《ごうおん》で呼び寄せたのかもしれないわね。戦闘音がすれば冒険者がいると思わせる事ができるから、食欲旺盛《おうせい》なオークは簡単におびき寄せられるでしょ」

ああー！　それ初日の私だ‼　私が襲われてる音に反応して、他のモンスターがわらわら近寄ってきて、背後から想像したくない音が……そういえばピンクの影もあった気がする。あれがオークだったのか！　犠牲になってくれたのはオークだった……？

あ、もしかしてあの時の事があったから、また床抉ればモンスター《餌》が寄ってくるって学習しちゃったとか⁉　次の日もオーク集団がいなかったのは寄ってくるかどうかの確認で、私が探索してた数日はお腹いっぱいだったからやらなかったって事？　私の考えすぎ？

どちらにせよグランミノタウロスが半端なくやばい怪物だって事だよ！　逃げ切れてよかった‼

「あんなのが待ち受けてるんじゃ、なかなか下の階にゃあいけねーな。どう倒したらいいかもわかんねーし」

「初めて見たが、存外知恵が回るモンスターだったな。あの巨漢からは想像もつかない素早さもさる事ながら、後衛から狙おうと、俺達をやすやすと払い除《の》けるだけの力もあった……随分と厄介なモンスターだ」

「ディノでさえ、気軽に棚動かすくらいの動作で除けられたしね……」

「……けっ」

「ええー……」

ぱっと見て重量級のディノさんをそんな簡単に？　グランミノタウロス、怪力過ぎない？　ディノさんめっちゃ悔しそうにしてるね。

「それで、用意していたアイテムを使い切りそうになって撤退、逃げる事にしたのよ。でも、なかなか隙を見せてくれなくて、その間にポーションはなくなっちゃうし……部屋を出る前にシアニスは……」

目を伏せるセラスさん。

あ……そっか。シアニスさんは、グランミノタウロスの一撃を避けられなかったんだ。あの大きな傷、斧《おの》の痕だったんだね……うん、えぐかった。納得した。あまり思い出さないようにしよう。

「……俺が、間に合わなかったからだ」

「お前それ言ったらシアニスに引っ叩《ぱた》かれるぞ」

落ち込んだ様子のルウェンさんと、その肩を叩くエイベルさん。あ、そこまだ治ってない傷の所ですよ……。

案の定、ルウェンさんは痛みで顔を歪《ゆが》めた。肩を押さえて呻《うめ》いてる。ですよね、めっちゃ痛そうだもん。包帯からじんわり血が滲《にじ》んでるし。下級ポーション……いや追加は止《や》めよう後が怖い。

「ちょうど脱出の宝玉も切らしてて、ダンジョンから出る事もポーションを買う事も出来なかった……私達は、大切な仲間を失う所だったの。ルイ、優しいあなたがここにいてくれて、私達は本当に感謝してるのよ。こうやってゆっくり話せるのも、あなたが助けてくれたから。感謝の気持ちをお金か物で返さないと、冒険者は誠意を示せないの。突然の大金に気後れするのもわかるけど、是非受け取ってほしいわ」

そう締めくくったセラスさん。他の人達もうんうん頷《うなず》いてる。

そっか。大金だっていうから思わず拒否してしまったけど、この人達にとってはどんな金額だって返すのが当たり前の事なんだ。

っていうか、私が主張してる事がおかしいのか。上級ポーションが「拾ったものをあげただけ」なら、宝玉だってタダであげればいい。それなのに宝玉だけ金をとろうなんて、私は矛盾した事を考えてる。

そういう矛盾を他の人に指摘されないように、正しい価値を示すために、ポーションの代金はちゃんと受け取らなきゃいけないんだね。でも、１１００万なんて大金、やっぱり貰《もら》えないよ……皆生活があるのに。

どうしたら円満解決するんだろう。


さてどうしよう、と再び頭を捻《ひね》ってた所で、奥で寝ていたシアニスさんが目を覚ました。

頭を押さえて起き上がった所を、真っ先に駆け寄ったセラスさんが補助する。ついでに毛布を肩にかけ直してずり落ちないように結んでた。ファインプレイですセラスさん。

「……セラス。私、は……たすかった、のですか？」

「ええ。傷はすべて塞《ふさ》がったわ。でも失った血は戻らないから、無理に起き上がったら駄目よ」

「はい……」

上級ポーションは大怪我を瞬く間に治してくれたけど、貧血状態は治してくれない。体は元通りなのに出血多量で死ぬ、なんて事にならなくてよかった……今、皆さんが柔らかい顔でシアニスさんを見てて、私もほっとしながら思う。本当によかった！

ルウェンさんがシアニスさんの前に座った。

「シアニス、すまなかった。後衛を守るべき前衛《俺》が間に合わなかった」

あ。それさっきエイベルさんに肩叩《たた》かれてたやつ……

ルウェンさんは覚悟を決めたような、真っ直《す》ぐな視線でシアニスさんを見てる。わかってて言ってる、のかな？

〈みたいだね。真面目《まじめ》というか、実直っていうか……〉

裏表のない人なんだね。幼い私にも礼儀を尽くすあたり、ルウェンさんは真面目過ぎると思うの。

シアニスさんは気だるげな仕草でルウェンさんを手招きした。その手が届く距離に近づく彼に、彼女は腕を伸ばして。

ぺちっ。

ルウェンさんの頬を力なく叩いたっていうか、勢いよく触れた感じの、とても優しいビンタが出た。ふふ、とシアニスさんは笑ってる。

「……今はこれで、せいいっぱい。次は、平手打ちです……」

「ああ。きちんと受け入れる」

精一杯なのは事実だろうけど、シアニスさんは貧血の事を差し引いても優しそうな印象なので、たぶん本気で叩く気はないと思う。回復担当だからかな。圧倒的癒し系オーラが漂ってるよ。

〈聖樹と波長が合いそうな雰囲気？〉

そうそれ！　マイナスイオン出てる感じ！　いやー、さすが回復魔法の使い手だねぇ。

「……というか、あなたが庇《かば》ってくれなかったら、私真っ二つでした。あの瞬間に絶命してましたよ。十分間に合ってます。冒険者になった時から死は常に覚悟してますし、怪我《けが》をしたから恨み言を零《こぼ》すような私ではありませんよ。侮らないでくださいね」

「ひょうは《そうか》」

だんだん意識がはっきりしてきたのか、饒舌《じょうぜつ》になるシアニスさん。ついでに添えたままの手がルウェンさんの頬をつねってる。何これ可愛《かわい》いな。めっちゃほのぼのする。

っていうか守れてたじゃん。ちゃんと間に合ってるよ。部屋を出る直前にシアニスさんと一緒に受けた傷だから、ルウェンさんの怪我は他の人より酷かったんだ。

ディノさんの裾《すそ》を引いてしゃがんでもらう。大きな声では聞きづらいから、こそこそと。

「あの二人、仲良しさん？　恋人ですか？」

「なんだ嬢ちゃん。ずいぶんマセてんな……」

「だってルウェンさん、シアニスさんの傍《そば》を、はなれなかったし。気になります」

後から考えてみたらどっからどう見ても、病床の彼女に寄り添う彼氏の図、だったよね。私恋愛経験ないけど、それくらいわかるよ。

あー、と空返事のような声をあげるディノさんの奥から、ひょいっとエイベルさんが顔を覗《のぞ》かせてにこっと笑った。その後ろでオリバーさんが苦笑してる。

「恋に興味あるのか、ルイ。ならあの二人をよーく見ておけ。どろどろとは無縁の純粋さだからお子様にも安心だ。まだ付き合ってねーけど」

え！　あれで⁉　嘘でしょ⁉

「思い合ってはいるんだけどね……あの二人、恐ろしく鈍いんだよ。見てるこっちがこそばゆくなってくるレベルで」

「仲間内で恋、しててもいいの？」

そういうのが原因で別れるパーティあるんじゃない？　社内恋愛難しいって聞くし、仕事中気まずいのかな。同じようなものじゃないの？

「仕事中に持ち込まなけりゃ俺は文句ねぇよ。その点、あいつらは切り替えしっかりしてるしな」

「俺も同じくー」

「うんうん」

「ルウェンの馬鹿正直さを気に入って集まったようなもんだからな、俺ら。あいつが根本的に変わらねぇなら、問題ねぇのさ」

ふーん？　ルウェンさんを中心としたパーティなんだ……まあ、彼の一言で雰囲気ががらっと変わったから薄々そんな気はしてたけども。

一丁前に心配なんぞしなくていいんだぞー、とディノさんにぐいぐい頭を撫《な》でられる。だから、頭は、優しく撫でて‼　セラスさんから学んでよディノさん‼　子ども好きなら尚更‼

「ルイ、ちょっとこっちに来てくれる？」

セラスさんに呼ばれて駆け寄る。いやあ助かった。ディノさんの撫で撫で攻撃から逃げられたよ。

私が近づくと、シアニスさんが微笑《ほほえ》んだ。顔色随分良くなったけど、貧血だから血色はよくないね……平気そうな顔をしてるあたり、さすが冒険者って感じ。

「初めまして。私はシアニスです。私に上級ポーションを使ってくれて、ありがとうございました」

挨拶《あいさつ》だけで感じる上品オーラ！　幼女にも敬語って、丁寧な人だね。

「はじめまして、ルイです。こっちはテクト」

「ふふ、可愛らしい子ですね」

「そうです！　かわいいのに、すごいの！」

「ルイが自慢するのもわかりますよ……あなた方《がた》の事情は、セラスとルウェンから聞きました。大変でしたね」

「ううん。テクトがいたから平気です」

〈……僕、ルイにだけ可愛いって言うの許したんだけどなぁ〉

まあまあ。テクトの見た目が可愛いのは事実だから仕方ない。許してあげてちょうだいよ。

仕方ないという風に私の腕に顔を埋《うず》めたテクトの可愛さよ。はー癒し。

「それで代価の件ですが、私達はどうしても受け取ってもらいたいのです。どのような形なら貰ってくれますか？」

あなたもかシアニスさん……‼　幼女に大金渡す事態になってるのに淀《よど》みないっすね皆さん‼

いや、うん。受け取る気にはなってるんだよ。その方があなた達に失礼じゃないってわかったから。でもさ、家計のやりくりをしてる身からすると、どうしても皆さんの生活が気になってしまうんだよ。一気に受け取りたくないんです。

皆さんに見えるように指を一つ立てる。ディノさんの真似ですよ！

「お金とか物とか、ちゃんともらいます。でも、条件あります」

「条件？」

「一気に１１００万分出すんじゃなくて、半分とか、少しずつ返すとか、どうですか？」

こんな深いところまで来られる人達だし、こつこつ積んでけば１１００万も何とかなるでしょう。

日本基準で考えて、彼らが高収入エリート集団だと思えば……うん、払えそう。めっちゃ余裕で払えそう。

「あーそれダメだわ」

って思ったらエイベルさんに却下された。何でー‼

「あのなぁルイ。いつ死ぬかわかんねー職だから、今返したいって俺達言ったんだぜ。受けとる気になってくれて助かるけど、そこんところよろしくな。おーいオリバー、良さげな装備あるか？」

「100階にあった無駄に金ぴかなのはどうだろ。すっごく重かったし、金の含有量高いんじゃないの？」

「金の装備じゃ売るしか使い道ねぇな。お貴族様じゃあるめぇし」

「貴族なら尚更メッキだろ。見栄張りたいだけなくせして、あいつら体力ねーもん」

「直《じか》に装着するわきゃねぇだろ。屋敷に飾る趣味が悪そうなやつだよ」

「ああー……」

「なるほど」

二人とも納得したように頷いてる。いや、そうじゃなくて‼

ってか今気づいたけど、ディノさんオリバーさんエイベルさんが、いつの間にか荷物漁《あさ》ってる‼

これどう見ても今この場で私に1100万分の金品渡す気だ！　だって私がアイテム拾って生活してるの知っちゃったもんね！　あははは—……店《カタログブック》の事は話の展開的に仕方なかったと思うけど、話さなきゃよかったと後悔してきたぞー。

うーん、どうするかなぁ。こうして悩んでるうちに、選別作業が進んでいくぅ。慣れてるからか手際がいい！

頭を抱えて悩んでいると、セラスさんとシアニスさんがくすくすと笑った。ああんもう美人達め！　破壊力がやばい！

「私達の事は気にしないでいいのに。ルイは優しい子ね」

「本当に……」

うん、何度も諭してくれてたの、わかります。でもさ、私はまた皆さんと会いたいんだよ。借りを返してスッキリしたね、またいつか会おう、なんて長期的で不確定な方じゃなくて。明日会おうね、みたいな感じでまたここに来てほしいの。皆さんと話してて楽しかったもん。今度はのんびりとお茶でも飲みながら、お菓子摘んでお話したいんだよ。

だから皆さんが、１０８階にまたすぐ来られるようにして欲しいのが、私のわがままだ。そして私は幼女だから、わがままを押し通してもおかしくない！　そういう事だよ私、拗《す》ねちゃえ！

「お金とかそうびとか、たくさんなくなったら、セラスさん達、しばらくここに来れないですよね……？　私、皆さんにまた会いたいもん……」

「まあ……」

「久々にときめいたわ」

うん、全力で上目遣いしたからね！　幼女の上目遣い可愛いよね！　私は私自身だから萌《も》えないけど、胸に手を当ててにこやかに微笑む女性二人にはとても萌えた。はー、眼福。

って萌えてる場合じゃない‼　せめてポーション代だけ、１０１０万にしません？　90万あればしばらく生活できるよね⁉　何かもう桁《けた》が大きすぎて90万が安く感じるけど、これ金銭感覚マヒしてる⁉　でも実際これだけあったら１人15万だ問題なさそう‼　何としても謎の増加分削り取って

やるぅう‼

「じゃあ1010万！　ポーション代だけでいいです！」

「いいえルイ。ダンジョンで使ってもらったアイテムは、それだけで価値が上がるのですよ」

「街からダンジョンの中までアイテムを運んでもらった事になる。ダンジョン内の危険度を考えても、運送代は上乗せするルールなんだ。たとえこの階で拾ったものだとしても、その間危険に晒《さら》されていた君の労力に対するねぎらいがなければ意味がないだろう」

「冒険者のルールを押し付けて困るとは思うけど、駄目かしら？」

謎の増加は運送費でしたかー‼　いや、うん、確かに疲れたよ。幼女の体は動きづらくて大変だった。でもテクトのお陰で全然無事だったから、危険って認識は最近なくなっててね？　毎日の日課で2時間散歩してますってノリでやってたっていうか、宝玉が多すぎてそんな風に思ってないとつらかったたっていうか。むしろ宝玉無双が一番つらかったっていうか‼　人寂しかったのが堪《こた》えたというか‼

「でも私、いやです！　私が貰《もら》ったせいで、皆さんがもやしだけ生活とかしたら、すごく気にします‼」

「もやしだけ⁉」

「それは嫌だな……」

「私からしたら、皆さんがここに来てくれたんです！　無事で笑ってくれて、嬉《うれ》しかった！　あれ、笑顔をもらって幸せになったから、私が逆に運送代を返すべき？」

「ルイ落ち着いて。それはおかしいわ」

「……わかりました」

「シアニス？」

シアニスさんが私に腕を伸ばして、手を握る。柔らかくて、線の細い女性の手。でも手のひらにタコがあって、冒険者なんだなって思う。

何でだろう。シアニスさんが私の手を取ったら、興奮してた気持ちがすっと落ちた。もしかして聖樹さんの心を落ち着かせるスキルと同じの持ってたりする？

「あなたは私達との出会いを大切にしたいのですね。お金という繋《つな》がりではなく、他の繋がりが欲しいと」

「はい！」

「ですが私達は相応のものを返さねば気が済まない人種です。そこでどうでしょう、お金に代わるもの、情報や技術はいかがですか？　例えば魔法は、学校に行ったりギルドから講習を受けたりして基礎を学びます。ルイは外に出なくても、私達から魔法を学べますよ」

「まほう！」

魔法をタダで教えてもらえるの？　それはとても助かる！

見れば覚えるきっかけになるっていうのは聞いたけど、詳しい話は良識のある冒険者に聞きなさいって言われてたから。私が使える魔法って、洗浄魔法しかないんだよね。テクトの隠蔽《いんぺい》魔法を覚えられないかなって思って、注意深く見てても全然習得できなかった。戦いに関する事だからかな？　むしろ戦闘を回避するための魔法のはずなんだけどな？　それともチート仕様だからかな？

生活に利用できそうな魔法とか、覚えたいって思ってたんだ。

「私まほうの事、いっぱい聞きたいです！　でも、いいの？」

「ええ。何でもいいですよ。知っている事ならすべて教えます」

「本当？」

「きっと1日じゃ足りないでしょうから、何回もここに来ます。いっぱいお話もしましょう。お茶菓子を準備してもいいですね。それなら今、1010万ダルは受け取ってくれますか？」

「うん！」

ってていうか、これって、あれだよね。しばらくこの安全地帯に来てくれるって約束だよね？　そして私と交流してくれるって事だよね？　うへへ嬉しいなぁ。

私がにやにやしているので、皆さん気が抜けたような顔をしてる。

「シアニス、それじゃあさっき俺が言ったのをおもっくそ拒否ってるぜ。冒険者的にどーよ」

「しばらく危険な仕事を受けなければ問題ないでしょう。少し初心に返ってもいいと思います。私が言うのも何ですが、借金を返し切る前に死ぬなんて無様は晒《さら》したくないですね」

「うぐ」

「私達の意見とルイの意見を合わせた落としどころです。ポーション代は受け取ってもらえるようですし、足りない分は徐々に返していくんですから拗ねないでくださいね」

「まあ調子乗って未知の階まで来て、ぼろっくそに返り討ちにされたからなぁ。しばらく大人しくするのには賛成だ」

「最近忙しかったから、ゆっくりしたいわねー」

「確かに情報も買うものだ。そうか、こういう返し方もあるのか」

「ああ駄目だエイベル。ルウェン《最後の砦》が納得した……」

「くっそシアニス強い……！」

エイベルさんが悔しそうにしてる。え、実はシアニスさんが裏ボス的な役割なの？　セラスさんの方だと思ってた。

いつの間にか移動してた細い手が、私とテクトの頭を撫でる。見上げてみたら可愛い顔に優しく微笑まれて、胸がぽわぽわと暖かくなる。

あ、この人慈母だわ。母属性には逆らえませんね、わかります。


それからしばらくして、私の目の前に、めっちゃ重そうな鎧《よろい》とか豪華な剣とか銀貨や半金貨が山積みに連なった。安全地帯の一角を占領するほどの量だよ。よくこんなにたくさん集めたし、それを収めてたアイテム袋半端ないっす。アイテム袋って容量が多いほど高価じゃなかったっけ……それを一人1個ずつ持ってるとか、やっぱりすごいなこの人達。

聞けば100階から潜って集めたもの達なんだとか。それなのに宝玉が1個も無いってどういう事なの？　私達はあれだけ宝玉フィーバーだったのに、この歴然とした差よ‼　108階で拾ったっていう鎧もあったよ、どういう事なのダンジョンさん私にも普通のアイテムを恵んで‼

〈それに関しては本当にわけがわからないよね……何かにとり憑《つ》かれてるんじゃないかって神様に相談しに行きたいくらい〉

ああテクトがめっちゃ遠い目をしてなさる！　本当に何でだろうね！

「いい感じに高そうな装備を集めてみたが、考えたら俺ら、鑑定スキル持ってる奴いねぇんだよな。値段わっかんねぇわ」

「いつもギルドの鑑定士に任せてるからね……んー、普段なら、だいたいこれくらいで500万はいってると思うんだけど。そっちの見た事ない装備に関してはわからないよね」

５００万……１回ダンジョンに潜って宝箱漁《あさ》るだけで５００万……いっぱい稼ぐ人の年収だよねこれ。準備にもお金かかるけど、それだけのリターンがあるんだなぁダンジョン探索。危険もそれだけ多いけどね‼

オリバーさんが困った表情で大きな一山の隣、小さな山を見る。見た事ないものなら予測も出来ないよねぇ。

「金貨がもっとあればよかったのだけど、なかったから仕方ないわね」

「半金貨がたくさんあっただけでも十分ですよ」

「一度戻って鑑定してもらうべきだろうか」

「わからんでもいいんじゃねーの……足らねーより、超えたらそれで」

エイベルさんがぼそっと呟《つぶや》いてるけど、実はまだ１１００万諦《あきら》めてなかったんだね⁉　私はきっちりいただきますよ。１０１０万分をね‼

ふふ、私にはカタログブックがある！　バッグから分厚い本を取り出したら、皆さんに不思議そうな顔をされた。どうぞご覧下さいよ。

カタログブックが何故《なぜ》か自動翻訳の効果を受けないのはテクトが確認済み。そして日本語は私以外読めないのも、テクトが保証してくれた。理解できない文字が、鑑定専門魔導具って風味を出してくれてるはず！

「かんてーしてくれる本なら、持ってます」

「魔導具、なのよね？　表紙の文字は……読めないわ。シアニスは？」

「わかりません。しかし、魔力は感じますね。魔導具ですよ」

「これは古語か？……歴史学者ではないから詳しくは知らないが、一見古文書の部類に見えるな」

「でも、かんてーできますよ」

鑑定作業を見られても問題ないのは、すでに試したんだよねこれが。

本の上に浮かび上がる電子画面は、〝鑑定士モード〟だとこの世界の文字でアイテムの説明と金額を出してくれるんだよね。もちろんナビのアナウンスも一緒に流れるけど、これは所有者である私だけに話すからこっちも問題なし。

それにカタログブック自体に使用者制限がかかってるから、私以外にはもう反応しない。試しにテクトに本を開けてもらった事があったけど、うんともすんとも言わなかった。ただの真っ白い本だったよね。

だからカタログブックで鑑定する分には、見られても触られても全然平気なのである！　うっかり売るって言わなければ消えないから、事情を知らない人には使用者制限がかかった鑑定の魔導具に見えるんだよね。

毎度思うんだけど製作者さんはこうなる事を予見してた？　天才か？

「その魔導具は物の価値まで調べられるのか？」

「教えてくれます。かんてー、してみますね」

下級ポーションにしようか。アイテム袋からポーションを出して、開いたカタログブックに置く。

一瞬後、頭の中にナビの声が響いた。

——下級ポーション。即時効果のある回復薬。多少の怪我《けが》や体力の回復をする。品質良好。

ついでにぱっと出てきた画面に目を見張った皆さんだけど、現れた説明と数字にほう、と頷《うなず》いた。

「本から微妙に浮いてんな……チェッカーのと同じのか」

「さあ。魔導技師じゃねーからわっかんねーな」

「エイベルそれ悪い癖。ふうん、画面には触れるね」

「これは……品質までわかるのですね。一見してわからないものも分別できるなんて、素晴らしいです」

「1万ダル……下級ポーションの最低価格ね。便利な魔導具だわ」

「運送代はかけられてないな。アイテムの価値だけを示しているのか」

「うん。だから、セラスさんが2万って言った時、びっくりしました」

「ナヘルザークでは一律2万なのよ。国が管理しているからね。他の国ではもっと高かったりするわ」

ほえー。一律って事は、都会で買っても地方で買っても2万って事だよね？　地方の場合運送に人件費がかかると思うんだけど、この国って冒険者に太っ腹だなぁ。地方よりダンジョンの中の方が割高って、ダンジョンの方が危険だからって事？

っていうか他の国はもっと高いの？　どれだけぼったくるの下級ポーションで万超えてるんだよ。やばくない？　まあ飲んですぐ効果が出て傷が一瞬で消えるんだから、それだけ高いのも納得できるんだけど……ゲームだとお手頃価格だからなぁ。

この世界ではポーション自体、貴重な部類のアイテムなのかな。

「ポーションって、高いんですね」

「薬草や錠剤と比べて即時効果……すぐに回復するからね。ポーションって回復効果が高められた魔力が溶け込んでるんだけど、その魔力のこもった薬液を飲む事ですぐ体中に魔力が行き渡ってー……んー、わかる？」

「わかります」

つまり薬で言う、シロップって事だよね。シロップとか粉薬ってすぐ胃で溶けるから効果が出やすいって言うし。魔力が身近にあるこの世界だからこそ、ポーションで魔力を摂取して傷が一瞬で治ったりするんだなぁ。さすがファンタジー。

「でもポーションって、保存方法が厳しいのよ。ちょっとでも蓋《ふた》が緩んでると魔力が抜けて品質が落ちるの。中級ポーションの魔力が抜けて、下級に落ちてしまった事もあるのよ」

「ええー！」

「そのために特殊な入れ物がドワーフ達の手で作られたわけなんだなー。この上級ポーションの瓶と蓋、よーく見てみ？　加工しづらいガラスにさえ繊細な技巧を凝らすドワーフの匠の技が細部まで行き渡ってでな。ああー、下級で一人前、中級でベテラン、上級はもう神業《かみわざ》だ……」

「エイベルの悪癖はめんどくせぇから放っておけよ。とりあえず、ポーションの入れ物は全部密封できるようになってんだ」

「わかりました！」

エイベルさんはドワーフのファンなのかな？　陶酔した顔で空になった上級ポーションの瓶を見てるけど、うん、深く触れないようにしよう。

「入れ物もそうなんですが、ポーション自体作れる人は限られています。ナヘルザークは国でポーションを作るための機関を設立し、下級ポーションの量産に取り組んでまして、体制が整っているため2万で済んでいるんですよ」

「ほえー……中級は作らないんですか？」

「作れる奴がいないわけじゃないんだがなぁ。ま、そうそう出来ねぇ代物だ。だから50万以上に跳ね上がんだよな」

一気に高くなったね中級もやっぱい‼　でも下級より回復力は高いから、ベテランの人は必ず1個は持って行くんだってね。

つまり今回皆さんはそれを合計6個は消費しちゃったってわけなんですが……うわ、300万消えた。グランミノタウロス怖い。

「だが2万も、新人には懐が痛い。冒険者は下級ポーションを買えるようになって一人前と言うんだ。それまでは痛みを和らげ自然治癒の効果を上げる薬草を使う。薬草のままなら安いからな」

「ひえー……そっかぁ。ポーションが高い理由がわかりました」

「ルイが通ってる店はこの値段で取引してんのか？」

あ、そっか。普通だったらこの値段にダンジョンから持ってきたっていう諸費が加味されたりするのかな。ポーションの運送費みたいに。

でもまあ、うん。その誤差を考えるのもこんがらがりそうだし。そういう事にしよう。

「はい。買うのも、売るのも、このかんてーの本の通りに取引します。この本も、その人からもらって……私にしか使えないようになってるんです。あ、これも、そのぉ……」

「もちろん、内緒ですね」

「うん！」

「それ儲《もう》けてんの……？」

「ほんと小せぇもんに特化してんなそこの店……どうなってんだ」

「会った事ない人に対して言うのはよしましょう。どんな事情があるかなんて知らないんだから」

「まあな」

うん、実在しない店なんだけどね！　カタログブックのナビは私にも丁寧にしてくれるからある意味その通り‼

「鑑定できるなら問題ないな。これらの値段を調べてくれないか？」

「はい！　あ、でも本に載せないとわからないから……」

「もちろん手伝うわ。男どもがね」

「セラスてめーピンピンしてんだろうが手伝えや！」

「嫌よ」

ツンッと澄ました顔でそっぽを向くセラスさん。あらま、そんな表情も美人だわ……

結局、セラスさんはシアニスさんに水や薬を飲ませたり着替えさせたりして、ディノさん達を手伝う事はなかったのであった。彼女達の横で重量級が行ったり来たり。あ、ルウェンさん肩の傷治ってないんだから重い物はダメ‼　却下‼

「ではこれで、1010万ですね」

私達の目の前に再び築かれた山を見て、思わず「すご……」と呟いた。〈装備や硬貨で出来てるけど壮観だね〉とテクトが囁《ささや》く。まったくだ。

果たして、積まれた装備とお金で1010万は足りた。寧《むし》ろいくつか残ったくらいだよ。ダンジョンの100階って、本当はすごいんだなぁ……こんなお高いものが、たぁくさん、ふふふ……私達が探索した時は出なかったのになぁ。

ギルドに出せばもっと高く売れるはずだけど、皆さんカタログブックの鑑定に合わせてくれたなぁ。私が不安そうにしていると、「アイテム袋を持ってない新人冒険者を目当てに、高いアイテムを安値で引き取る奴もいるんだよ」「ダンジョン内では荷物を軽くするため、アイテムを捨てる事もあるからな。金になるなら、と仕方なく売る人は多い」「そいつらの商売に比べたら断然、良心的よ。ちゃんと目安があるんだから」「そもそも今返す事に拘《こだわ》ってるのは私達の方ですし」「お前が気にしてんのは俺らの手持ちだろ。これだけ余ってりゃあ十分な収穫だ」「だからまあ、気にすんな！」なんて励まされてしまった。顔に出てたのかな？　ごめんね。

皆さんに手伝ってもらってアイテム袋にすべて入れた後、ほっと一息ついた。これでポーションの話は終わりで良いよね？　もう今日はびた一文貰《もら》わないよ私！

「お茶が飲みたいわ。ちょっと休憩しましょう」

「じゃあ、洗浄しよう。さすがに鉄臭い所で一服できないよね」

「おうオリバー頑張れや」

「ファイトー」

「私の代わりに働いてくれるのね、ありがとうオリバー」

「すみません、私が万全であれば……」

「シアニスは休んでいろ。倒れたら命に係わる」

「本当、こういう時ばっかり息揃えて人任せにして‼　シアニスは休んでお願い‼」

ふむ？　洗浄魔法が使えるの、シアニスさんとオリバーさんだけって事？　外でお風呂《ふろ》に入れない冒険者には嬉《うれ》しい魔法だから、皆覚えてると思ったんだけどなぁ。

〈……いや、全員覚えてるよ。ただ突出して上手なのが二人なだけで、他は土埃《つちぼこり》や汚れを落とす程度しか扱えないみたい〉

なるほど。血までは洗浄できないレベルなんだね。

あれ、でも私、段階踏んで綺麗《きれい》に出来たけど……転生者だからかな？　想像力大事って言ってたもんね。そこらへんも聞ければいいなぁ。

とにもかくにも、オリバーさんだけにやらせるわけにはいかない！

「私！　私も洗浄まほう、できます‼」

やっと私自身が役立つ時が来ましたな、お任せくださいよ！　最近は赤黒い染みを消す作業に慣れて、はいはい酸素系酸素系って目を逸らさず洗浄できるようになったんだよ！　精神的に成長したと思うの！

オリバーさんが救いを見たとばかりに、ぱあっと表情を明るくした。やだ可愛《かわい》い。狐男子可愛い。

「すごいねルイ！　血も綺麗に出来るの？」

「はい！　お任せあれ、です！」

「助かるよ！　一応綺麗にはなるんだけど、あまり得意じゃなくて」

「あ、もしかしてこの安全地帯が妙に綺麗だったのって、ルイが洗浄してくれたから？」

「ううん、ここは姉さんが……」

〈ルイ。ダァヴの事は黙っておかないと〉

「あ」

し、しまった！　ダァヴ姉さんの事は内緒だった。うっかり口滑っちゃった……！　や、やべ‼

「お姉さん、いるの？」

「いる、というか……今は、いないというか……」

なんて言ったらいいかなぁああ‼　ダァヴ姉さんは確かに姉さんなんだけど、でも聖獣で今はいないし、さっき最初からテクトと一緒だったって言っちゃったしなぁああ！　うーん！

うんうん悩んでいると、ディノさんがセラスさんの肩を掴《つか》んだ。ん？

「セラス、深くは聞かない事にしようぜ」

「……そうね。言いたくなかったら、いいのよルイ」

「いいの？」

え、本当に？　じゃあ黙ってるけど……急にどうしたの？

一瞬後、テクトが無表情に噴き出した。え、肩震えてるけど大丈夫？

〈な、なんか、ルイが戦争をしている国の貴族の庶子で、戦火から逃れるために「姉さん」とここまで逃げてきて、この安全地帯を綺麗にした後「姉さん」は死んでしまったって……そんな一連の流れがこの人達の頭の中に出来上がってるんだけど〉

何ですとーー⁉　待ってダァヴ姉さん勝手に殺さないで⁉　っていうか何でそんな想像しちゃった⁉

〈そのアイテム袋も「姉さん」の遺品で、頑なに外に出たがらないのは戦争に巻き込まれないようにっていう遺言で、僕からそれを伝えられたって……あ、ごめん今僕が俯《うつむ》いてるのにつられてルイも俯いてるから、泣くの我慢してるって誤解されてる！〉

テクトさんこれ以上の設定はいらないよ私ー⁉　ああでも顔上げられない恥ずかしくなってきたごめんなさい皆さん‼　もう自棄《やけ》だぁああ‼

〈いや本当に、すごいよね。全員示し合わせたわけでもないのに同じ結論に達しちゃった〉

テクトは面白そうに笑ってるけど、私はそれどころじゃない‼

うぐぐ、顔あっつい‼　上げられないよー‼　今更誤魔化しも出来ない設定が盛り込まれてしまったよ！　恥ずかしさ半端ないですよ‼　貴族の庶子って何⁉　どこから来た貴族⁉

〈ルイの丁寧な話し方からかな。幼いわりにきちんと大人と話せるから、エルフの血を引いてるかと思ったら違うって否定したじゃない？　じゃあ消去法で貴族だと思われてるみたい。貴族の子どもって普段から大人に囲まれる環境にいるの？〉

そ、そっか……人族って断言したもんね私。嘘言ってないのにまさかここから誤解が生まれるとは思わなかったよ……

うーん……貴族の子ども、ねぇ。よく漫画や小説とかにあるのは、幼い頃から家庭教師が付けられて英才教育されてる場面だけど、これが大人に囲まれてる環境か。だから大人びてる感じに成長するって思われるのかな。一般のお宅の子は近所の同じ年頃の友達と駆け回ってるもんだし、親以外の大人と接する機会って貴族と比べてずっと少ないと思う。環境がかなり違うから口調に影響が出るって感じるのもわかるよ……うん。私が本物の5歳児だった頃、敬語使う子なんていなかったわ。出来たとして先生に「せんせーおはようございます！」くらいだったわ。

私が丁寧に話してるせいで貴族に勘違いさせてしまったのかぁ。皆さんが私より年上っぽいからついつい敬語を使ってたんだけど、それがまさかこんな事に……はあ。

ところでしょし……えっと、庶民と貴族の子どもの事だよね、たぶん。その発想はどこから？

〈……貴族の嫡子なら戦争から逃げるにしても、わざわざ受付の隙をついてダンジョンに籠《こも》るなんて事しないだろう、って。まあ正論だね。戦火よりモンスターに殺される確率が高すぎる〉

うぐっ。そ、そりゃそうだ……普通の貴族なら万が一でも潜るはずがない場所だよね。こうして言われると、幼女と妖精《ようせい》がダンジョンで暮らしてる異常性がよくわかるわ。それなのに戸惑う事無く受け入れてくれたこの人達の懐の深さすごい。

〈それに、冒険者に対して偏見を持ってないから。片親が常識人《市井の人》だったんじゃないかって思われてるね〉

えっ……何？　貴族って冒険者に何か偏った思考持ってるの？　悪そうな貴族なら、冒険者とか一般市民関係なく、下民なぞ何の価値もないわーって言いそうだけど。いやこれもかなりひどい想像だけどさ……一般常識的に良くない関係？

〈……すべての貴族かは知らないけど、この人達はあんまりいい人と出会ってないみたいだね。どれも気持ちのいい記憶はないよ〉

あ、はい。わかった。私も絶対会いたくない人種ってのはよくわかった。聞かなくてもそれはわかるわ。

はあ、貴族かぁ……そんな御大層な立場じゃないんだけどな。

〈ルイ……これで彼らが、ルイがダンジョンに住む事を納得するなら、そのまま否定しなければいい話だ。君が嘘を吐《つ》いたわけじゃない。気に病む事はないよ〉

そうだよね……ただただ、ダァヴ姉さんに申し訳なくなるのと、妙な設定が盛り込まれてしまって頭痛がしてくるだけで。ダンジョンから出ない理由をある意味明確に、そして出自を聞かれづらくなった事は、私には有利なんだ。すごく、とてもすごく！　良心の呵責《かしゃく》があるけれど！

と、とりあえず！　深く気にしない事にしよう‼　都合が悪いところは幼女パワー全開で誤魔化すって決めたじゃん‼　今も可愛い幼女パワーで誤魔化せてるよね、うん、よし話を洗浄に戻そう‼

微妙に重苦しくなった空気を吹っ飛ばす気持ちで、顔を上げる。

「私、のどかわいたー！　だから、キレイにしましょう！」

「ルイ……そうだね。早くお茶にしよう。ルイも頼むよ」

「うん！」

えーっと、人前では詠唱をつけないといけないんだっけ……詠唱知らないけど。幼女らしく、腕振ってやりましょうか。魔法に対して無知だから詠唱知りませーんテキトーです、よー？

酸素系の洗剤でごしごし揉《も》み洗い……よし、今だイケる‼

「きれいになーれ、きれいになーれ！」

私が手を振り上げると、水色の泡がふわふわ出てくる。一見シャボン玉だけど、虹色《にじいろ》じゃないんだよね。満遍なく水色がかってる。どんな汚れを落とす時も水色のままだから、私の想像に依るんじゃなくて、ただ単に水の魔法だからだと思う。洗浄魔法が水属性だから水色、っていうのが一番しっくりくるかな。

泡が床を染めてる血へと落ちてく。ぱちっと弾《はじ》けるたび、血が消えて綺麗な石畳が見えた。赤色の布地の水玉模様って感じだけど、血腥《ちなまぐさ》い布はお断りしたいなぁ。ぱちぱちぱちっ、うん大部分は消えたかな？

泡が全部消えたからもう一度洗浄魔法を使おうとして、皆さんが口を開いたままこっちを凝視してる事に気付いた。んお、な、何？　私また何か仕出かした？

「嬢ちゃん……洗浄魔法は、毎日使ってんのか？」

そうだなあ。安全地帯はダァヴ姉さんが綺麗にして以来、虫さえ寄りつかないから使う機会はなかったけど、探索した先の小部屋は全部綺麗にしてるかな。お陰さまで洗浄効率は上がったと思うの。泡は大きくなったし、数は増えたし、洗浄力も上がったし。確実にレベルアップしてる実感はあります！

「うん。ご飯食べる時、汚かったらやだからいつも……部屋だけじゃなくて、体や服にも使ってます。どこか変、でした？」

「いいえ……むしろすごく綺麗になってびっくりしてるわ」

「いやマジすげーわ。ルイ、お前これだけで一儲《ひともう》け出来るぞ」

「この若さでこの実力……毎日欠かさず使いこんでいるのなら、いずれは一瞬でそこら一帯洗浄しきれるようになるんじゃないか？」

「ありえる……っていうか、俺より断然上手《うま》いよ。俺も毎日使ってるんだけどな……」

「オリバー、私達、今まで真剣に洗浄してなかったかもしれませんね……今度から宿屋の部屋も洗浄してみましょう」

「……そだね」

そ、そんな落ち込むほど⁉　私の洗浄魔法ってすごいの⁉　ダァヴ姉さんのしか見てなかったから、普通の人族ならこんなもんなのかなって思ってたけど……そっかあ。私ってすごいのかあ。えへへ。

「ほれ、見てみ。こっちがオリバーがやった方」

エイベルさんに指差された方を見ると、私のより一回り小さな泡の跡がぽつぽつと。自分がやった所と見比べて、たぶん半分くらい、床が見える面積が多いかなー……ははは。なんかごめんオリバーさん。

すっごく肩を落としてるオリバーさんと、その背中をぽんぽんしてるシアニスさんを、まともに見れない。ひえええええ……お二人とも自信めっちゃ失ってらっしゃるぅ。

でもほら、私魔法ってこれしか知らないし‼　他に使う魔法がなかったから必然的に洗浄ばっか使っちゃうっていうか、潔癖性って程じゃないけどこまめに使ってたから上達するのも納得と言いますか。わざわざ手を洗って拭《ふ》かなくてもいいから便利ーって多用してたって言いましょうか。

戦闘面に使用率が傾く皆さんに比べたら、そりゃ一点特化な私はしょうがないと思うんだよね。

「私、まほうはこれしか知らないから……えっと、皆さんは、戦わなくちゃいけないから、洗浄まほうだけ使ってられないし……！」

「ルイは本当に優しい子ねぇ」

ってセラスさん、頭撫《な》で撫でしないで、ふへへ力が抜けるぅ。オリバーさんはディノさんに背中パアンッてされてたけど。よかった私の方に来たのがセラスさんで。心の底からよかった。めっちゃくちゃ痛そう。

「おら、子どもに慰められてんなよ。いい加減辛気くせぇ顔止《や》めろや」

「うぐっ……いいよいいよ。今日からもっと真面目《まじめ》にやるよ」

「そうですね。では私も今日から、」

「シアニスは休め」

「シアニスは何もしなくていいの」

「シアニスは駄目だから」

「シアニスは却下だ」

「シアニスは座ってろよ」

「えぇー」

意気込んで腕まくりしたシアニスさんの肩をルウェンさんとセラスさんが掴んだと思うと座らされて、オリバーさんとディノさんがお尻《しり》の下に丸めた毛布を差し込んで、エイベルさんがさらっと膝《ひざ》に毛布掛けた。わあおスムーズな流れ作業。シアニスさんは残念そうにしてるけど、重体だったんだからお休みしてようね。

ぱたぱたとオリバーさんに駆け寄る。ちょっとだけ落ち込みが抜けないオリバーさんの裾《すそ》を引っ張って見上げた。あのねオリバーさん、私ってばチート級の洗浄魔法と私の手探り魔法しか知らないから、実はじっくり見させてほしいんですよ。ごく普通の洗浄魔法。

「オリバーさんのまほう、見たいです」

「え」

「姉さんと私の洗浄まほうしか、知らないから、他の人の知りたい」

「え」

「私こっちやるから、あとそっち、オリバーさんのが見たいなぁ」

「…………………純真な目って怖い」

しばらくして、オリバーさんは顔を手で覆って呟《つぶや》いた。なんかすみません、幼女で。

じっくり見させてもらったオリバーさんの洗浄魔法は、詠唱らしい詠唱はなく、私のとあまり変わりはなかった。効果はさっきの通り。

私の変な詠唱にツッコミないなとは思ったけど、聞いたところによると洗浄魔法はとても簡易的な魔法のため詠唱は省かれても問題ないそうだ。綺麗《きれい》になーれとか言ったりすると気持ち効果が上がるかな？　くらいで、結果にほとんど差はないらしい。複雑な魔力操作もなく、普段の掃除を思い浮かべるだけで出来るので、水属性の適性があれば子どもでさえ覚えられるお手軽魔法なんだとか。マジか。そんな簡単な魔法だったの？

でもダァヴ姉さんの圧倒的効果を見ると、覚えるのは簡単で広く浅く使えるけれど、極めるのが大変な魔法なのかも。洗剤の威力を知ってる私だから血の洗浄も比較的簡単にできたけど、ここまで出来るようになるまでは大変なんだそうだ。冒険者は身綺麗《みぎれい》にするだけで十分だから、それ以上レベルアップに費やす事もなかなかないそうで。もったいないね、すごく便利な魔法なのに。

ちなみに「血消えてくれ……頼むから……」ってオリバーさんが詠唱代わりにブツブツ言ってたのは、私がプレッシャーかけたからだよねきっと。すまなかったと思ってます。

セラスさんがいれてくれた紅茶を飲んで、人心地。美味《おい》しいわぁ。

落ち着いた所で、宝玉について聞いてみた。聞くなら今だって思ったんだよぅ。さっき宝玉を見せた時驚いてたのも気になるし。

「そういえば、宝玉ってあんまり拾わないものなんですか？」

「そうね。珍しいアイテムだわ」

「ポーションよりは見つかるが、なかなか出ねぇな。便利だから欲しいんだがなぁ」

「なるべく多く回収してギルドに売る奴もいるよね」

え、ギルドで買い取ってるの？

「特に脱出と転移は、深い所に潜る奴には必須《ひっす》のアイテムだからなー。在庫があれば売ってんだよ」

「ええー！」

マジか！　ギルドで売買可能なんだ。じゃあ何でカタログブックだと駄目なんだろう。世界中のアイテムを売買できるはずなのに。

「あら……ルイが行くお店は、宝玉を買い取ってくれないのですか？」

「うん。ダンジョン専用アイテムは、ダメなんです」

本当に、何でかわからないけど引き取ってくれないんだよねカタログブック！　他は一切不満はないけど、これだけは困る！

「私たち、宝玉ばっかり拾うから、買いとってほしいのに！」

「……ん？　という事は、二人は宝玉をまだ持っているのか？」

「たーくさん！　あります‼」

嫌になるくらい宝玉ばっかりでしたので‼

「あ、そうだ。皆さん宝玉ないって言ってたからあげますね。帰るのに必要、ですもんね」

「おいおい、ルイ。俺らはタダじゃ貰《もら》わねーよ」

リュックから4色の玉を取り出していると、エイベルさんが首を振る。ふっ、そうくると思ってましたよ！　エイベルさんは本当、そういう所細かいし頑固なんだから‼　でも私は学習したからね！

「代わりに宝玉の正しい値段、教えてください。情報と交換です！」

「……ルイ、お前ホント賢いなー」

「もっとほめていいんですよ！」

って胸を張ってたら、肩に移動してきたテクトに頭を撫でられた。何でだ。むふふー！


宝玉の値段の話をする前に、宝玉がどれくらい貴重なのか、皆さんの経緯を含めて教えてもらうことになった。

今回皆さんはダンジョンに潜る前に宝玉が手に入らなかったので、元々長く過ごすつもりだったらしい。ポーションや食料を大量に買い込んだり、モンスターを解体して食べたりとか、そんなやり繰りして1ヵ月くらいは滞在する予定だったんだって。ダンジョンって長期間潜るものなんだね……そしてやっぱり食べるんですねモンスター。うわあ。

ダンゴムシは固すぎて無理だよね？　サイクロプスは食べたくない、めっちゃ人型だ。オークならなんとかまあ、納得できなくはないかな？　オークって豚肉っぽいのかな。見た目は二足歩行の凶悪面で凶暴なだけの豚だし……臭い消してからだよね？　ね？

「どうした、ルイ。顔が青いな」

「えと……モンスター、臭いです……食べるの？」

「まーな。でも臭いって洗浄魔法で汚れと一緒に消えるだろ。それで何とかなるんだよなー」

「臭い程度なら、俺達の洗浄魔法でも何とかなるからな」

そう言って頷《うなず》くのは、シアニスさんとオリバーさん以外の人達。あ、血を洗浄できなくても臭いと汚れはどうにかできるんだね。そういえば私もオークの臭いが移った時に全力で無臭化したじゃん。忘れてたわぁ。

洗浄魔法の幅広い効果範囲に驚きを隠せないよ。床やら食器やら無機物にかけるだけじゃなくて、モンスターにかける発想はなかった。今度オーク地帯に行ったらやってみようか。

っていうか、皆水属性の適性を持ってるってすごい事だと思った。全部の属性を持っている人は少ないけど、複数の属性を持つのは誰でも当たり前らしいので珍しくはないんだろうけど、パーティメンバー全員が水属性持ちの割合は十分すごい事だよね。

「ルイは食べた事ないの？　オークとか特に美味しいよ、脂身甘いし」

やっぱりオークかぁああ！　そしてモンスターの中でも美味しい分類なんだねぇ！　豚肉は美味

しいよねそこはわかる‼

「んー……食べたこと、ないですねぇ……」

私捕食される側だしなぁ。食べる側に立てないんだよね、メンタル的に。苦手意識が抜けないっていうか、恐怖がよみがえるというか。デフォルメのイラストでさえ悲鳴出るもん。

そもそも手に入れる機会もないし。一般的な食卓に普及してるなら、カタログブックにもありそうだけど豚肉のページは開かないからなぁ。

〈肉類は、ずっと鶏肉しか食べてないもんね〉

うん、そうなんです。あははー……ごめんテクト。色々なものを食べさせてあげたい気持ちはあるけど、肉はちょっと待ってね。

「無理強いする気はないから一度だけ言うけど、食べると印象変わるわよ。私は最初、食わず嫌いしてたわ。だってあいつら臭いんだもの」

そう言ってにこやかに一刀両断するセラスさん。容赦ないよね。気持ちわかるけど。あいつらはホント臭い。

うん、まあ、機会があったら、一口くらい食べてみようかなー、とは明言しないけど、曖昧《あいまい》に頷いておいた。いつか、いつかね。とりあえず普通の豚肉からリハビリ始めときます。

「どこまで話しましたっけ……ああ、そうです。宝玉を探しつつ、アイテムが充実しているうちに未踏の階層へ行ってみる事にした話ですね」

「うん」

皆さんはヘルラースに来たのは最近で、それまでは違うダンジョンで経験を積んでいたんだって。

自分達の今の実力を確かめるために、この深いダンジョンを攻略してみようと考えて来たんだね。100階まで難なく行けたからしばらくそこで稼いで準備を整え、今回もう少し進んでみようと決めたらしい。

唯一残っていた1回分の転移の宝玉を使ってダンジョン入り口から100階に移動、そこから歩き進めて108階まで順調に下ってきた皆さんは、不運にも一切宝玉を手に入れる事が出来なかったそうだ。通常なら日数かければ数個は手に入る宝玉は、運が悪ければ全然出てこないそうです。

へえー、私達なんて毎日が宝玉三昧《ざんまい》なのになー‼

どの宝玉でも一つあれば、命の危険に晒《さら》された時に回避が可能だから、危険な階層に行く時の保険になる。7階層分探しても宝玉は手に入らなかったけど、戦闘にはまだ余裕があるから108階を探索しつつ、ほんの少しでも危険と感じた時点で上の階に戻ろうかって話し合いしてたんだって。それがこの安全地帯で昼頃にやってたって言うんだから、うまい具合にすれ違ったんだなぁ私達。

上層に戻った場合は安全地帯を拠点に、日を越しながら宝玉を探すんだね。だから長期間潜るのか。1日経てば宝箱がリセットされるダンジョン機能は、こういう風に活用されるんだね。

そんな堅実な計画は、危険を感じさせる間もなく現れたグランミノタウロスのせいで壊されてしまったわけですが。牛怖い。

っていうかグランミノタウロスが出るまでは余裕を持ってモンスターを倒せてたんだから、この階層の中でもあの牛が圧倒的に強すぎるのがよくわかる。別格だって言ってたもんね。オークジェネラルも倒せるとか、さすがベテランな皆さんだわ。

「でも宝玉って、見つかる人はかなりの頻度で見つけるらしいね」

「だから中級ポーション程高く設定されてないんだけど……私達とは相性が悪いのかしらね？」

「かもなぁ。今までのだってほとんど買ってたもんな」

「中級ポーションより、安いんですね」

「ええ。使用できる回数によるのですが、ギルドでの販売価格は5万から23万ですよ」

宝玉には使用回数がある。最低は1回で最高が10。最低回数の1回を含んだ基本価格が5万ダルで、回数が1回増えるごとに2万増えるんだね。わあ、お高ーい。

びっくりなのは4色の宝玉が、効果は違うのに同じ値段だって事。これも下級ポーションみたいに一律でかけられてるのかな？　私的にはわかりやすくて大変助かります。

「値段を聞くって事は、ルイは宝玉を売り出す予定なの？」

「はい！　ダンジョンの中で会えた、ぼうけんしゃの皆さんに、売れたらいいなって思ってます！」

宝玉めっちゃ溜《た》まってるからね、有効活用したいな‼

皆さん私を上から下まで見て、何故《なぜ》か頷いた。私に何かついてる？

「あくまでダンジョンの外には出ないのね」

「外は危なくて、ダメだから……」

「まあ二人が怪我《けが》なくここで過ごせるならいいんだけどよー。こっちも十分危ねーってのは理解してるよな？」

「はい！」

〈もちろん〉

テクトのお陰で平気だけどね！

「小せぇのに逞《たくま》しいもんだなぁ。こんな場所でも平気で生きてるってすげぇわ」

「ああ。小さい子達が元気なのはいい事だな」

ディノさん、ルウェンさん、言い方がめっちゃおっさんくさ……何も言わない事にしよう。うん。

〈いや考えた時点で僕にバレてるから〉

ですよねー。


紅茶を飲み終わった後、皆さんはダンジョンの外へ帰る事になった。

シアニスさんの体調も気になるし、宝玉は4色全部譲ったしね！　10回のやつ渡そうとしたらそれは情報量と釣り合わないって拒否られたよ。考えてみたら23万×4で92万だわ。これは拒否られるわ。

仕方ないから3回のを押し付けた……何か機会があったら押しつけてやろ。色々気を遣ってもらって申し訳ないし。

私とテクト、皆さんとが向かい合ってる。お別れの時間だ。

「ルイ、テクト。本当に外には出ないのね？」

「うん」

皆さん各々が心配した表情をしてるけど、私はダンジョンで暮らすって決めたんだ。

そりゃあ怖い目に遭った時は、外で生活した方がいいのかなーってちょっとだけ思った事あるよ。

でも私の存在が世間にバレたら保護者のテクトに今よりずっと迷惑がかかるし、バレない場合でも常に疑心暗鬼で出歩くとか精神的にきつい。テクトの目とテレパスを頼りにすればいいってダァヴ姉さんは言ってたけど、出歩いてるだけで常に大勢の人に対して警戒してたら私とのんびり話してられないし、テクトの負担が増大する。隠蔽《いんぺい》すれば安心だろうけど、人がいるのにスルーされたら私幽霊ですかって、たぶん違う意味でも精神崩壊する。

外への不安に比べたら、ダンジョンに引きこもってる方が全然いい。テクトのお陰でそれほど怖くなくなってきたし、最近は幼女の健康のために散歩しよって気分で出掛けてるし。モンスターに慣れてきたっていうか、そういう心構えじゃないと宝玉無双で泣くというか。

何より、テクトとのんびりご飯食べて暮らせるのがいいよね。好き。

〈そうだね。僕も、ルイとゆっくりご飯を食べる時間が、好きだよ〉

うん。だから私は外には行きたくない。

でも寂しいから遊びに来てほしいと思うのは、わがまま過ぎるよね。

「ぜったい、また来てくれますか?」

「もちろんですよ。5日後、必ず」

約束したのは5日後。シアニスさんの体調を考えて、ゆっくり休養を挟んでからまた来てくださいって事になった。5日じゃ足りない気もしたけど、シアニスさんご本人がそれがいいって言い張るし、皆さんが却下しなかったから大丈夫なんだろう。

ルウェンさんが私の前に膝《ひざ》をついた。

「ルイ、証としてこれを預ける」

そう言って私に差し出したのは、ルウェンさんの片手剣だった。ホワイ!? 唐突だねどうした!?

「もっと軽いのにしなさいよ。短刀とかあるでしょ」

「だが最も信用を示せるのは、普段使っている剣を預ける事だろう。ルイ、これは必ずここに帰ってくるという約束だ」

「約束、ですか？」

「5日後、俺達がここに帰ってきたら返してくれ」

あ、ただの口約束じゃなくて、これを返す約束を取り付ける事で安心して待っていてくれって言いたい、のかな？

大きさを配慮できないのは彼らしいけど、とテクトが前置きして。

〈受けとりなよ。それで納得してくれるなら、ルイにとっては悪い話じゃないでしょ？〉

そうだねぇ。まあ、うん。

でもできるなら、道具を使って約束を取り付けなくても大丈夫な関係になりたいなー、とは思ってるけどね。とてもいい人達だから、これからも仲良くしてほしい。

ルウェンさんから片手剣を受け取って、というかそのままアイテム袋に入れてもらってたら、エイベルさんが目の前にしゃがんだ。

「ルイ、ちょっとそのままなー……おし、もういいぞ」

エイベルさんが私の頭に何か通したと思ったら、布紐《ひも》の先に丸い水晶がついたネックレスをかけられてた。

平べったい透明な中に、赤と青が混ざった光が見える。一瞬ダァヴ姉さんから貰《もら》った涙の形のトップに似てるかと思ったけど、形は違う上に、あっちは白かったし色は混ざってなかったから、違うよね。

「これは外の時間を大まかに教えてくれる魔水晶だ。今は赤と青だから、外は夕暮れだな」

時刻魔水晶と言って、時計代わりに大体の時間を教えてくれる水晶なんだって。早朝は白、朝は黄色、昼は橙色《だいだいいろ》、夕方は赤で夜は青、夜中は黒に変化しながら光るそうだ。

時計が普及してないこの世界では一般人も持ち歩くお手軽道具なんだけど、特にダンジョンに潜る冒険者が必ず持ってるんだとか。ダンジョンにいると日付感覚っていうか、時間もわからなくなるもんね。私も箱庭と時計がなかったら夜に起きて昼に寝る生活になってても気付けなかっただろうし、正確な時間が計れなかったら、毎日体力切れで爆睡晒《さら》す事になってたかもしれない。

自分の体内時計に従うのもありかもしれないけど、見える目安は感覚を正しく保ってくれる。休憩をきちんと入れていかないと、ダンジョン探索は長く続けられない。安全地帯まで、と思ってても階層を挟んで点在しているからすぐ着けるわけじゃなし、1日歩き通しじゃなにも出来ないまま倒れてしまう。悪くてモンスターの餌食だ……うん、目安大事だね。

「これが5回黄色と橙色になったら、俺達また来るからな」

「うん」

ぽんっと頭に手が乗っかる。そのまま撫《な》でられて、思わず目を閉じた。ううーん、エイベルさんの撫で技術もなかなか……！

「それやるから、ちゃんと待ってろよ」

あ、さらっとプレゼントされた。

脱出の宝玉を使って一瞬で消えた冒険者達がいた所を見てると、少し胸に風が通り抜けるような気がする。宝玉ってすごいな、ほんと、瞬きした時には皆さんいなくなってた。今は味気のない石レンガが見えるだけ。

……素直に言って寂しい。

「帰っちゃったねぇ」

〈そうだね〉

私達だけになった安全地帯は、急に静かになってしまった。テクトとやっと会話が出来るようになったけど、響くのは私の声だけだ。私が黙ると何の音もない空間になってしまう。

テクトや聖樹さんがいるからダンジョンに引きこもってても寂しくない！　って思ってたけど、こうして人と話した後に別れるとやっぱりひゅうひゅうするなぁ。ぎゅっと胸元を握り込む。

〈でも、後悔はしてないでしょ〉

「うん！　私はダンジョンでくらすの！」

あと5日したら、皆さんまた来てくれるしね！

ふふふ、次はお茶菓子を準備しといて、もっとゆっくりお茶しよう。お茶するならのんびり出来る場所が必要だよね。さっきは個人の敷布を並べてたけど、それだと距離が開いちゃって、ちょっと寂しかったし、満足に休めないし。そうだ、宝玉を売りたいんだもの、テーブルを用意して並べたら見やすいよね！　大きなテーブルなら囲んで食事もできる！　ナイスアイディアじゃない？

皆が一緒に寛げるスペースを準備して、テーブルに、後は茶器かな。私が好きなものを出して……

何だかワクワクしてきたな、私って現金だ！

〈楽しみがあるのはいい事だよ。ルイは笑顔の方が似合ってるからね〉

テクトったら顔がゆるむ事言ってー！　にやにやするぞ、私めっちゃにやにやするぞ‼　ゆるんだ両頬に手を当てて、顔を包む。にやー！

おっと。こうしちゃいられない！　時刻魔水晶の青色が濃くなってきた。さっき夕暮れだって言ってたし、早く箱庭に帰らなくちゃ！　時計を出さなくても、大体の時間がわかるっていうのは便利だね！

人に会うって事は、貴重な時計を見せないようにしないといけない。首にかけておくの、ちょっと考えないとなぁ。ルウェンさん達は優しい人達だけど、追及の芽はこれ以上増やさないようにしたい。私の良心のためにも。今日も結構うっかりしてたからな……神様の事言ってらんないや。

今回は服の中に入れてたからバレなかったけど、次はちゃんと隠しとかないとね。これは明日やろう。

鍵《かぎ》が開いた壁を押しながらぼんやり考えてたら、夕日がほぼ落ちてる箱庭に着いた。赤と青が混じった空を背後にした聖樹さんが見える。あちゃあ、これは今までで一番遅い時間帯に帰って来ちゃったなぁ。

風がびゅうぅと吹いてくるのと一緒に、ざああ！　ざあああ！　と聖樹さんの枝葉が激しく擦れる音がした。あれ、そんなに風強い？　すごく聖樹さんの枝が揺れてる。でも、私の髪が後ろに引かれるくらいでそれほどでもないと思うけど……ん？　じゃあ、あの枝の揺れは？

肩に乗ってたテクトがびくっと震えた。

〈あ、聖樹が怒ってる〉

「マジか」

これ風が強いんじゃなくて聖樹さんが怒って盛大に揺らしてる音か⁉　え、やばいじゃん、たぶんかなり怒らせてるじゃん！　癒し系聖母な聖樹さん怒らすとか私達何やらかした⁉

はっ、昨日の夕飯は麺《めん》！　その麺を茹《ゆ》でたお湯をそのまま土地に流しちゃったから怒ってる⁉

聖樹さんと湧水と花畑から離れればいいかなって思ってたけど、やっぱり駄目だったか！　やっぱりああいうのも洗浄魔法かけてから流した方が……いやいっそ、袋に捨ててカタログブックに処分してもらう方がよかったとか……‼

〈怒りの気持ち……ううーん、いや、心配が強いな〉

「へ、心配？」

〈……うん。ちょっと帰るのが遅すぎたね。心配した！　って気持ちがどんどん押し寄せてきてる〉

あ、そっか。しんぱい、心配かぁ。

聖樹さんはここから動けないのに、ずっと出られないのに、私達は呑気《のんき》にお茶会してたんだ。悪い事したなぁ。

「こんな遅くに帰ってくるの、初めてだもんね」

聖樹さんの根元に駆け寄って、幹に触れて耳を当てる。

木に聴診器を当ててると水が流れる音がするって言うけど、実際は違うんだっていつ知ったんだっけ。子どもの頃は信じてたのに、ショックだったなぁ。でも不思議な事に、聖樹さんは耳を当てると水が流れる音がするんだよね。とっとっとっ、と脈拍みたいな感じが伝わってくるんだ。んー。いつもより強く聞こえる、かな。たぶん、この盛大に揺れてる枝と同じで興奮してるんだろう。人の血液と同じだ。

昔、友達と帰る時間も忘れて遊び回った日がある。家に連絡もしないで楽しい気持ちだけで過ごして、人の心配なんて考えなかった。あの時は家に帰った瞬間にお祖母《ばぁ》ちゃんにぎゅううっと抱きしめられたっけ。震える腕と同じくらい、速い心音だった。

すごく心配かけちゃったんだね。ごめん。

「ごめんね、聖樹さん。ちょっと色々あってさ」

〈上級ポーション発見から、人助けに値段交渉、確かに色々あったね〉

「たった半日の話なのにねぇ」

ぎゅっと詰まったミルフィーユみたい。

でも、聖樹さんはそれを知る術《すべ》がないんだ。この場所から離れられないから。たった一人、この箱庭にぽつんとずっと待ち続ける事を考えたら、誰も帰ってこないんじゃって不安に駆られたら……怖いよね。

「大丈夫だよ、聖樹さん。私達はぜったい、帰ってくるからね。聖樹さんを一人にしない。約束だよ」

〈僕も、必ずルイを守って帰ってくるよ。約束〉

ざあああ！　と盛大に震えていた枝が、ゆっくりと静かになる。何も音がしなくなった。不思議に思って顔を上げると、私の一番近くにあった枝が少しだけ揺れた。

その枝が他の枝より細いからか、揺れ方が頼りなかったからか、まるで本当？　と尋ねてるみたいに見えた。っていうか、そうでしょ。これ。

「……～～～‼」

うん、これはわかる、わかるよ！　テクトに聞かなくても察した！　聖樹さんって木だし喋《しゃべ》れないけど、表現力あるんだねぇぇぇ！　ああ理解できると愛しさ１００倍‼　やばいテンション上がってきた‼

〈ルイ、正解。そのうち僕のテレパスも使えるようになりそう〉

「やったああ‼　聖樹さん可愛《かわい》いーーー‼」

って思わず叫んだら、照れたみたいに不規則に枝が揺れ始めた。聖樹さんの照れ方も可愛すぎない⁉　ってテクトに笑顔を向けたら、何も言わず生暖かい目を向けてきた。

〈ルイの理解力が急に高まりすぎて怖いっていうか……可愛いもの見てテンション上げるのやめない？　ちょっと気持ち悪い〉

テクトそれひどくない⁉

ひどいひどいって言っても、はいはいって流された、ぶうー。頭上で聖樹さんの枝葉が穏やかに擦れているから耳を澄ますと、何だか笑ってるみたいに聞こえる。まあ聖樹さんの気が晴れたならいいか。

その後何があったか身振り手振りで聖樹さんに話してたら、どっぷり夜になった。そりゃあ夕日が沈んだ後にのんびり話してたらこうなるわ。でもいいんだ。今日は懐が暖かいから、ちょっと贅《ぜい》沢《たく》するって決めてるんだ。

アイテム袋から銀貨を取り出す。1010万分の1万ダル。さぁて、贅沢の時間だ‼

ぐーっと盛大に鳴り始めたお腹を擦《さす》って、カタログブックを開く。ロウソクの項目から器《うつわ》付きの可愛いやつを選んだ。テーブルに載せるにしてもただ白いロウソクじゃ殺風景だもんね。お洒落《しゃれ》な作業台になりそう。夕飯は出来合いのでいいかな。アップルパイは絶対二種類買う！　約束したからね！　ここで、テクトの喉《のど》がごくりと鳴った。わかりやすいなあ！

「今日はロウソク使うよ」

〈見えなくちゃ食べられないからね。アップルパイが落ちたら大変だ〉

「そこ大事だね」

ぽろぽろ落としてしまったら、私泣いちゃう。幼女になってからどうも感情の制御が難しくなったみたいだから、涙腺《るいせん》緩いよ。アップルパイを落としただけで泣く二十歳《はたち》ってやばいね。好物だから仕方ないね。

「アップルパイは前の店と同じのと、ケーキ屋のにしようかな」

〈ケーキ屋？〉

「デザート専門のお店の事。ここはシュークリームがすっごく美味《おい》しいんだけど、アップルパイももちろん美味しいよ！」

このケーキ屋のシュークリームはスタンダードな丸いシュー生地じゃなくて、サクサクに焼きあげたクッキーシューの生地を横に切って、上下に分けたコンビネーションタイプなんだよね。生地で挟むために丸く絞り出したバニラビーンズたっぷりのカスタードは、甘みを感じた後にミルクの香りが吹き抜けて、後味はさっぱり系。その上に載せられるクッキー生地に粉砂糖を振りかけてお化粧して、可愛くてあまぁいシュークリームの妖精《ようせい》さんが出来上がるわけです。

コンビネーションタイプは上の生地でカスタードを掬《すく》って食べるのが、サクサクととろーりを好きに味わえていいんだよね。粉砂糖の甘さが舌に載ると、じんわり溶けて幸せーってなるし。歯に当たるクッキー生地が心地よくて、最後の下の方はカスタードの水分が染みてしっとりしてるから、もったりしたのがたまらない満足感で……あ、涎《よだれ》が。

つまりまあ、控えめに言って最高なんだけど、今回はアップルパイの食べ比べだから。シュークリームはまた今度にしよう。

〈ああー、もう！　またそうやってもったいぶって‼　僕に記憶が筒抜けだって知っててその想像する⁉〉

「あ、ごめん、つい」

店を思い浮かべたらそのまま食べるところまで連想しちゃうよね……いやごめん。たんったんっ、って足を芝生に叩《たた》きつけるテクトが可愛くて怒られてる気がしないような……いやすみませんごめん。明日！　明日シュークリーム食べようね‼　だから睨《にら》まないでごめんってば‼　食い意地張っててごめんなさい‼

〈もう、絶対だよ？　約束だからね〉

「うん、約束。明日のおやつはシュークリームです！　……あ、デザートの前に夕飯考えなくちゃだった」

〈まったく……今日はもう作ってる時間はないからね？〉

「わかってるよー！　さすがに今から作ろうなんて言わないよ。鶏五目ご飯が美味しかったお弁当屋さんに、野菜がたくさん入った彩り弁当あるから、それ買うね」

〈鶏五目……美味しかったね。食パンには負けるけど〉

と呟《つぶや》いて作業台を準備するテクト。ほんと、食パン好きだなぁ。メーカーの四角い食パンも結構食べてきたし、次はパン屋の食パン開拓かな。山型のやつ。あ、ハード系のサンドイッチとか、クリームサンドも捨てがたい。コッペパンもいいなあ。って思ってたらまた睨まれた。ごめん！

美味しい弁当とアップルパイ二つも食べてご満悦な私達は、芝生に直接寝転んで真っ暗な空を見上げた。お腹ぱんぱん。顎《あご》いたた。

相変わらず星が少ないなぁ。ロウソクがなかったらほとんど真っ暗なんだよね。暗闇の時間怖いわぁ。箱庭にモンスターが入れなくて本当に良かった。そういえば、この世界の月は増えるんだっけ。それも見てみたいなあ……うん、そうだ！

「ねえテクト、今日はこのまま、ちょっとだけ悪い子にならない？」

〈悪い子って何するつもり？〉

「ふふふ……夜更かしだよ！」

ダァヴ姉さんにバレたら絶対叱られるやつだけど！　たまにはいいじゃない、今日はテンション高くて寝れる気がしないし！

この世界の月、まだ見た事がないんだ。一目でいいから見たい！　月と一緒に強く瞬くようになる星空も気になる！　だから夜更かししよ！

〈僕はいいけど……ルイが起きてられるかなぁ。後2時間だよ？〉

「んんー、じゃあ寝る準備してから、夜更かししよ」

そうと決めたらさっさとやろう！

カタログブックにゴミを回収してもらって、作業台片付けて、テントと寝袋整えて、洗浄魔法で全身と口を洗って、はい準備ＯＫ！　ロウソクは1個だけ残して、テントの近くに置いておこう。

テクトが目を見開いて私を見上げてから、半眼になった。

〈いつも片付けは素早い方だけど、今日は特に速い……そんなにダァヴに叱られたいの？〉

「ちーがーうーよー！　なんかこう……いつもと違う事するって思ったら、わくわくしない？」

〈しない〉

「するよー！　子どもはする！　っていうか私がする！」

遠足前夜の子どもと同じ、わくわくするんだよ！　テクトに伝わりやすいのは……新しい食パンを食べる前の気分！　これならわかる？

〈ああー……それは、うん、わかる。とっても〉

「でしょ！　早く月出てこないかなー？　あと2時間かー。ふへへへ、どんな夜空になるのかなー。楽しみ！」

芝生に足を投げ出してぶらぶらしている背後で、テクトが小さくため息を吐《つ》いた。

〈これが興奮して寝られない子どもか……なるほどね、厄介だ〉

「何か言ったー？」

〈ダァヴは何でもお見通しだから後で叱られるだろうなって〉

「その時は一緒だよテクト」

〈……仕方ないから叱られてあげるよ〉

番外編　踏破組の帰還

世界最大級のダンジョン、巨大地下迷宮ヘルラース。

発見されて数百年、未だ最下層まで踏破した者がいない最難関のダンジョンだ。現在地下１０８階まである事が過去の冒険者の功績で判明しているが、それ以上はどこまで続いているのか誰も知らない。

ダンジョンが見つかった当初、この土地はただの平原だったらしい。それがダンジョンを攻略する冒険者が集まり、冒険者の為のギルドが建ち、商売になると商店や宿屋ができ、人が集まって急速に家が建ち、流通が発展し、いつしかナヘルザーク内でも有数の都市となった。ダンジョンの恩恵を受けたこの街を、ラースフィッタと呼ぶようになったのは百数年前だったか。

地下へ進む出入り口で受付をしているヴィネは、広場の奥に整然と建っている街並みの歴史を思い出していた。この場所が何もない平原だった事を考えれば、一つの街が発展するという事は、とてつもない時間と金と人力を要する。今こうして安定した生活ができるのも、先人達の努力さまさまである。

「どうしたの、ヴィネ。ぼけっとして」

「数百年経って街はこんなにも変わったのに、ダンジョンは全然変わらないなって思ってました」

心配した先輩に声をかけられたので、思ったまま返す。すると、先輩が背後を振り返る。

「そりゃーね、ここには怪物がいるから。皆尻込《しりご》みしちゃって、ダンジョンの全容がわかるのなんて夢のまた夢よ」

「容赦ねーっすね先輩。冒険者に睨まれますよ」

「事実でしょ」

お前が潜ってみろやーって絶対怒られるっす。と恐々《こわごわ》周囲を見回す同期と、あっけらかんとした先輩。そして自分。

三人の背後に控えているヘルラースは、様々なモンスターで溢《あふ》れている。怪物と噂され、人々を恐れさせるモンスターもこの中にいるのだ。

巨大な地下迷宮の割に扉五つ分くらいしかない、低く横に広い出入り口。そこを覆うように設置された受付のテーブルと可動式の扉で、自由に出入りはできないようにされている。ダンジョンへ入るにはギルドから派遣されたヴィネ達、受付を通さないと入れないのだ。一般人が間違っても入り込まないように、という処置でもある。酔っ払いが潜り込んで襲われ逃走し、モンスターを街に連れ帰ったなどのよろしくない前例が多々あるため、受付は24時間常駐するようになった。

「私はダンジョン全容の意味で言ったんじゃないんですけど……」

「じゃあどういう意味よ」

「ただの平原に街が出来るほど年数が経ったのに、ダンジョンは姿形を変えずあるんだなって。そういう些細《ささい》な意味です。一定の期間で中身が変異するダンジョンもあるじゃないですか。ヘルラースは不変ですよね」

「なぁーんだそういう事」

「なぁーんだ、じゃないっすよ。あー、誰もいなくてよかった」

同期がテーブルの上に体を伸ばし、ダレる。無人だろうとしゃんとしろ、と先輩が無防備な後頭部をぴしりと叩いた。

受付の目の前はダンジョンへ潜る冒険者達の憩いの広場だ。円形の噴水を中心に広がるだだっ広い土地だが、受付待ちの冒険者を待たせるだけのスペースがあって大変重宝している。

現在は噴水の頂点で魔導の街灯が光るのみで、酔っぱらいの影もなければ、冒険者もいない。冒険者がダンジョンへ潜るのは大体が朝早くか、昼過ぎだ。今は夜に近い夕暮れ。ダンジョンから出てくる者もいなくなる時刻だ。日帰りで探索を終えてくる冒険者は、もうすでにギルドへ今日の成果を渡して酒場や家へ行っている。

背後はモンスターのいない空間、その奥には地下へ進む階段がある。ずっと地下深くを探索している冒険者達は、この安全な空間で宝玉を使って転移する。帰ってくる者も当然、そこへ転移してくるのだ。

だから突然一つのパーティが帰ってきても、彼女らは驚きはしなかった。見知った冒険者達だったのもあるが、彼らが宝玉を使ってダンジョン深部を出入りするだけの実力者であると知っているからだ。

ただ、少し首を傾《かし》げる。この人達は確か……受付時に記入してもらう予定探索日数の用紙を探し出し、ヴィネはさらに深く首を傾げた。

「おかえりなさい、皆さん。1ヶ月潜る予定とありますが、まだ10日も経ってないですよ。如何《いかが》なさいましたか」

「報告した方がいい事態があったから、予定を切り上げてきたの」

にこやかに返してきたのはセラス。エルフの美女だ。

女でさえ見惚《みと》れる美貌《びぼう》を惜しげもなく空の下に晒《さら》す彼女は、親しみのある柔らかい態度と冷たい微笑を使い分ける。邪《よこしま》な態度を向ける下劣な輩《やから》へは冷笑を向けた後、得意の木属性魔法で撃退してきた。今このラースフィッタに、彼女へ手を出そうとする馬鹿はいない。

彼女は、シアニスも含めヴィネの親しい友人である。憧《あこが》れを抱いている同期は何事かを呻《うめ》きながらもう一度テーブルに突っ伏した。どうやら直視ができないらしい。目の保養と思って見りゃいいのに、と先輩が呟いていたが気にしない事にしよう。

「どのようなご報告か聞いても？」

「108階の怪物の正体が、わかったのよ」

「それは……！」

「あらま」

「ええ!?　怪物見たんすか!?」

「見たよ」

慌てて体を起こした同期に、苦笑したオリバーが返す。しかし、そんな事はどうでもいい。あの怪物の、正体がわかった？　何て事だ。

余裕を持って100階まで行けた人達だからもしかして、とは思っていた。今回の探索の結果も、勿論《もちろん》期待していたのに……実際に言われると、驚愕《きょうがく》が全身を突き刺していくような衝撃を受けた。

それだけ、108階の怪物はラースフィッタでは有名な話だ。

過去、108階層まで進んだ人達がいたのは約100年前。当時国内最強とうたわれたパーティだった。他のパーティと切磋琢磨《せっさたくま》しながら、当時深部への踏破が遅れていたヘルラースを攻略していった。108階にあるという安全地帯から帰還した彼らは、次こそさらなる階層を目指すと酒場で語り合った次の日に、ダンジョンで全滅した。

唯一帰ってこられた者は、満身創痍《まんしんそうい》のまま語ったという。

「108階には化け物がいる……！　みんな、みんな……！　あいつに、おもちゃみたいに、殺された……‼」

そして血にまみれたまま、息を引き取った。

冒険者達は、たった一人帰ってこられた男の壮絶な最期《さいご》に戦慄《せんりつ》し、ヘルラースの深部を目指そうと躍起になる者は激減した。いつ自分達が、最強のパーティと同じ末路を辿《たど》るのか。108階でなくとも、その付近で恐ろしい目に遭うのではないか。化け物とは何か、どんなモンスターなのか。

ただささえ慎重だった探索をさらに臆病《おくびよう》にさせて、安全な上層でモンスターを狩るだけに落ち着いてしまった。この100年間、ずっと。

その原因である、108階の怪物を。知ったと。

驚かないわけがない。

「ほ、本当ですか？」

「嘘を言ってどうすんだよ」

眉《まゆ》を寄せたディノーグスに、慌てて謝罪する。

「すみません。皆さんを疑っているわけじゃないんですけれど……」

「大丈夫ですよ、怒ってる訳じゃないんです。実際見た私達も驚いてましたから、ヴィネが受け入れづらいのもわかります」

そう言うシアニスの顔色は悪い。どこにも怪我《けが》は見当たらないが、どこか体調が悪いのだろうか。それとも、怪物の正体を目《ま》の当たりにして血の気が引いているだけなのか。

「ここで長話もなんだし、ギルド行こうぜ。ギルドマスターに話すんだし、気になるなら同席すりゃいいじゃん」

シアニスはおんぶと抱っこどっちがいい、ルウェンがやるぞ。とエイベルに問われ、どちらも必要ありません、と笑顔で断る様子を見ると、いつも通りのままに感じる。恐ろしい怪物を、100年前の恐怖と同じものを、見てきたはずなのに。

「ヴィネ、あなた私の代わりに聞いてきてよ。後で大々的に公表されるかもだけど、その前に私に報告してね」

「あ、はい……」

「ええー。いいなあ、俺も行きたいっす」

「馬鹿言ってんじゃないわ。受付が二人減ったら、誰もトラブルの報告に走れないじゃないの」

何の為に三人も据えてると思ってんのお馬鹿、と手痛い拳骨《げんこつ》を食らった同期は放っておくとして。先輩への報告云々は彼女なりのジョークだろう。ヴィネがシアニスを心配しているのを見て、譲ってくれたのだ。ありがたい。

ヴィネはルウェン達についていった。

冒険者ギルドに入り、ヴィネはギルドマスターへ取り次ごうと奥の部屋へと駆け込んだ。

「ギルドマスター！　早急に報告したい事が！」

「うん？」

マスターの部屋で紙の束に目を通していた男が顔を上げる。

冒険者ギルドのギルドマスター、ダリルは壮年の男だ。最近老眼が進んだらしく眼鏡《めがね》が欲しいと呟《つぶや》いていたが、今も紙を近づけたり遠ざけたりしていた。よほど深刻らしい。

が、ヴィネの焦る表情はよく見えたようだ。

「人払いが必要だな。グロース君、頼むよ」

この人は話が早い。ヴィネが言う前に、補佐へ指示を出した。グロースという年若い男が、部屋を出ていく。

「さて、ちょうど書類にも飽きたところだ。お茶をいれるから、ここに報告者を連れてきなさい。いいね？」

「はい！」

そして数分と経たないうちに、ギルドマスターの部屋にルウェン達が通された。客用のテーブルにそれぞれお茶と茶菓子が配られ、一息ついた所でダリルがにこりと微笑《ほほえ》んだ。

「それで、どうしたのかな？」

「108階の怪物がわかったので、報告に来ました」

目線を逸らさないルウェンに目を細め、ダリルは笑みを深くした。

「それは素晴らしい情報だ。間違いは、ないんだね？」

「俺達が108階に行った証拠はここにあります」

取り出したのは転移の宝玉。行ったことがある階層のみ転移を許すそれは、数字を如実に映し出す。冒険者達の努力を証明できるアイテムだ。

パーティ内の誰が宝玉を触っても108階を示すのをダリルとヴィネが確認し、ダリルはさらに100階から1階ずつ下げる動作を見せてもらってから、深く頷《うなず》いた。

「君らが108階まで踏破したのは確認した。すごいね、100年ぶりだよ。それで、怪物は、モンスターは何だったんだい？」

「グランミノタウロスです」

「え。ほ、本当ですか⁉」

思わず、ヴィネは身を乗り出してしまった。だって、だって、あの怪物が。皆が恐れていた、怯《おび》えていた怪物が。

他のダンジョンのダンジョンボスと同じで、しかも何度も倒されているモンスターだなんて。

ダリルに制されて引き下がったが、納得できなかった。

「倒せないモンスターじゃないよね、グランミノタウロスって」

「驚くのもわかります。私達もグラン級は初めて見ましたが、特徴は間違いなく、グランミノタウロスでした」

シアニスがつらつらと述べる特徴が、信じられないほど一致した。話を聞けば聞くほど、グランミノタウロスだ。

「じゃあ、その怪物だと思った決め手は何かな？」

「同じ階層の他のモンスターに比べ、明らかに逸脱した強さでした。オリバーの気配察知に触れない技量の気配遮断、目が合った瞬間に複数人を部屋へ引きずり込む特異スキル、巨躯《きょく》とは思えないスピードと圧倒的パワー。そして何より……ディノ」

ルウェンの視線に頷いたディノーグスが己のアイテム袋から取り出したのは、見るも無惨に破壊された盾だった。

特殊な鉱物が叩《たた》き込まれたそれは非常に大きく、重くて硬い。食に飢えたモンスターでさえ硬すぎて手を出さないと言われる、ポリールバグ種と同程度の硬度を持つ。強靭《きょうじん》な肉体を誇る獣人の中でも、パワータイプの熊人《ウルス》の彼だからこそ軽々と扱える鉄壁の盾、だった。

それが、布が裂かれたかのような割れ方で、壊れている。

「あいつの一撃を真正面から受けたらこれだ。何らかのスキルを使われたんだろうが、受けたのが斧《おの》じゃなくてほっとしたのは久しぶりだぜ」

「君の盾がとても硬いのは知っているよ。だが、それが他のグランミノタウロスと違う理由になるかい？」

「こいつは、作った装備を自分で身に着けてモンスターに特攻する生粋の鍛冶《かじ》馬鹿が、グランミノタウロスの攻撃を受けても傷一つつかなかった、問題ないと言った品だ」

「あの生き急ぎドワーフの……！」

「これで証拠になるだろ。ギルドに提出してもいいぜ、後で返してもらえんならな。確認とるなら裏側のシリアルナンバーを控えておいてくれ」

そう言って、自分の役目は終わったかのような態度で深々とソファに腰かけるディノーグスに、文句を言う人はいない。

そんな、まさかグランミノタウロスが噂の怪物だなんて……しかし、恐ろしいほどの力で破壊された盾を見ると、信じるしかない。

姿を知らず噂だけで皆が恐れていたのは、規格外の強さを持ったグランミノタウロスだと。

ふーー……ダリルの、細く長いため息が沈黙の中に零《こぼ》れる。

「現状、君らが今一番この国で強いんだよね」

「あら、ギルドマスターが褒めるなんて珍しい」

「……君ら、勝てる？　あいつに」

少しの間もなく、ルウェンが頷いた。

「無理です。今の俺達には荷が重い。こうして生きて帰ってくるのが精一杯でした」

ばか正直な彼は、偽る事も強がる事も考えていない。だからこそ、現実をはっきり言葉にする。

「ディノの盾は壊れたし、俺達の装備もボロボロです。まずは買い換えないといけません。生半可な装備じゃ負けるのでドワーフの品がいいんですが、そう易々と手には入らない。となると時間がかかります。装備だけの問題じゃありません。俺達自身、鍛練を積まなければ意味がない。押し負けてるようじゃ、駄目なんだ」

ルウェンの言葉に、嫌そうな顔をする者はいない。パーティ内の誰もが、爛々《らんらん》と目を光らせていた。死を身近に感じたばかりだというのに、折れぬ闘志が見える。

頼もしい若者が育ったなぁ、と呟いてダリルは口角を上げた。

「それだけ聞ければ十分だよ。外に出る危険性はないんだろう？」

「通路が狭すぎて出られないようです。わざとハンマーを床に叩きつけて、戦闘音に見せかけオークを引き寄せる知能はありますが……外に出る欲はないでしょう。あれは獲物を罠《わな》に嵌《は》めて喜んでいる目だった」

「趣味悪いなあ」

倒す気でいる面々に、驚きを隠せないのはヴィネだけだった。ダンジョンには隠匿の宝玉だってある。それで戦闘を避ければいいじゃないか、そう思うのだが。

そう伝えると、全員に揃《そろ》って首を振られた。

「それはないな」

「負けっぱなしは悔しいじゃない」

「一矢報いないと気が済まねー」

「あそこ避けて先に行ったとして、どうせ同じような奴らがごろごろ出てくるだろ。だったらあいつを練習台にしてやる」

「正直、俺が気付けなかったのがすごく悔しいから、鍛錬したいんだよね。絶対通路からでも気配がわかるようにしたいな」

「私、回復役というだけで侮られるのは嫌いです」

つまり見下されたのか、知性無き怪物に。そしてお返しをしようと考えているのか、全員が。冒険者がそうと決めたのなら、ヴィネがこれ以上言える事はない。

友人が心配だ。だけど仕方ない。彼らはもう決めているのだから。

「ギルドマスターは、どのような要因がグランミノタウロスをここまで強くさせたと思いますか？　その原因を探らないと、第二第三の怪物が現れるかもしれません」

覚悟を決めたヴィネを見て、深く考える事無くダリルは答えた。

「憶測だけど、経験だろうね。ダンジョンボスの方のグランミノタウロスは頻繁に倒されるから、戦闘の経験がろくにないまま冒険者にまた倒される。片やヘルラースの怪物は生まれてこの方、おそらく死んだことがない。何百何千と生きてるかは知らないけど、リセットされないモンスターはそれだけ経験を溜《た》めるからね……きっと、100年前の件《くだん》のパーティ以外にも、報告に上がってないだけでそいつに殺されたパーティがいたと思うよ。100階まで行った、って報告の後、忽然《こつぜん》と姿を消したパーティが何組かあったって資料にも残ってる……いずれも周囲から実力を認められていた人達のはずだよ」

「対人戦闘が上手《うま》いのも……」

一瞬、皆の視線がシアニスに集まる。それでヴィネは、彼女の青白い顔に納得した。今は怪我《けが》がないようだが、それは治癒した後。つまり、狙われ、深い傷を負ったのだ。

回復役を――パーティの急所を見定め、ピンポイントで狙ってくる。そういう知恵をつけたモンスター……恐ろしい。

「なるほどな。いらつくほどに上手かったよクソが」

「そういえば特異スキルがあるって言ってたけど」

「目が合った瞬間に、通路から部屋へ移動させられました。全員です」

「そして動揺した所をハンマーで叩くんだね。怖いなあ」

「そういえばあのハンマー、頭の片方が尖《とが》ってたよね。ディノの盾、あれでやられたんじゃない?」

「使い分けてんのかよー。憎たらしいほど器用な奴だな」

「あ、そういえば上級ポーション出ましたよ。108階に」

「ヘルラースにも出るんだね、驚きだよ。肝心の上級ポーションは?」

「規格外グランミノタウロスと争って回復アイテム残るわけねーって。これ、貴重なガラス瓶なら残ってるぜ。やらねーけど」

「確かに上級ポーションの瓶だね。久々に見たよ。ポーションと怪物の情報料も渡さないとだなあ」

「高値でお願いしますね!」

「こういう時にエルフの全力笑顔とかずるいよね。じゃあ108階には近づかないように言っておこうか」

ダリルはテーブルから書類を取りだしさらさらと書き込んでいく。2枚、素早く書き込んだ後ヴィネに手渡した。冒険者へ情報公開するための、通達書だった。もう1枚は、ルウェン達に対する上級ポーションとグランミノタウロスの情報料の報酬詳細。

「ヴィネ君、『100階まで行ける実力なら、107階までは問題なく狩れる』と情報を公開するように、グロース君に伝えてくれるかな?」

「上級ポーションとグランミノタウロスの話はしないんですか?」

「いいのいいの。グランミノタウロスなら倒した事あるから挑戦してみようかなーって思う冒険者ヨ「上級ポーションがいるかもしれないだろう？　そういうのは秘匿しておかないと被害が増すからね。上級ポーションだって、後少し進めれば見つかるかもって思った時にはグランミノタウロスの部屋の前かもしれない。そうなったら手遅れでしょ。１０８階に入らせないようにする方が安全なんだよ。上級ポーションが手に入るようになれば収益は上がるけど、前途有望な冒険者達の命を簡単に散らす方が損だ。今は、１０７階までなら大丈夫だってわかればいいんだよ。そういえば君達、誰かに１０８階の話をした？」

「あ……受付してる者が全員聞きました」

「じゃあヴィネ君はそのままダンジョン受付に戻る事。怪物の正体を話してもいいけど箝口令《かんこうれい》だって伝えておいてね。お金はグロース君に任せて」

「はい。わかりました」

そしてヴィネが退出してしばらくした後、ダリルは笑みを深くした。今までの柔和な笑顔から、あくどい事を考えていそうな笑み。一見すればどこぞの裏社会のボスかと思いそうな表情だ。

実際犯罪に手を染めるような人でない事は、よく知っているが。

「で、君らまだ何か隠してるよね？」

ヴィネを先に帰したのはそういう事か、という言葉を呑《の》み込んで。セラスがすかさず否定した。

「隠してるだなんて……何を言わない理由があるのかしら。私達、ミノタウロスの事もポーションの事も言ったわよね？」

「言いましたねぇ。余す事無く」

シアニスが隠れてルウェンの太ももを抓《つね》りながら、笑顔で返した。思わず「何でわかったんですか！」と言いそうになったのを止めるためだ。何事かを隠してますと自白させないために、咄嗟《とっさ》に黙らせたシアニスはファインプレイとしか言いようがない。

「……危険はないんだよね？」

「現状、グランミノタウロス以上の危険が、あのダンジョンにあると思います？」

青い顔のシアニスが、ふんわりと微笑《ほほえ》む。

ダリルはこれ以上聞き出す事は出来ないと判断して、肩を落とした。


「さて」

拠点にしている宿屋に戻って、今日からまたしばらく頼みますと前金を払う。1ヵ月潜ると伝えていただけに驚いた顔をされたが、店主はいつもの人好きのする笑顔を浮かべ、特に詮索《せんさく》する事なくまいどあり！　としっかり宿代を受け取った。

部屋に入り、テーブルの上に硬貨の入った袋を置く。どんっじゃらっ、と重たい音がした。

「早速仕分けるかー」

「そうね」

金勘定に詳しいエイベルとセラスが、浅く椅子に座る。ルウェンはシアニスをベッドへ誘導し、オリバーは飲み物の準備を始めた。帰路の途中に買ってきた、貧血にいいと言われているココアを作るらしい。ディノーグスはいつも通り、二人掛けのソファを独占して寛いでいる。

男用として取った四人部屋なので広々しているが、熊の巨体がぐでんと伸びていると狭く感じた。

決して、別部屋を取っているセラスとシアニスがいるからではない。セラスは嘆息して半金貨を横に避ける。

「まず上級ポーションの情報代、５万ね」

「当たり前だな。ほい」

軽く返事をして、テーブルに広げた紙にセラスが言った通り書いていく。エイベルが書き終えたあたりで、さらに続けた。

「上級ポーションの販売価格から最低価格を引いた、５００万」

これはギルドで調べた値段だから間違いない。

「んー」

「渡し損ねた運送代……上級ポーションの販売価格を含めて計算し直して、１２１万」

「……ん、全部で６２６万だな」

「あら、時刻魔結晶の分は？」

「あんなもんサービスだよ、サービス」

「残りはそれだけですか？」

青い顔のまま、ベッドに横たわるシアニスが意外そうに呟《つぶや》いた。テキパキと毛布を掛けたり寝やすいようクッションを足していたルウェンも、手を止めて視線を寄越している。

「ええ、１０１０万は返したもの。後はこれだけ」

「まさか俺らが子ども相手に借金生活かー。人生どうなるかわかったもんじゃねーな」

「嫌なの？」

「馬鹿言え。二人が嫌がらねー返し方を考えてたんだよ。このまま返したって１０１０万の問答の再来だ。どうすっかねー」

「金で駄目なら物だろ。必要なもんに換えて返しゃいい。とりあえず、魔法の基礎が書かれている本でも買うかぁ」

ソファの背もたれにぐりぐり首を押し付けてうめき声を上げていたディノーグスが、そのままの体勢で言うのでセラスが眉《まゆ》を寄せた。

「ディノ、だらしないわよ」

「お前らしか見てねぇんだからいいだろ」

「訂正するわ。暑苦しいから床で寝て」

「単なる悪口だよそれ。これでも飲んで落ち着いてよ」

オリバーが苦笑して、ココアが揺れるマグカップを配っていく。熱いから気を付けてね、と一言添えて。

「すべてを金銭で返そうとすれば、賢いあの子は察して恐縮するでしょう。物もそうです。一気に渡して引かれる想像しかできません」

「シアニスに同意」

「謙虚だよね。あの年頃なら、もっとわがままでいいのに」

こくり、とココアを飲んだ。ほろ苦い熱が胃に降りていく。あの小さい子は、もっと甘かった。殺伐《さつばつ》とした空気とは無縁の、柔らかな……そこまで考えて、オリバーはそっと目を閉じる。

「しばらく接して彼女達を知り、手放しで喜んで貰《もら》えそうな品を探しましょう。ゆっくり返していけばいいじゃないですか。資金稼ぎも時間がかかりますし」

「そうだな。ルイとテクトはどんな情報なら喜ぶだろうか……」

「宝玉を売るってんだから、その準備の肩代わりしてもいいよな」

「難しい顔しないで、もっと気楽に返していこうよ。あまり深刻に借金の事ばっかり考えてると、ルウェンがうっかり残りの金額話すでしょ」

「そんな事は……ないぞ。たぶん」

「思い至ってんじゃん。あるだろ、お前バカ正直だから言うだろ」

「さっきだってシアニスがギリギリで止めたから何とか乗り切ったんでしょ。頼むから自爆だけは勘弁してね」

「……善処する」

「それにしても、お前らあれだな。今回は妙に拘《こだわ》るな？　前からきっちり返す方だったが、こんなにぎゃーぎゃー言うほどだったか？」

元々他者に借りを作るのが嫌いなエイベルとセラスは顔を見合わせ、苦笑する。

「なんつーか、なぁ？」

「あの子、得する話なのにこっちを気にしてばかりいて、何かもういじらしくて……」

「むしろもっと世話焼きたいっつか」

「綺麗《きれい》さっぱり貸し借り清算して、普通に仲良くなりたい？」

「それだ！」

「それよ！」

オリバーにびしっと指を突きつけた二人は、すっきりした顔で分けた硬貨と紙を別の麻袋に入れ始める。

「子ども相手に貸し借り考えちゃうあたり、冒険者の悪い性《さが》だと思うけど、5日後が楽しみなのよね。早く行って愛《め》でたいわ」

「私も楽しみです」

「あ、女の子だし服とか買って行けば？　まずは服で返していこうよ」

「オリバー冴《さ》えてんな。でもそこらへんはシアニスとセラスに頼むわ」

「任されたわ」

「テクトとお揃《そろ》いになるような服とか、喜んでくれると思うんですよ。クリーム色で、耳ついてたり……どう思います？」

「それいいわね！　あんた達はどうするの？」

「あー……買い物はパス」

「俺もー」

「俺もあんまり……」

「俺にセンスはないが、荷物持ちにならなる」

「さすがルウェン、女の買い物に自ら付き合うとか鋼の精神過ぎる」

「だが、魔法もそれほど詳しくなく、子ども服に明るくない俺が出来る事はそれくらいだろう？　どれだけ買うかはわからんが、男手が必要になると思ったから手伝いを申し出ただけだ。アイテム袋の容量はあるが、購入するまでは入れられないしな」

エイベルとしてはからかったつもりだったのだが、ルウェンは真面目に返答をしてくる。男前な言葉に、ふざけた様子で胸にさっと手を当てた。

「ちょっと心にグサッときた。ルウェン男前すぎるだろ、俺が小物になるじゃん」

「何を言ってるんだ。エイベルは頼りになるだろう？」

「だから突然人タラシ発動するの止《や》めろって言ってんだろ‼」

「？？？」


一方その頃。

投げだしていた足を抱えて座るルイの眠気を促そうと、テクトは首元や足へ体を寄せては頬を擦り付けた。いつもの就寝時間はとうに過ぎてる。興奮しているとはいえ、そろそろ寝るべきだろう。

〈ルイ、まだ寝ないの？〉

「まだー。月見れてないし、明日の予定も、もうちょっと考えたい……そういえば、転生して、半月くらい経ったねぇ」

〈そうだね。半月前の僕は、自分がここまで食パンに夢中になるとは思わなかったよ〉

「私も、こんなに楽しくすごせるって、思ってなかった……ふぁあ」

果たして、テクトの擦り寄り効果は徐々に出始めた。空を仰いで、ついでとばかりに大欠伸《おおあくび》。どうやら悪い子の時間は終わりそうだ。

まだ寝たくない、と目元を擦《こす》るので止めさせる。下手《へた》にいじると目玉が傷つくらしい。あんな柔らかいものが傷ついたら、修復できないのではないか。テクトは無残にも潰《つぶ》れた柔らかい食パンを思い浮かべた。

「んー、……テクト、あしたも、げんきだして、がんばろーねぇ……」

〈はいはい……ルイ?〉

「……すー……」

〈ようやく寝たか……長い戦いだった〉

温かい子どもを持ち上げる。すでに設置したテントは目の前だ。

書き下ろし　聖獣にも苦手なものがある

〈……じゃあ、やるよ？〉

「……うん」

二人の間に緊張が走る。私は思わずゴクリと喉《のど》を鳴らして、テクトの手元を覗《のぞ》き込んだ。

大きめのボウルを足元に、テクトの手が横へ伸びる。作業台の上にある卵パックから一つだけ、真っ白な鶏卵を手に取った。その時点で、彼の全身はちょっと震えてる。

テクトが右手を軽く振りかぶる。鶏卵にヒビを入れようと、作業台へ下ろした。

ぐしゃ。

〈あ〉

「あらー」

力加減を間違えたらしい。作業台の平たい面にぶつかる直前に、鶏卵はテクトの手で潰されてしまった。うん、見事にぐちゃぐちゃ。変に力んじゃったのかな。

〈ごめん、また割れた〉

「いいよいいよ。どうせスクランブルエッグ作るつもりだったし、からは取り除けばいいもん。それより手が黄身まみれで気持ち悪いでしょ。洗おうか」

〈ありがとう……〉

耳をへにょんとさせて落ち込むテクト。可愛《かわい》い、と反射的に思ったけど首を振る。テクトは落ち込んでるのに何考えてんの、私の馬鹿。

朝の事だった。スクランブルエッグを作ろうと卵を取り出したら、テクトが卵割りの練習をしたい、と申し出てくれたので任せてみた。前に興味本位で卵割りに手を出したら、まさかの一パック全潰しをしてしまったので、密《ひそ》かに気にしてたんだと思う。

今日はリベンジ、するはずだったけど。しょぼんとしたテクトの手を撫《な》でて、肩を叩《たた》いた。

初心者は皆通る道だよ。私も良く潰してお祖母《ばあ》ちゃんに謝ってた。特にテクトは怪力だから、力加減が難しいだろうなぁ。

潰れた卵は目の細かいザルで漉《こ》して殻をなるべく取り除き、ボウルに追加の鶏卵を割り入れる。作業台に卵の側面をコンコン、ヒビが入った所に左右の親指を添えて、ちょっと力を入れればパカリと中身がこんにちは。そんな作業を、テクトがじーっと見てた。目線が痛いねぇ。

〈どうして出来ないのかなぁ。ちゃんと観察して、ルイの記憶からも学習して、何度も反芻《はんすう》してるのに〉

「最初は誰だって上手《うま》くいかないものだよ。テクトは今までが上手く出来すぎだと思いまーす」

〈むう。他の力加減は覚えたのにな〉

「本当にすごいよね」

これまで、聖獣のチートさを何度も見てきた。すごい魔法も、スキルも、画才も、出来ない事をすぐ出来る事に変えてしまう所も。

そんな完璧《かんぺき》聖獣テクトの欠点が、卵を上手に割れない事だなんて、一体誰が知っていただろう。ダァヴ姉さんも、神様も、きっと知らないはずだ。だって食育してないもん。

同居人の意外な一面を知れるのは嬉《うれ》しいし、卵は私が割ればいい。誰だって苦手な事があるものね。私も球技が苦手。克服できない。

だから気にしなくていいよ。

「今度ダァヴ姉さんが来たら自慢しようかな。テクトの可愛い一面教えましょうかって」

〈止めてよ。僕が恥ずかしいだけじゃない〉

「えぇー。いいじゃん、私と一緒に暮らしたからわかった事だよ。知らなかったでしょーって、話してもいいと思います！」

〈駄目です！〉

「絶対羨《うらや》ましがられると思うんだけどなぁ」

あとがき

はじめまして、こんにちは。時潟《ときがた》と申します。

本作はネット小説サイトにて掲載していたものを改稿したものになります。ふかふかとキュート、癒しと幼女、ちょっぴりの物騒を詰め込んだお話でしたが、いかがだったでしょうか。


さて、私は書籍化に関してはど素人でして、特にあとがきとはなんぞや、としばらく頭を抱えていました。友人に執筆時のこぼれ話を書けばよいのでは、と助言を頂いたので書き綴《つづ》ってみます。

今回書籍化するにあたって、かなりの箇所を直しました。ウェブでは良いと思っていたものも原稿として見直してみますと、入れ忘れた台詞《せりふ》や小話、解釈間違いが出てきて、中でも誤字はとても多かったです。なのでもし「ウェブで見て、本も買ってみたよ！」という方がいらっしゃったら、中身が変わっているなと思っても目を瞑《つぶ》ってくださると幸いです。

原稿と言えば何度も見ているうちに、あれを作りたい、これもいいな、あれも買いたい、などと食欲に駆られる事が多々ありました。お話には作った事があるもの、買って食べた事があるもの、を書く事にしています。誘惑が極々身近にあるので、我慢するのも一苦労でした。体重はなんとか増えませんでした、やったぜ。

作者の小話ばかりではつまらないので登場人物のこぼれ話を一つ二つ。主人公ルイの日本名「瑠生」は、宝石の瑠璃と生きる、から取っています。瑠璃も玻璃《はり》も照らせば光る、チート能力は得られず運動スペックが低いルイですが、家事という機会が与えられれば大活躍します。そして生きる=食べる、です。そういう意味で付けました。宝石から名付けると尚更《なおさら》女の子らしいですしね。

名前秘話ですと、冒険者のルウェンの名前はフランス語で男性名詞の前に付くル、そしてwin（勝利）をそのまま使ってはバレバレだな、と思ったのでウェンに変えました。ちょっと訛《なま》った感じです。ルは、英語でいうTheらしいですね。つまり彼は勝利の男。フランス語を混ぜたのは獣人の種族がフランス語をもじっているので、仲間達の調和の意味もありました。後は語感です。

主要人物達は、一応それぞれ意味のある名前を付けてみました。いつかその話も出せたらいいなあ、と思うこの頃です。お店もまたそのうち。

最後になりましたが、この度は本作を手に取っていただき、ありがとうございます。読んでいただいた方がちょっとでもクスッとしたり、腹の虫が鳴ったりしたら、作者としては幸いです。

またこの場を借りて、本作品を発掘し引き上げてくださった担当様、可愛《かわい》らしいイラストで盛り上げてくださったわたあめ先生、ウェブにて応援してくださった読者様方、製本に関わった皆々様へお礼申し上げます。たくさんの人の手によって今、この本が世に出ているのだと思うと感慨深く、胸が熱くなる思いです。

それではまた、会える事を願って。

時潟

カドカワBOOKS

聖獣《せいじゅう》と一緒《いっしょ》！
～ダンジョン内《ない》に転生《てんせい》したからお店開《みせひら》くことにしました～

2020年４月10日　初版発行

著者／時潟《ときがた》

発行者／三坂泰二

発行／株式会社KADOKAWA

〒102-8177
東京都千代田区富士見2-13-3
電話／0570-002-301（ナビダイヤル）

編集／角川ビーンズ文庫編集部

印刷所／大日本印刷

製本所／大日本印刷

ISBN 978-4-04-109262-0 C0093

新文芸宣言

かつて「知」と「美」は特権階級の所有物でした。

15世紀、グーテンベルクが発明した活版印刷技術は、特権階級から「知」と「美」を解放し、ルネサンスや宗教改革を導きました。市民革命や産業革命も、大衆に「知」と「美」が広まらなければ起こりえませんでした。人間は、本を読むことにより、自由と平等を獲得していったのです。

21世紀、インターネット技術により、第二の「知」と「美」の解放が起こりました。一部の選ばれた才能を持つ者だけが文章や絵、映像を発表できる時代は終わり、誰もがネット上で自己表現を出来る時代がやってきました。

UGC（ユーザージェネレイテッドコンテンツ）の波は、今世界を席巻しています。UGCから生まれた小説は、一般大衆からの批評を取り込みながら内容を充実させて行きます。受け手と送り手の情報の交換によって、UGCは量的な評価を獲得し、爆発的にその数を増やしているのです。

こうしたUGCから生まれた小説群を、私たちは「新文芸」と名付けました。

新文芸は、インターネットによる新しい「知」と「美」の形です。

2015年10月10日
井上伸一郎

吉野屋桜子　イラスト／**えびすし**

不満だらけの生活に激怒した瞬間、前世の記憶がよみがえったのでさっさと家出することにした私·フィアラ。なんと、この世界では超珍しい“浄化の力”を持つらしい。目指せ一発逆転！　ど庶民の私、本気出します。

カドカワBOOKS